七剑三奇

民国武侠小说典藏文库·陆士谔卷

陆士谔◎著

中国文史出版社

海上奇才陆士谔(代序)

　　二十世纪初到四十年代，上海滩出现了一位奇才，他精通医道，医德高尚，曾被誉为上海十大名医之一；他著作等身，医学专著四十余种，各类小说一百余种，是当时享有盛誉的名作家。这位奇才就是陆士谔。

　　陆士谔，名守先，字云翔，号士谔，用过多个笔名：沁梅子、儒林医隐、珠溪渔隐、梦天天梦生、云间龙、云间天赘生、路滨生、龙公等。晚清光绪四年（1878 年）生于江苏青浦珠街阁镇（今上海市青浦区朱家角镇）一个书香家庭。九岁起，跟随青浦名医唐纯斋学医，前后共五年。十四岁到上海一家当铺做学徒，不久辞退回家，在朱家角一边行医一边大量阅读医书和各种"闲书"。二十岁再到上海行医，因业务清淡，遂改业租书，购置一大批读者欢迎的小说，日间以低价出租，晚上潜心研读这些小说，不但能维持生计，而且渐渐悟出写作诀窍，先写些短篇，试着投稿报馆，竟获一再刊登。他写兴更浓，由短篇而中篇，由中篇而长篇，有些还印成单行本，风行一时。此时他认识了小说界前辈海上漱石生孙玉声，孙玉声知道他做过医生，对医道有研

1

究，劝他重开诊所。他听从劝告，此后坚持一边行医，写医学专著和有关掌故，一边撰写小说，直到1944年因中风不治在上海家中逝世，享年六十六岁。

陆士谔一生整理、编注、创作医著和医文四十余种，对清代名医薛生白（1681—1770）、叶天士（1666—1745）的医案钻研极深，编注过《薛生白医案》《叶天士医案》《叶天士手集秘方》等重要著作，自著十余种，最重要的是《医学南针》初、二集，其业师唐纯斋为之作序，赞他"以预防为主医学，极深研几，每发前人所未发"，"以新说释古义，语透而理确"。他以所学理论行医，悉心诊治，常能妙手回春。1925年，一位广东富商请其出诊，为奄奄一息、众名医束手的妻子治病，经过半个月的诊治，病人霍然而愈。富商感激涕零，登报鸣谢一个月，陆士谔的医名由此大振。在沪行医期间，陆士谔以其精湛的医术、高尚的医德，被誉为上海十大名医之一。

陆士谔以医为业，业余还创作了百余种小说。为陆士谔研究付出过艰辛努力的田若虹教授给予高度评价："陆士谔的小说全面地反映了晚清民国时代的社会面貌、重大事件，笔触遍及政治、外交、文化、经济、军事等各个方面，展现了封建末世的一幅真实画图。""他以强烈的愤怒抒发了对社会官场魑魅魍魉的谴责与鞭笞，以感情充沛的笔锋表现了对反帝爱国志士的赞扬与尊敬，用热情洋溢的话语描述了其理想中的新中国。这一切憎爱分明的情感，铭记着时代的苦难痕迹，闪耀着陆士谔在十九世纪末、二十世纪初那个特定的历史阶段与时代同脉搏、与人民共呼吸的真挚情感。同时也热切地表达了其欲挣脱'衰世'腐败黑暗的社会及卑污风气，挣脱束缚、压抑之环境，追求美好自由新境界的愿望。他对现实的愤怒与对未来的追求融汇交织其中，感情激烈而奔放，语言辛辣而犀利，文风格调亦具有时代精神的特征。在封建制度大崩溃之前夕，陆士谔等近代小说家们的那些充满激情的篇章、声情沉烈的创作颇具现实意义。"①

陆士谔的小说不仅数量多，而且题材极为广泛，田若虹教授将其分为社会小说（52 种）、武侠小说（22 种）、历史小说（10种）、医界小说（3 种）、笔记小说（18 种）、科幻小说（2 种）和纪实小说（即时事小品 110 则），共七类。正因为认识到陆士谔小说的社会价值，1988 年起，先后有十余家出版社重印了一般读者较难看到的陆士谔小说，如《新孽海花》《血泪黄花》《十尾龟》《荒唐世界》《社会官场秘密史》《最近上海秘密史》《商场现形记》《新水浒》《新三国》《新野叟曝言》《清史演义》《清代君臣演义》《清朝秘史》《八大剑侠传》《血滴子》等十余种，其中最著名的是《新上海》《新中国》和《八大剑侠传》《血滴子》。

撰于 1909 年的《新上海》深刻揭露了清末上海十里洋场种种光怪陆离的"嫖、赌、骗"丑恶现象，竭力描写，淋漓尽致。1997 年，上海古籍出版社将其与李伯元的《官场现形记》、吴趼人的《二十年目睹之怪现状》等一起列入"十大古典社会谴责小说"。1910 年，又撰《新中国》，小说以第一人称写作，以梦为载体，作者化身陆云翔，描述梦中所见：上海的租界早已收回，建成了浦江大铁桥、越江隧道和地铁……2009 年 12 月，为配合

---

① 见田若虹：《陆士谔小说考论》，上海三联书店 2005 年 7 月初版。

宣传 2010 年上海办世界博览会，有出版机构重印了这部小说，国内外媒体也纷纷报道，极大地提高了陆士谔的知名度。

陆士谔还以清初社会现实为背景，从 1914 年到 1929 年，十六年中写出二十余种武侠小说：《英雄得路》、《顾珏》（以上为文言短篇，分别载于《十日新》杂志和《申报·自由谈》）；《八大剑侠传》（原名《八大剑仙》）、《血滴子》（又名《清室暗杀团血滴子》）、《七剑八侠》、《七剑三奇》、《小剑侠》、《新剑侠》（以上后合编为《南派剑侠全书》），《红侠》、《黑侠》、《白侠》、《三剑客》（以上后合编为《北派剑侠全书》），《雍正游侠传》、《今古义侠奇观》、《江湖剑侠》、《八剑十六侠》、《剑声花影》（原名《侠女恩仇记》）、《飞行剑侠》、《古今百侠英雄传》、《新三国义侠》、《雍正剑侠奇案》、《新梁山英雄传》、《续小剑侠》（以上为白话长篇，多由上海时还书局出版）。

这些小说中的人物，出场最多的是康熙、雍正时的八大剑侠，即路民瞻、曹仁父、周浔、吕元、白泰官、吕四娘、甘凤池和了因和尚（俗家名吴天巍），他们是南明延平王郑成功部下，明亡后，存反清复明大志，在各地行侠仗义，扶危济困，名震天下。书中由正面转为反面的人物是年羹尧和云中燕（"血滴子"暗器发明者），起初也行侠惩恶，后来却创办血滴子暗杀团，帮胤禛夺得皇位，最后被雍正卸磨杀驴，下场悲惨。陆士谔笔下这两组人物故事当时吸引了无数读者，不仅小说一再重印（《八大剑侠传》《血滴子》竟印到 21 版），而且被改编成京剧连台本戏和电影《血滴子》，红极一时。受其影响，在陆士谔原著的基础上，稍后出道的民国武侠北派五大家之一的王度庐，1948 年写出

《新血滴子》（又名《雍正和年羹尧》）。至1950年代，香港武侠名家梁羽生发表《江湖三女侠》，吕四娘、白泰官、甘凤池和了因的形象更为生动；台湾武侠名家成铁吾更写出350万字的巨著《年羹尧新传》，使原本笔法相对平实质朴的故事奏出了华彩乐章。

最后值得一提的是陆士谔1915年3月19日发表于《申报·自由谈》的文言笔记小说《冯婉贞》，记载了1860年英法联军火烧圆明园时，北京民女冯婉贞率领数十年轻村民痛击联军，杀死近百名敌军，成为近代民族英雄的杰出代表。此文1916年被徐珂略作修改后收入《清稗类钞》，二十世纪六十年代又被收入中学范文读本。

2014年起，中国文史出版社陆续推出了"民国武侠小说典藏文库"和"民国通俗小说典藏文库"两大系列丛书，先后整理、重印了还珠楼主、白羽、郑证因、朱贞木、平江不肖生、徐春羽、望素楼主、顾明道、刘云若、张恨水、冯玉奇、赵焕亭、李涵秋等作家的全部或大部分小说，深受读者欢迎，并获研究者的好评，此番又将重印陆士谔的大部分武侠小说，从《八大剑侠传》到《飞行剑侠》，共15种，真是功德无量！望文史社编辑诸君再接再厉，将建修两大文库的宏伟工程进行到底，使这份珍贵的文学遗产永久传存于世间！

林　雨

2018年12月于上海

目　录

自序 …………………………………………………………………………… 1

上　集

第一回　万里摄行漂流费雅哈

　　　　深山觅食分啖野人参 …………………………………… 3

第二回　团坐会食番俗成亲

　　　　树海绿天群英采药 ……………………………………… 11

第三回　游目骋怀乍临异地

　　　　登峰造极陡遇奇人 ……………………………………… 18

第四回　云峰师石屋役山君

　　　　宗喀巴黄衣演大乘 ……………………………………… 26

第五回　万里间关寻故剑

　　　　八侠入寺谒降龙 ………………………………………… 34

第六回　白泰官大闹禅宫

　　　　吕四娘小施巧计 ………………………………………… 42

第七回　大宝王严行番国律

　　　　吕四娘初上布达拉 ……………………………………… 50

1

第 八 回　救师父凤池售神剑

　　　　　游大昭三侠遇奇僧　·················　58

第 九 回　大昭寺禅师谈因果

　　　　　布达山活佛讲藏经　·················　67

第 十 回　巴塘道七剑话三奇

　　　　　马当山双侠驱群盗　·················　75

第十一回　张侠庵堂会夫妻

　　　　　翁咸童年辱县令　···················　84

第十二回　绝处逢生归家全节

　　　　　奇峰陡起废票取银　·················　92

第十三回　横祸飞来豪绅失色

　　　　　鹤魂陡去帝子无颜　················　101

第十四回　假新妇对簿破奸谋

　　　　　老讼师片言折疑狱　················　111

第十五回　蒋四房诬奸谋产

　　　　　翁大相易僧为尼　··················　119

第十六回　汉口镇女侠摆擂台

　　　　　刘副戎派兵司弹压　················　128

第十七回　吕四娘登台献技

　　　　　窦祖敦黑夜采花　··················　135

第十八回　汉口镇窦贼打擂台

　　　　　大因寺罗汉施佛种　················　142

第十九回　活剥生吞禅院变地狱

　　　　　乘虚捣暇龙拳跌淫僧　··············　151

第 二 十 回　悟真师西行得信

　　　　　　蒙古王南下打擂 ···················· 158

下　集

第二十一回　拆锦囊四娘觅死

　　　　　　睹人头皇帝受惊 ···················· 167

第二十二回　慎终追远孝女哭慈亲

　　　　　　析异辨同医师研经义 ·················· 175

第二十三回　姑苏台飞来剑侠家

　　　　　　自流井发生侦探案 ···················· 183

第二十四回　新县令问案细推敲

　　　　　　小侠士乔装充侦探 ···················· 191

第二十五回　魔中魔借尸还魂

　　　　　　缘外缘凭官判合 ···················· 200

第二十六回　强化缘难为施主

　　　　　　闻异香陡失新娘 ···················· 209

第二十七回　云杰独探大因寺

　　　　　　禅悦双送小卞娘 ···················· 216

第二十八回　吕四娘名言醒烈妇

　　　　　　小侠士率众战淫僧 ·················· 223

第二十九回　云侠士小受惊惶

　　　　　　三剑客大破僧寺 ···················· 231

第 三 十 回　开地窟解放众难女

　　　　　　假文凭顶替抵江南 ·················· 239

第三十一回　做官弃官权谋可喜

　　　　　　失顶还顶骗术通神 ……………………………… 247

第三十二回　胡达夫巧使美人计

　　　　　　窦祖敦陡遇摄魂花 ……………………………… 254

第三十三回　淫贼穷途投骗匪

　　　　　　名医妙手起沉疴 ………………………………… 262

第三十四回　医惊病猛击茶几

　　　　　　毙妖狐秘合毒药 ………………………………… 271

第三十五回　四娘夤夜访翁咸

　　　　　　吕寿中途救舟子 ………………………………… 279

第三十六回　九个字解除奇厄

　　　　　　两兄妹喜遇名师 ………………………………… 289

第三十七回　无锡城兄妹双卖艺

　　　　　　采花贼仇敌巧相逢 ……………………………… 296

第三十八回　甘虎儿飞钱打淫贼

　　　　　　吕四娘挟剑觅门徒 ……………………………… 305

第三十九回　绣阁生擒窦祖敦

　　　　　　花厅会审采花贼 ………………………………… 313

第 四 十 回　侠女锄奸生理淫贼

　　　　　　良医遭厄双种荷花 ……………………………… 322

自　序

　　余业医，诊余之暇，不为医家者言，而好为小说家言，毋乃荒于业乎？非也。医之业治人病而上工治未病。小说之力，能抒人之郁，解人之忧，平人之愤，悦人之性，怡人之情。夫使人而常得抒郁、解忧、平愤、悦性、怡情，则七情适所，六淫不侵，营卫气血无。或偏之虞，病何由生？

　　故余之撰小说，即扁鹊上工治未病旨也。故《八大剑侠》之后，又作《血滴子》，《血滴子》之后，又作《七剑八侠》，《七剑八侠》之后，今又作此书。

　　读者以吾书为破结之郁金、消食之陈面可也。

　　是为序。

民国十一年八月

青浦陆守先士谔甫序松江医室北窗下

上　集

第一回

万里摄行漂流费雅哈
深山觅食分啖野人参

　　这部书，紧接着《七剑八侠》，《七剑八侠》的收场，为了要紧叙述八卦教造反，以至周浔、路民瞻、曹仁父、白泰官、吕元、甘凤池、吕四娘、张福儿八位大侠的生死存亡。不及仔细交代，抱歉得很。现在劈头第一句，就要提那落海的八位大侠。

　　却说八位剑侠在凤尾岛海口，用火齐珠照海，珠光灿灿，宝气沉沉，宝气珠光，腾满了一海。陡然西南角上，起一阵大风，顷刻乌云满天，天低如盖，浪涌如山，风雨交加，雷电并作。海船随浪升降，簸荡震撼，势将倾覆，腥风阵阵，霹雳连连，雷电光中，突现一条很长的乌龙，张牙舞爪而来。天崩地陷似的一声奇响，掀翻了四艘海船。此时八位剑侠被乌龙摄着，身不由己，只觉着眼前漆黑，耳边呼呼怪响，凌空飞行，觉比了行使剑术还要快起数倍。好在八个人已都把死生置之度外，所以倒都坦然。怎奈龙涎腥气，刺鼻透脑，令人难闻难忍。八个人虽然遭难，却把火齐珠紧紧握住，死不放手。后来，力量渐竭，手指渐松，那火齐珠便就一颗颗堕下来。乌龙本来志在得珠，珠子到口把龙尾只轻轻一摆动，八位剑侠落叶似的下地去。也是八人命不该绝，恰好堕在海里，踏下地渐渐作响。甘凤池第一个怪叫起来：

"怎么都是薄冰？"

众人闻言细看，海边琉璃似的，果然都是薄冰。吕四娘道：

"这怪东西把我们摄了多少路？这里究竟是什么所在，是外国，是中国？我们被它摄得忘了远近，迷了方向，不辨东西南北，不知春夏秋冬。"

曹仁父道：

"无论如何，断没有走了两季之理。我们开仗时，是六月初旬，眼前已是初冬气候。"

张福儿道：

"偏又是有天没日，阴森森的，瞧不出南北。"

周浔道：

"咱们衣服上沾满了龙涎，自然冷起来了。"

忽闻路民瞻叫道：

"什么东西？那不是小狐狸吗？"

众人随他所指的所在瞧去，果然见一大群狐狸似的东西，都只有猫儿大小，一般的紫黑色，灵健活跃，在那里跳跃飞走。张福儿少年喜事，腾身而前，只见他俯身只一掀，口中大喊："牢了，牢了！"一手一头捉回来。周浔道：

"哎哟！这是紫貂呢。东北极冷所在，才有这东西，咱们现在至少去国有到万里。"

白泰官道：

"瞧这荒莽的样子，未必像有人迹。"

吕元道：

"我们的剑都丢了，很难凌空飞行，方向又无从辨别，可怎么样？"

周浔道：

"既在这蛮荒所在，说不得大家辛苦点子。我们几个人，就使遇着豺狼虎豹，决然不妨的。且结伴向前，找着人最好，找不着人，再作道理。"

众人齐声叫好，于是结伴找路而行。臻莽满目，荆棘载途，哪里有什么途径？亏得八人中有三个都带有腰刀，是路民瞻、甘凤池、张福儿，于是拔刀开路，却在丛莽中捕获了十多头野兽。周浔认出是一头玄狐、一头水獭、两头紫貂、八九头灰鼠，随开随行。

这日，走了五六十里路，都很饥饿疲倦，于是大家坐地，把获住的野兽开剥起来。曹仁父道：

"没有火，难道好茹毛饮血吗？"

路民瞻道：

"天无绝人之路，大家找找，或者找着火石，也未可知。"

众人依言，分头去找，果然找着了一大块火石，连根生就，足有五六丈高，二三丈阔，是一座小小的石峰。周浔大喜，拾起拳头大小一块小石，向石峰击去，果然火星四射，就地下捧起枯枝树叶，一会子着了。得了火，众人齐声欢呼，遂把开剥的野兽围火炙割而食，一时都吃了个饱。路民瞻主张，将火石采下几块，各人携带着，预备应用。这夜，八个人就在丛莽中围坐打盹儿。

次日，燃料吃了一顿炙肉，又把余下的鲜肉齐都烤炙好，带在身边，当作干粮，重又开路行走。直走了三日，才遇着晴朗天气，旭日上升，按照方向才知此间果在东北一隅。看官，蛮荒中生活，不过是猎兽烤食，开道走路，绝无新奇事实可记。走了五六百里，不曾遇见过一个人。

一日，遇见一座大山，高峰插云，悬崖千仞，树木稠错，说不尽的险峻。路民瞻道：

"被这大山挡住去路，索性进山去搜一搜。苗瑶野人，大半住在山洞里，不知这座山里有人没有。"

众人齐称很好，于是辟径入山。巉岩崎岖，艰苦万状，走了三五里，干粮已尽，八个人都有点子饥饿。曹仁父道：

"此间未遇野兽，且找寻点子草根树实，胡乱充着饥吧！"

众人一因腹饥，二因口渴，不管林深箐密，一路采掘进去。掘有半里光景，甘凤池大喊：

"掘得了一大堆野莱菔。"

拍去了泥，递给众人。路民瞻接来一瞧，莱菔并不很大，嗅一嗅，有一股异样的清香，弯断了一瞧，白嫩清脆，咬了一口，嚼去甜津津的，并不像是莱菔。大家见爽口好吃，各都尽量地咀嚼，啖了一个饱。啖了这东西，非但不饿，并且口内生津，精神也都健旺起来。

这夜，就在林箐中胡乱住宿。

次日，再掘那野莱菔时，已经所剩无多了。吕四娘藏了两个在怀中，依然辟径而行。一时出了林箐，八个人互相瞧视，不知什么缘故，异口同声，称起奇怪来。原来八个人面上，都各精光奕奕，神采飞扬，差不多神仙中人，哪里像遭难的样子。最奇怪是周浔的满头白发，路民瞻的两鬓花斑，都变了个乌黑，大有返老为童之象。曹仁父道：

"奇怪，咱们几个人，怎么一朝尽易了形？莫非啖了仙草来？"

吕四娘听说，就怀中取出野莱菔，仔细瞧时，叫一声：

"惭愧！这是野山人参呢，怪道咱们的精神都好起来了。"

看官，人参这东西，原是补五脏、安精神、定魂魄、止惊悸、除邪气、明目开心、益智、久服轻身延年的神品，所以下有人参，上有紫气。我们做医家的，遇了气虚血脱的危症，就少不了它，靠它的力，倒常常能够起死回生。药铺中所售的，多半是种参，已有这么的效力，何况真正野山参，得着山灵自然之气，不经人力培植之功，自然脱胎换形，大不相同了。当下众侠知道啖了野山人参，所以精神百倍，欢喜异常。心中一喜，手脚也倍觉爽健，登山越岭，毫不费力。越过了山岭，便是青翠翠、乌层层的大松林，极目无际，都是合抱参天的大松树，怪层密密，无万无千，横亘南北，也不知它有几千百里的长。路民瞻道：

"这么大的树林子，从来没有见过，如何行走？"

周浔道：

"瞧那松树，都有十多人合抱粗，不知几千年几百年了。"

说着时，微风南来，就起涛声澎湃。路民瞻道：

"微风震撼，势已如此厉害。设或遇了火气，不知如何天崩地陷呢！"

只见甘凤池指道：

"那边有人来了。"

众侠随他所指瞧去，果见一队野人，有二十多个，穿的衣服衣不像衣，裤不像裤，奇形怪状，好似用一块什么遮蔽着身体似的，花花绿绿，也辨不出是丝是葛，是布是绸？那队人跳跃而来，耳上都戴有环子，头上都梳着发髻，不冠不履，赤脚飞行。众侠一见，快活得如获异宝，赶忙迎下去，站住了相见。野人先开口，叽里咕噜，讲了好一会子的话，八个剑侠听了，一句也不懂。周浔开口，告诉他们遭难到此的缘故。野人瞠目相视，也是个不解，众侠没法。吕四娘究竟是个女子，心灵性慧，想出一个法子，做手势指示，告诉他们遭难到此，没有存身地方的话。野人居然领悟，也做手势回答，叫众侠跟随同去。此时虽未得畅所欲言，倒也可略示情意。吕四娘道：

"这种人虽是野不过，瞧去却很老实，咱们且随他去瞧瞧，谅来不致有甚恶意。"

众侠都说好。吕四娘即做手势答话，回他们愿意同去。野人一见欢喜，就居前跳跃引路，于是八位剑侠跟了一队野人下山。依山傍林，到一处所在，宛然村庄的样子。那野人的屋子，都是兽皮盖搭的，里面用树枝支撑着。众野人把众侠簇拥到一家，瞧光景，那家子是村中头领了，势派与众不同。屋舍全是雕翎盖就的，紫貂、玄狐的帐子，白狐、灰鼠的被褥。一个身披花绿怪衣的人席地而坐，众野人入内禀事，讲了好一会子的话，就见那野人站起身来，笑向众侠道：

"进来吧!"

众侠见那野人会讲华言，大喜过望，随即入内，行礼相见。那野人道：

"尊客们都是中华大国人，如何会到此地？我这里的人就是粗野，不懂礼，尊客们休得笑话。"

路民瞻道：

"我们在海中遭了难，漂流到贵地，也不知贵地何名，离中国有多少路。现在遇见了尊驾，会讲中国话，真是我们的大幸，宛如暗中行路，得了明灯似的，说不尽的心中快活。"

那人道：

"如此说来，尊客们是在混同江海口起岸的了。我们这里，地名叫作费雅哈，离中国好远呢。由此向西南行六百里，是黑斤部地界。由黑斤部西南走六百多里，是虎尔哈部。虎尔哈部、黑斤都合了我们费雅哈部，总名叫乌稽，又叫渥集，华言就是老林的意思。过了虎尔哈部，向西南再走六百多里，就是依朗哈剌土城，中国人称为五国城的。那地方就有中国官了。再西南三百里，就是中国的宁古塔。我因到过三回宁古塔，跟中国人交接，所以还懂得几句中国话。"

众侠见说，都各骇然。原来，这渥集也是打牲部落之一，本来隶属于乌拉，自从乌拉为清朝所并，也就改隶了清朝。这三个部落，只有虎尔哈人服饰略同满洲，那黑斤、费雅哈两部都是不剃发，梳髻，环耳。男女都是不穿衣裤，只用鱼皮裹着身子，遮蔽罢了。那鱼皮很柔软，可以染上各样颜色，所以都称作鱼皮鞑子。费雅哈部处于东北海滨，距离宁古塔名为二千一百里，有三千多里。这三部的人，散处山林，并没有酋豪雄长，抗衡上国的举动。又偏偏天生勇敢，力能一人杀虎，朴实有信义，不知人世间有奸诈事。商人赊给了他东西，约期偿还黑貂，千里不爽期约。当天聪年间，清太宗派将前往收抚，声称尔我先世，本来都是一国之人，言语相同，就是铁证，毋甘自外。于是把三部人民，挑选精壮，编入军队，沿例至今，朝廷挑选才武，赐予官职。数年之后，令从虎尔哈迁至宁古塔，再从开原铁岭迁至奉天，又二年始调入北京，号为依彻满洲，就是新满洲。此间的人，不知耕种，不产五谷，不过紫貂、玄狐、海螺、灰鼠、水獭、鹰雕及鱼之属。每年五月里这三部的人都乘了查哈船，由水程到宁古塔南关外停泊，进贡紫貂。宁古塔将军设宴款待，并赐予部颁之袍帽靴袜、顶戴巾扇等物。

欲知八剑侠漂流在费雅哈部，去国万里，有何举动，且听下回分解。

第二回

团坐会食番俗成亲
树海绿天群英采药

话说八剑侠漂流异地，亏得遇着了鱼皮鞑子，那个头领到过三回宁古塔，会讲中国话，可以向他打听一切。当下路民瞻就问：

"从此间到中国，共有多少路程？"

那人道：

"这倒没有仔细，我们只知道从这里到宁古塔，从这里到齐齐哈尔，最近从海程到库页岛。尊客们既然到了这里，且安心住下一两年再说。我们这里比不得宁古塔，宁古塔的人很小气，客人住满了半年，就要索取酬谢，一月半月才不索酬。并且践踏了田亩就要罚偿米布。宁古塔之南，过乌苏里江四千里的班吉尔汉喀喇，也不这么小气。"

周浔笑向众侠道：

"此间风气这么淳厚，我们剑侠真是无所用之。"

遂问那人姓名，那人道：

"我们这里的人只有一个姓，没有氏族，没有字号，为的是说上一大串，怪难记的。我叫哈萨满。"

路民瞻道：

"我们要上宁古塔去，打哪里走?"

哈萨满道：

"要到宁古塔，今年是不能的了，须明年五月才行。"

路民瞻惊问：

"怎么今年不能行走?"

哈萨满道：

"这里的气候，与别处不同。三春时光，昼夜风霾散天，四月始解冻，草木尚未萌芽，只有五月一个月可以走路。一到六月就有雪汤之险，各地的雪到此时都融化了，泥淖千里，人依着草墩而行，稍一倾侧，人马立刻陷没。七月即有白鹅下池，不能飞起，天就降霜了。八月大雪，九月河冻，十月地裂。现在是六月中旬，雪汤遍地，如何能走路?"

众侠听了，尽都咋舌。哈萨满倒很殷勤，留八剑侠住下。

住了几日，曹仁父便要到大松林去逛逛，周浔等七人也很高兴，向哈萨满说知。哈萨满道：

"松林中紫貂、灰鼠很多，我就陪你们去打一会儿猎，不知尊客们弓箭会使不会使?"

周浔道：

"会使的，可惜没有弓箭。"

哈萨满道：

"弓箭倒现成。"

说着，随到屋后取出八张弓，一大捆雕翎箭。路民瞻取一张弓，上了弦，试拉一拉，觉有十石开外，笑道：

"好硬弓，可见这里人的力真不小。"

吕四娘取箭瞧时，只见那箭头非铜非铁，不知是什么东西做的，绀青的颜色，水浪的纹理，坚硬过于铁石，遂道：

"这箭头是什么做的？"

众侠传观，齐都不识。哈萨满道：

"这是本地的特产石砮，出在混同江中，是松树膏脂流入水中，经历一千多年化成的。大块的可以磨作刀，小块的磨作箭头，用硬弓射出去，无论虎豹猛兽，可以穿骨破脑，一箭成功。"

曹仁父道：

"书经上肃慎氏贡楛矢，想来就是此物了。"

哈萨满听了不解，才待起行，忽然走入十多个鱼皮鞑子，向哈萨满说了几句话，就见哈萨满道：

"本部的章京今日娶妇，我须前去吃喜酒，不能行猎了。"

甘凤池道：

"此间娶亲之礼，不知如何，何不跟他去瞧瞧，广广眼界？"

众侠都称很好，向哈萨满说了，哈萨满应允。于是哈萨满入内，更换了一身新衣，却是一张染成红色的鱼皮，大致算作礼服了，喜滋滋地出来。众侠跟着他，出了村，沿山脚走去。走了二十多里路，入山坳，树木整齐，却又是一个村庄，倚山傍林，不少的皮帐，中间最大一所屋，也是用雕翎盖就的。八剑侠见屋内屋外聚了不少的人，都是椎髻耳环、身披鱼皮的土人，语言不通，无从施礼。那鱼皮鞑子瞧见八剑侠异言异服，便都围拢来瞧看。哈萨满叽里咕噜地向众演讲，众鱼皮方才明白。一时众鱼皮鞑子齐到屋外广场上，围成一个极大的圈儿。哈萨满招呼八剑侠，叫跟着站圈儿。方才站定，陡闻角声呜呜，随见众鱼皮簇拥出两个人来，一男一女，男的四十光景年纪，女的不过二十左右，耳上都荡有很大的耳环，身上披的鱼皮是一红一绿。路民瞻询问哈萨满，知这两个就是新郎新妇。只见他们并不参天拜地，也并不交拜，只向西南方跪下，双双叩了几个头。角声三鸣，新郎双手授一支如意给新妇，新妇接受了。角声大鸣，众鱼皮便把新郎、新妇簇拥入室，纷纷向两新人道贺。一会子，两新人与众宾客同到广场坐地，两新人居中，众宾客团团围坐，坐成一个圆圈儿。遂见有两人各抱了一个竹筒，先到两新人面前，双手献上，两新人接了，放到口边，喝了一口，随即挨次献来，众宾客也都一一接吸。周浔等见了，便就猜疑不定，一时挨到，取过竹筒瞧时，见筒内贮的是茶一般的水，芬芳扑鼻，喝一口，才知是极醇的酒。两竹筒酒挨次传喝，一时传遍，收去了。另扛来几头才开剥的野兽，在场中生了火，两新人与众宾客便都动手炙割而食。食毕，众人把两新人簇拥入屋，就各自地散了。曹仁父道：

"此间的婚礼，倒很简便。"

甘凤池问：

"新郎、新娘的年岁看去相差很远，这是何故？"

哈萨满道：

"那也是不一定的。即如此回的新娘，原是新郎的媳妇，本来是一家子。新郎的儿子死了，他媳做了寡，恰好新郎丧了老婆，就配起来成亲了，所以年岁上差一点儿。"

八剑侠听了，尽都骇然。曹仁父道：

"这么乱伦的事，地方上不禁止的吗？"

哈萨满道：

"我们这里原不讲究这些，叔嫂姑侄翁媳做夫妻的很多。不过有三种人是不能成亲作配，第一是生我的妈，第二是我生的女，第三是和我同生的胞姊妹，此外都不禁了。"

众侠方才明白。回到哈萨满家中，张福儿想起一事，问道：

"这里的屋子很少，为什么呢？"

哈萨满道：

"这东西虽不稀罕，比了兽皮总来难得，所以总要富贵人家才能盖这个屋子。那紫貂、玄狐的帐子，白狐、灰鼠的被褥也是如此，不能家家有的。"

曹仁父道：

"满洲就是女真，女真是肃慎的转音。女真原有生女真、熟女真两种。此间的渥集三部落，光景就是生女真，宁古塔、吉林等处的满洲人，就是熟女真。因此两处的风俗，也还相近。就是入了关的大清皇室，孝庄皇太后竟有下嫁摄政王的事。康熙皇也是清朝的命世英主，竟把小姑姑长公主纳为妃子。臣民闻所未闻，见所未见，无不大惊小怪。哪里知道女真风俗，人伦上原是不讲究的。"

次日要出猎，偏偏天降了雨，出门不得。又隔了一日，哈萨满取出弓箭刀叉，叫八剑侠拿了，又牵了三头猎犬、两头鸷鹰。白泰官于鹰鸷一道，颇能鉴别。见这两头鹰逸气雄姿，双睛顾盼有神，嘴爪坚利如铁，不禁喝起彩来。哈萨满道：

"此鹰名叫海东青，力能飞捕天鹅，可以日飞二千里，原是鹰中的特品。"

当下八剑侠跟随了哈萨满，各执兵器在手，携上鹰鸷，牵了猎犬，一行九人出村，径向大松林而来。只见树海绿天，一碧千里，微风震撼，叶舞如涛。一时进了松林，那猎犬早咆哮驰突，脱去了带，一卷烟地去了，霎时就驱了一大群松鼠来。众人一齐动手，尽都扑死。吕元问哈萨满：

"这林子有多少路？"

哈萨满道：

"横穿总有五六十里。"

吕元道：

"竖走呢？"

哈萨满道：

"敢怕有一千多里路吗？我们也不曾走过。"

吕四娘道：

"松树这么的粗，估量去总数是千年前之物。听说松林这么古了，地下必多宝物，咱们倒别当面错过了。"

甘凤池道：

"地下有何宝物？"

吕四娘道：

"公树之下，有两种宝物。一种是野茯苓，是松树的精汁，流注于根而生，下为茯苓，那松树颠上，便有茯苓苗，名叫木威喜芝。茯苓在土中，它的气能够上应于苗，乃是药中的仙品。还有一种琥珀，乃是松脂入地千年所化，也是药中上品。我们既然遇着这座大松林，便当掘觅一下子，总不会白劳的。"

周浔等尽都高兴，于是大家动手挖掘。不到半天，白泰官先喊起来，掘得了一大块琥珀，接着路民瞻也掘着了两只野茯苓。诸人见所掘不空，愈加欢喜。可惜猎叉腰刀，掘地都不很配手，掘了一整日，茯苓很多，琥珀通只得两块。见天已乌黑，不及回村，哈萨满取了两张丈余阔的树皮，铺在地下，宛如船篷的样子，见已可容坐卧，向周浔道：

"我们就这里歇一夜吧！"

于是九个人分坐了两篷，猎犬在外守夜。哈萨满把拾来的枯枝落叶生着了火，取所猎的松鼠、獐鹿，炙割而食。正吃得香甜满口，忽闻怪声陡至，大有山崩地裂之势。众剑侠齐都失色，甘凤池慌问是什么，哈萨满道：

"不要紧，这是千年枯树摧折的声音呢！"

次日，众人把所得之物用衣兜了，野兽便用藤络住，挑在叉上，依然结伴回村。从此之后，三天五日，便出猎一回，有时与鱼皮鞑子结伴同行，有时八剑侠自为一队。既在穷荒绝域，便也无可如何，张福儿衣袋中有十多粒菜籽，还是在家收菜籽时光无意放入的。现在闲着，且取出来种着玩，试试这里的土力。不意数月之后，种下的菜竟有小芭蕉般大小，摘下一估，每株有到二十多斤呢！路民瞻道：

"地质肥厚如此，可惜土人不知耕种。"

众侠都道：

"此乃混沌未辟之故。"

欲知后事如何，且听下回分解。

第三回

游目骋怀乍临异地
登峰造极陡遇奇人

却说周浔等在费雅哈住的日子久了，也渐渐懂得鱼皮鞑子的话。吕四娘、张福儿、甘凤池三人究竟年轻喜事，每日把鞑子话学说着玩，一年不到，已经说得一口很纯粹的鞑子话。有事即长，无话即短。八剑侠在鱼皮鞑子那里，转瞬已到一年。

这年五月，周浔等议定起行，都向哈萨满告辞。哈萨满分送了八人石砮、紫貂各物，又殷殷勤勤，送过了大松林，方才分别。八剑侠很是感激，于是照着所指路程，向西南进发。崎岖凹凸，越岭登山，说不尽的困苦。足足走了一个月，才到黑斤部，雪阳冲决，遍地泥淖，不能再走了，只得在黑斤且住为佳。好在该处的风土人情与费雅哈差不多。周浔等又懂了鞑语，比了初到费雅哈时便利许多，在黑斤部也住了一年。黑斤所出的紫貂、人参都比了费雅哈好。八剑侠因见啖参有益，食在口头，又大啖特啖，各人尽量啖了一斤多。

话休絮烦，从费雅哈到黑斤，从黑斤到虎尔哈，穿越过两座大松林，险阻艰难，首尾已有三年。到了虎尔哈，才是穿衣戴帽的人民。但是他们的生活还是打牲为业，还是炙割而食。

行到五国城，才有清朝官吏。那座城头也不是砖石造的，不过用大木环栅做成个大圈儿，就唤作城头了。八剑侠漂流了这许多年数，风霜雨雪是受得饱了，身上的衣服都已破烂不堪，思买几件来更换，偏偏五国城里没有铺子的，无法可想。曹仁父道：

"此间是清朝发祥的所在，我们既然在此，倒不能不细细逛他一逛。"

周浔道：

"宁古塔是清朝先代的旧都，且到了那里，再往他处游历。"

吕四娘道：

"自然先到宁古塔，更换更换衣服，这么花子似的人，走开去也自觉惭愧。"

众人都说有理，于是取道望宁古塔来。

五国城到宁古塔，名是三百里，那口外的里道，与内地不同。八个人整整走了七日，六百里都不止。一到宁古塔，只见商旅云集，百货骈阗，热闹繁华。周浔等新从隔绝人世的渥集部回来，自然如逢春草木，满地都是生意。甘凤池、吕四娘、张福儿三个，更是活泼雀跃，欢喜无量。周浔、路民瞻究竟年高识定，便先考察形势。见木城共有两重，外城周围在百里左右，东西两门内都是汉人，一半是客商，一半是犯了案充军来的。内城只有十多里，周围居住的都是旗人，将军衙门也在外城。

当下八剑侠在南门城内大街闲逛，走了二三里，才遇见一家估衣铺，如获异宝。走进店门，掌柜的出来应酬，先询问姓名，周浔等答了。回问掌柜的，掌柜的回说姓方，原籍是桐城县，上代为了《南山集》案子发配到此，到他已经三代了。遂请八侠坐下，泡出茶来。周浔笑道：

"茶的味儿已有三年多不到口，别忘记了。"

方掌柜就问：

"怎么三年多不喝茶？"

周浔就把海上遭难，漂流在费雅哈的话约略说了一遍。方掌柜惊道：

"诸位经着这么的大难，得以平安无事，前程真是无量。"

遂问要办点子什么，周浔等各人看了几件衣服，询问价目，方掌柜说了，周浔问：

"可还能够让去些？"

方掌柜笑道：

"这里都是不二价的，不比内地，有索价还价。从前这里不使银钱，只用米布交易。现在汉人日多，就银钱与米布并使了。这里的风俗，是路不拾遗，百里内往来，不必自备干粮。倘然跨马出门，刍秣马料，随地可取，都不必费钱。"

周浔道：

"我们从渥集部回来，此种风俗都已知道。只是衣服的价目，比了内地贵起几有一倍，是什么缘故？"

方掌柜道：

"绸布一切，都由内地来的，关税运费，一件件加上去就大了。"

当下购买成功。周浔问：

"此间可有客店？"

方掌柜道：

"西门外有会馆，可以耽搁，起居饮食都很适意。诸位不熟时，我就陪诸位去。"

周浔等都很感激。于是方掌柜陪送八剑侠到会馆，并言此去三里多有座石壁临江，长有到一十五里，高有到数千仞，风景极好，可以去逛逛。周浔等再三称谢。方掌柜去了，众侠才得更换衣服。路民瞻道：

"我们所带的银子，到此才有用处。在渥集时光，大家嫌它累赘，要丢掉。我说放在身边总有用，你们还笑我贪性未除，现在如何？"

吕四娘道：

"换下的脏衣且别丢掉，各人收藏起来。"

众人问有何用，吕四娘道：

"当日被孽龙摄行着，沾满了龙涎。这龙涎也是稀世奇珍。"

路民瞻道：

"这么，大家收藏着吧！"

此时会馆中已经开饭，送进饭来。八个人恰坐了一桌，见饭是麦饭。甘凤池道：

"三年多，五谷没有入口了。"

此时大家举筷吃饭。那菜中有一味汤，喝着，都觉异样的鲜美适口，众人都不识，饭毕之后，打听同馆的人，同馆人说是蘑菇。宁古塔蘑菇本为天下第一，自然风味不同。路民瞻道：

"我们出去瞧瞧石壁风景好吗？"

周浔等都各点头。一出会馆大门，向西一望，就见迎面石壁高矗云天，好似就在眼前一般，其实相离也有三里多路。甘凤池耐不住，已一迭连声地喝起彩来。一时行到，只见石壁上树木森森，绿荫叠叠，下临着牡丹江，风动波开，游鱼可数，望下去，鲤鱼、鳊鱼、鲫鱼无一不有。周浔道：

　　"可惜王石谷不曾同来，而我又不会写山水，徒负此佳山佳水。"

　　徘徊瞻眺，直到夕阳西下，方才回来。这所会馆，十三省的人都有，同在客中，相逢不必曾相识，都各殷勤关切，十分的亲热。当下就有人告知八侠：

　　"这里的江水是从长白山流出了，名叫人参水。哪怕冬月，冷喝下去，不会伤脾腹痛，所以来此的人从无不服水土之患，并且瘦弱之人，都会壮健。江边产生细草，名叫乌勒草，温软耐用，做成草鞋，冰雪中跑路，足不知寒。这乌勒草与紫貂、人参，称为宁古塔三宝。你们回去，倒不可不办点子。"

　　路民瞻道：

　　"此去长白山有多少路？我们想去逛逛。"

　　同馆的人道：

　　"从这里去，三百里到石头甸子，过了石冈，走二百里进大乌稽，过了大乌稽，再走一百里，便是小乌稽，再一百里是松花江，过江就是乌拉。乌拉设有船厂，打造大船，以达各路，有将军在那里镇守。由船厂东北四百多里，便是长白山。离乌拉百里往来，就是吉林城，吉林城西四百九十里是叶赫城。叶赫城西北三里是叶赫山城，前明在这里设镇互市，名叫北关。吉林城西南

22

五百三十里是哈达城，伊彻峰上面有一座石城，也是哈达城。开原县东六十五里的哈达旧城，就是前明的南关。吉林城南一百里吉林峰上的石城，就是辉发城。吉林城西南五百六十里，也有一座辉发城，从前清太祖攻打尼堪外兰，就在这地方。"

路民瞻道：

"我们要回关内去，是从哪条路走最近？"

同馆的人道：

"到了乌拉，向西南按站而行，八站就到柳条边。那地方垂杨数百里，前明作为中外边界，现在只留一个章京，稽查出入罢了。十五里到开原，再三十里到铁岭，再三百十里到奉天。从奉天到大凌河，从大凌河到锦州，从锦州到山海关，大约十天可到。"

众侠大喜，在宁古塔逛了三五日，办了几只乌勒草的草鞋，就取道望西南进发。走了两日，已到石头甸子，甘凤池、张福儿又不禁连声喝彩。只见石冈生就得嵌空玲珑，差不多神工鬼斧，冈下流渐潺湲，风景真是佳绝，一望无际。询问路人，才知这座嵌空玲珑的石冈，有到三十多里阔，三百多里长。众侠不舍得快走，一路浏览徐行。四日工夫，才到大乌稽松林，松涛澎湃，势如万马千军。周浔道：

"这么大的松林，内地何曾见过？此间却连二连三，不以为奇。"

吕元道：

"怎么啼鸟号鼯，见了人都不畏惧？"

当下众人进了松林，只见重荫叠翳，不见天日，穿林而行，足有六十多里，才走尽了。到第五日，经过小乌稽，也是这个样子，却只有三十多里路。第七日渡过松花江，一到乌拉，耽搁了两日，遂发愿遨游长白山。

这座长白山真是峻伟不过，从山麓到山巅，层峦叠嶂，接接连连，足有二百多里，绵亘回蜒，足有一千多里。八剑侠到了，不禁相语道：

"五岳名山，我们也都到过，从不曾见这么高大险峻的山，十天半月休想游它个遍。"

于是寻路登山，未到半山，天已夜了，就树林中宿了一宵。次晨各吃了点子干粮，重又奋勇前进。到闼门潭，见水清见底，湖平如镜，十二座山峰环峙如屏，那湖面周围有八十多里。众人恰都渴了，走到湖边，掬水而喝，觉这水甜津津的，风味自别。周浔道：

"天女吞果成孕，产生奇男，想来就是此处了。"

路民瞻道：

"鸭绿、混同、爱滹三大江的泉源，都由此出，看来水势果是不同。"

这日，遇着一大帮刨参的人，甘凤池问上去还有多少路，刨参的人回：

"上面都是悬崖峭壁，人所不能到，如何能够知道？"

周浔道：

"既然到了这里，且上去瞧瞧。"

于是八剑侠奋步登山，到峭石巉岩重荫深箐之内，拨开荆棘，又掘着了十多只野人参，大喜过望，大家分匀嚼吃，顿觉精

24

神倍长。看官，周浔等八人吐纳练气，本与凡庸不同，又连次嚼吃吉林野山人参，自然返老还童，不异脱胎换骨。路民瞻道：

"我不知何故，自觉身轻如鸟，走这崎岖山径，上这峭壁危崖，宛如在平地上似的，毫不费力。"

吕元道：

"我们也是如此。"

说话时，早经过了三五所危坡。周浔道：

"果然奇怪，我也觉着手脚轻健了许多。"

吕四娘笑道：

"这都是人参之功，听得说人参这东西，服了之后，立见轻身延年呢！"

此时八剑侠登峰造极，已到顶巅，却就遇见了一个奇人，欲知是谁，且听下回分解。

第四回

云峰师石屋役山君
宗喀巴黄衣演大乘

话说八剑侠登峰造极，直到长白山顶巅，忽然一阵腥风，林木震撼，叶落如雨，腥风过处，狂吼一声，两只吊睛白额斑斓虎奋扑而来，见了八剑侠，瞪着眼眈眈地视，前爪按地，后尾竖起如鞭，一左一右，大有立刻扑食之势。八剑侠尽吃一惊，甘凤池早拔刀在手大叫：

"我们合力除掉它！"

众侠有刀的拿刀，没刀的握拳，才待动手，忽见树林中一声呼喝，走出一个和尚来。说也奇怪，这两头吊睛白额猛虎见了和尚，就像狗子恋主似的走向前去。那和尚轻手抚弄虎头，一手一头，不住地抚弄。只见两头虎贴耳垂尾，一动也不动。一时和尚喝令一虎昂起头来，遂见那虎昂头向和尚，和尚即替那虎抓把下颏。八剑侠瞧见这个情形，都各骇然。只见那和尚在两虎的头上轻轻拍了几下，两虎就贴耳垂尾地入林子去了。周浔道：

"此间山势险峻，人迹所不到，这个和尚能够独住在此，已经道行非常。这么猛悍的猛虎，竟然玩弄得如狸猫似的，更显得佛法无边，我们无意中得遇这么的奇人，也是有缘，倒不可不见见他。"

路民瞻等齐说很好，于是周浔打头，八个人齐进了林子，见林中一所石屋，双虎守门，那和尚就在屋中坐地。八人行到石屋门口，两虎咆哮欲扑。那和尚一举手，把两虎挥退，笑向众人道：

"进来吧！"

八个人进屋，行礼谒见。那和尚笑道：

"瞧众位眉目间英气勃勃，敢莫是人世剑侠吗？"

周浔道：

"吾师真是神人，某等不过是略知剑术，实不敢当这'侠'字。"

遂各自通了姓名。那和尚笑道：

"关内人称为什么南中八侠的，就是你们了。"

周浔道：

"起初是南中八侠，现在只剩了七剑八侠了。"

和尚道：

"我知道不是剑侠，断不能到此。此间峭壁矗立，飞走皆绝，猿猴鼯鼠为了没有攀缘的藤萝，也难揉升来此。"

周浔询问和尚法号，和尚道：

"我名云峰嘉穆错，乃是西藏红教大宝法王谟勒孤的徒弟，为爱此间山气雄厚，筑两间石屋，习静修炼。"

路民瞻道：

"吾师力能伏虎，道行已到超凡入圣，何必再修？"

云峰道：

"伏虎小技，何足称道？我们师兄雪峰嘉穆错，能够降龙呢。前年他陪送我到此，经过海口，乘便降伏了一条乌龙，并收得火齐珠十多颗、神剑七口。你们想吧，龙都能够降伏，何况这小小孽畜？"

八剑侠听了此言，都唬一大跳，忙问：

"火齐珠与神剑，现在哪里？"

云峰道：

"早被我师兄带回西藏，作为镇山之宝了。"

周浔道：

"云大师，这七口神剑与十九颗火齐珠，实是某等之物。火齐珠身外之物，不还罢了。这七口神剑，都是各人本身精神所练就，颇非一日之功。现在被大师的师兄收了去，只得恳求大师大发慈悲，转央师兄大师，将神剑发还，不胜感激。"

路民瞻等也跟着央恳。和尚道：

"我也知道练就神剑，颇非容易，可惜已被我师兄带回西藏，作为镇山之宝。你们现在要要回神剑，我可以指点你们一条路子。除此之外，我就不能为力。"

众侠都是很欢喜。云峰道：

"你们要要回神剑，除是亲到西藏，面求我们师兄，这便是最妙的妙着。"

路民瞻道：

"不知师兄大师安禅在哪里？"

云峰道：

"在萨迦庙，你们自去找他便了。"

曹仁父道：

"最好恳求大师给一封信，我们好持着大师的信前往拜谒。"

云峰道：

"我们西藏人性直，不会讲客气话，你们自己去央求，我师兄或肯还你们神剑。持了我信去，他定然不肯还。因为我那师兄最喜使唤人家，最不喜受人使唤，见了我的信，他就要错疑到我见好你们，沽恩市德，要还也不还了。"

八剑侠听言有理，也不强求了。云峰就留八侠在石屋宿了一宵。八侠见云峰并不吃食，到夜，就有两头白猿送来山果，云峰即取山果分敬众客，他自己只剥吃了十多粒松子。

西藏这地方，周浔、路民瞻、曹仁父是去过的，当下就与云峰攀谈，打听红教情形。云峰于红、黄两教历史，精熟得如桶脱底。云峰道：

"西藏在古时名叫吐蕃，自从大唐太宗皇帝把文成公主下嫁于吐蕃赞普王，公主带来了佛像经卷，赞普王又娶巴布勒国王之女为次妃，巴妃也带来佛像经卷，西藏始有佛教。赞普王又特遣文臣十六员到额纳特阿克国中，传音韵之学，互证土伯特之三十个字母，合入四声，于原有三十四字内，删去十一字，以其余二十三字与土伯特始创之六字，并原阿字定为三十字母，各分音韵，将《禅经》《百拜忏悔经》《三宝云经》，都翻译成文。又延请中天竺的桑吉剌必满师，巴勒布国的锡拉满祖师、鄂斯达师，大唐的玛哈干德师，三国各僧翻译宣布。后来赞普王的玄孙又娶唐中宗女金城公主为妃，大兴佛法，迎请天竺名僧到来，一面广建法轮，一面制伏妖魔。建筑的庙宇分作三层，下层是土伯特氏子，中层是大唐式子，上层是中天竺式子。佛殿中间是供三世佛，四面四隅是像四大部洲、八小部洲。凡驱魔之咒，日月之象，无不荟萃。招集法众，练习秘咒，受诸法要，及七百二十佛之灌顶。到大元世祖忽必烈时光，西藏出了一个圣童。这圣童名叫八思巴，七岁即能诵经典数十万言，通其大义。十五岁即往谒世祖，元世祖尊他为国师，叫他制造蒙古新字，通只一千多个字，凡四十一个字母。这位国师就是红教的宗主，蒙古字就此颁行天下。明成祖封八思巴的子孙哈立麻为大宝法王、西天大善自在佛。这法王迎到北京，在灵国寺中，替高皇后荐福，有卿云、甘露、青鸟、白象之祥。哈立麻的徒弟，也都受恩敕封，封国师的三个，封法王的两个，一封大乘法王，一封大慈法王。封王的五个，是阐化王、阐教王、辅教王、护教王、赞善王。封西天佛子的两个，灌顶大国师的九个，灌顶国师的十八个。法王等死后，许他的子孙自相承袭，不过每年派使来华朝贡罢了。这便是我们红教的源流。我们红教，穿的是红衣红帽，一般也娶妻生子，不过与俗家不同。俗家夫妇是终年团聚，佛家夫妇一个月中只团聚得两日，是初一、十五两天，其余都是别居的。不意永乐十五年，西宁卫地方又生了一个圣孩，名叫宗喀巴。这宗喀巴幼而神异，精通佛法，初出家时，学经于萨迦庙。后来在大雪山修《苦行穆隆经》，修行成功之后，大为藏人所敬信。穿的是黄衣黄帽，不娶妻生子。这宗喀巴受戒时光，染僧帽僧衣，各种颜色都染不成，不过黄色一染立成，遂创立起黄教来。于成化十四年示寂，遗嘱两个大徒弟，世世以呼毕勒罕转生，演大乘教。呼毕勒罕，华言就是化身。两个徒弟一个就是达赖喇嘛，一个就是班禅喇嘛。喇嘛华言，就是无上的意思。达赖华言，就是观音分体之光，班禅就是金刚化身之意。这达赖、班禅两位佛爷，世世呼毕勒罕，世世互为师弟，传授《甘珠尔经》《丹珠尔经》。"

周浔道：

"西藏红、黄两种喇嘛，权力都在黄教手里。达赖、班禅两佛爷，差不多就是前后藏的地域统领。"

云峰道：

"我们红教喇嘛最尊的，是萨迦呼图克图，萨迦庙在扎什伦布的西面，藏人敬奉萨迦呼图克图，也与敬奉达赖班禅差不多。咱们红教经典，就是黄教经典，两教本来龙去脉同一经典。红教与黄教不过是衣帽颜色不同，咒语稍别，传子与转生各分罢了。"

路民瞻道：

"闻得达赖喇嘛，每于圆寂时光，先示人以降生之处。他的徒弟大堪布按照所言往访，那小孩子初见即能相识，可有这一件事？"

云峰道：

"如何没有？呼毕勒罕的事，从前是极灵极验的。自从每六世达赖，青海与藏中两处拥立之后，经清军拥护青海达赖禅榻入藏，活佛呼毕勒罕已变了金瓶卜名了。凡遇达赖圆寂而后，清政府的驻藏大臣立刻行文各路，民间有呈报生子灵异的，或有征验，寺内即遣大堪布持了达赖生前常用爱用之物各数事，杂在他物中，试这孩子。这孩子竟能指取不爽，有时向堪布说出一二话，是临圆寂时的事情，就叫他的老子娘携到德庆。有时他处也有灵异孩子一人或是三人四人，驻藏大臣复验之后，择日用金瓶制签，先期七日，各大寺喇嘛虔诚诵经，帮办大臣到大昭寺行礼，用牙签写上各小儿名字，每人各写一签，弥封了贮入瓶中，盖上了盖。驻藏大臣行礼启盖，掣取一签，对众拆封，既知为某小孩，立刻率众到德庆，迎入大昭寺，堪布日夕守护。一面具奏入呼毕勒罕册子，大皇帝命章嘉呼图克图到西藏照料坐床。六岁学习经典，七岁受小戒，即学禅坐，不令睡卧。藏内公事都由班禅或呼图克图代理，到十六岁才亲政。"

周浔等听了，都各惊叹不已。路民瞻道：

"吾师力能伏虎，师兄大师又能降龙，我想世上最难驯服的东西，就是龙虎。二位大师有如此的道力，谅必举世无敌的了。"

云峰笑道：

"降龙伏虎何足为奇？我们师父能够呼唤风雨，号召雷霆，旋乾转坤，移山倒海，咒刀入石，吐火焚林。"

八剑侠听了，都各骇然。

次日清晨，八剑侠辞别了云峰大师，找路下岭，峭壁悬崖，削立万仞。下岭比上岭艰苦，亏得八侠本领高强，眼光尖锐，石壁上横生出不少的树木，众人鱼贯而下，就把树木做接脚，由此树跳到彼树，好容易才踏到山坡。路民瞻道：

"我们的剑既然都在西藏，不必浪游了，快到西藏去取回了剑，再谈别事。"

众人都称很好，于是周浔等昼夜兼程，径向山海关进发，经道奉天等处，并未停留。

　　一日，进了山海关，就听得八卦教招人入教，声势很是浩大，也没暇去顾问，急急由陕入川，径投西藏而来。欲知神剑能够取回与否，且听下回分解。

第五回

万里间关寻故剑
八侠入寺谒降龙

却说八剑侠到了四川，周浔道：

"我们须购办皮衣，此去从打箭炉到小巴冲，气候非常寒冷。从前我们经过那里，已经是芒种节，不带衣，大受其累，直行到巴塘，气候才暖起来。"

于是各人买了几身皮衣，收拾定当，立即登程。一出打箭炉，山高水冽，都现出阴沉气象。周浔年高，先就喘起来。众人不知不觉，也都跟着气喘。吕四娘道：

"怪呀！好端端的，大家陡然都患起喘病来，这是何故？"

路民瞻道：

"这里地名折多山，产生大黄，药气熏蒸，所以令人气喘。"

吕四娘道：

"一药之力，厉害如此，怪道治病之立见奇效也。"

这日，行到巴塘，绿野平畴，满眼都青葱可爱，四围的山也都现秀媚之态。镇上市街整洁，店铺轩昂，店家商人大半是陕西人。甘凤池道：

"这里的景象，俨如内地。"

周浔道：

"此间是西宁，西藏川滇绾毂之地，所以有这么繁盛。"

当下八剑侠周历全塘，见喇嘛寺都在西山一带，行馆都在东山，土司衙门都在北部。路民瞻道：

"我们到喇嘛寺去逛逛。"

周浔道：

"要向喇嘛要回神剑，须先向喇嘛寺探一个确实消息，去瞧瞧很好。"

于是大家同行，向西山走去，霎时到一所很大的喇嘛寺。只见黄垣缭绕，殿阁巍峨。周浔等进了山门，就听得梵呗之声响彻殿陛，众喇嘛正在殿上讽经呢。八剑侠升阶纳阶，直到大殿，见五六百个喇嘛都戴着猩红僧帽，披着猩红袈裟，偏袒了右肩，正在殿中环佛转绕，讽经疾走。抬头瞧那佛像时，吕四娘羞得倒退不迭。原来供奉的是大欢喜佛，有男佛，有女佛，都是赤条条一丝不挂。男佛女佛有互相拥的，有交合的。那交合的形状，种种不一，有男女对合的，有女伏男身的，有坐而交合，立而交合的，有女佛以背就男身而合的，也有男佛与雌兽合，女佛与雄兽合的，奇形怪状，不一而足。这欢喜佛是喇嘛教中最尊重不过的，究竟本何经典，作书的未曾深考，不敢妄说。吕四娘是女子，自然羞得倒退不迭。当下周浔等瞧了一会子，也就退出。见吕四娘在一间空洞洞的大殿上，正跟两个喇嘛僧讲话，周浔等七人走上殿，与喇嘛僧见礼。吕四娘道：

"我正听这两位师父讲说本寺故事呢！"

曹仁父接问：

"什么故事？我们也来听听。"

吕四娘道：

"我因见这么一间大殿，空洞洞不见一佛，询问缘故。这两位师父告诉我，本来是大阿罗汉殿，却被天朝大将军借去了法身，就此成为空殿。正要细讲借去法身的事，恰好你来了。"

白泰官道：

"那么我们来得恰好，正好领教呢！"

吕四娘问：

"天朝大将军怎么借去法身？"

那喇嘛僧道：

"康熙五十七年，天朝大皇帝命抚远大将军屯兵青海木鲁河，将军传尔丹、富宁安出巴里坤、阿尔台，将军噶尔弼出四川，将军延信出青海，拥护青海所立的第六世达赖入藏。大军经过巴塘，断了饷，军心浮动，大有欲变的景象。大将军入寺礼佛，到大阿罗汉殿，瞧见罗汉法身都有一丈多高，齐齐整整五百尊都是精铜铸成的。大将军心机一动，遂跪下祷道：'奉旨入藏，途中缺饷，军心浮动，兵变顷刻，只得向我佛暂借法身，铸钱发饷。班师之后，定当奏请国帑，铸还法身。'大将军祷毕，随命兵弁把铜罗汉法身一尊一尊担出去，下炉铸钱，炉火冲天，金钱遍地。哪里知道这五百尊大阿罗汉中有一十八尊是纯金的，下了炉才知道。兵弁报知大将军，大将军道：'一千多斤一尊的罗汉，一十八尊，足有二万多斤金子，已经下了炉，是没法可想。这么着吧，叫他们将康熙通宝的'熙'字，减去一竖，做成熙字，记下了暗号，预备将来回朝，设法收回。'铸还佛像，虽未能金铜分铸，金是金，铜是铜，却依然罗汉还是罗汉，掺和混合，也很不妨。哪里知道这位大将军班师之后，就坏了事。本寺的大阿罗汉法身就此不曾铸还，那掺和金子的罗汉钱，流散四方，也就无人收买。"

周浔道：

"此事我也知道，是年大将军干的。"

路民瞻打听藏中萨迦寺。喇嘛僧道：

"那是大宝法王呼图克图谟勒孤佛爷的主寺。这位佛爷道行非凡，能够呼唤风雨，号召雷霆，真是佛法无边。"

路民瞻道：

"萨迦佛爷比了达赖、班禅如何？"

喇嘛僧道：

"也差不多。"

说着时，钟声喤然，那喇嘛僧便匆匆入内而去。这里八剑侠也就出寺。回到东山行馆，询问馆主，知道此间的呼图克图大喇嘛一般也食牛羊肉，也穿狐羊猪裘，举动一切不异常人。不过晚上终宵趺坐，并不眠睡，所习经典较多罢了。

次日，八剑侠登程出发，有事即长，无话即短。不到一日，早来到西藏扎什伦市。西藏地广人稀，萨迦红教主寺，一找就找着了。好一所萨迦庙，但见金塔冲霄，梵宫绀宇，叠叠重重。外面黄垣回蜒，宛如一座城子。究竟红教主寺不比寻常僧院，山门上就有小喇嘛守着，盘查出入。八剑侠托言拈香礼佛，才得进

37

门。只见琳琅满目，金碧辉煌，白石的阶陛，连天井都是白石铺的，白润如玉。中间正殿，两旁配殿。正殿中十六柱合抱的殿柱都是金漆雕龙的，殿上殊红大匾额，写着径丈的大字四个，是"寂默能仁"，知道供奉的是三世如来，佛像高大无比，佛前悬着长明灯，内贮着牛油，火焰干红，结着个大灯花。抄过大殿，又是一重门，门内便是佛殿，供奉的是观世音，比了前殿，更是庄严富丽。愈进愈庄严，一共走了五六进的屋，没一处不有小喇嘛守着。到第七进，是圣迹殿，两壁上满嵌着圣迹，是从大雄氏出世，从婴孩到长成，为净饭王太子，王命商民悬灯挂彩，导太子出游四城，太子瞧见老死病苦，触目伤怀，顿萌出世之念，黑夜盗马出逃，以至修行得道，回度父妻等事，都用珠玉、玛瑙、珊瑚、琥珀以及各种宝石等做成人物、山水、屋舍，嵌入壁间，生动华丽，庄严无比。太阳庵珍宝虽多，比了此壁，自觉汗颜无地。八剑侠无不点头赞叹。当下即由周浔开言：请见雪峰大师。小喇嘛入内通报，一时出来传呼入见。八剑侠跟随小喇嘛，抹角转弯，走了好一会子，到一间配殿里。小喇嘛叫在廊下稍候，入内须臾，出呼道：

"国师爷叫你们进来。"

于是周浔、路民瞻、曹仁父、吕元、白泰官、甘凤池、吕四娘、张福儿八人，跟着小喇嘛入内。只见禅床上坐着一个红衣大喇嘛，生得阔额长须，浓眉大眼，两耳几至垂肩，双手竟然过膝。猛一瞧时，宛然一尊无量寿佛。周浔上前行礼，雪峰大师只不过把头点了一点，遂问：

"尔等万里来藏，有何事故？"

路民瞻因述：

"我们在峨眉山从师学剑，苦练三年，才得成剑，颇非朝夕之功。剑成之后，遵奉师训，广行侠道，扶弱挫强，不无微劳足录。因在海南捕盗，发剑大战，用火齐珠照海，不意引起孽龙，致被摄行万里，宝珠神剑全都失去。知道国师爷道法宏深，收降了孽龙，慈悲救苦，感德无量。我等八人间关万里，到这里来，第一是叩谢国师爷救难救苦洪恩，第二是我等的神剑宝珠谅都在国师爷寺中，恳求大发慈悲，赏还了我们。倘能珠剑全还，尤为感受。如果留珠还剑，也属慈恩高厚，我等总是感激。"

雪峰听了笑道：

"原来你们是为索取东西来的，说上了一大串的好话。但是我这里是十方世界，只有施主们布施捐助，没的施主不布施本寺，倒要本寺布施施主的。再者这十九颗火齐珠、七柄神剑，无论尔等一面之词，碍难凭信，就算是你们的东西，我究竟是从乌龙身上取下，不曾从你们手中夺来，也难还给你们。"

周浔、曹仁父耐住了性子，软语相商，又讲了好一会子，雪峰只是摇头，回言难办。八剑侠没法，只得告辞退出。借了一家客馆住下。周浔道：

"雪峰揩住不还，可有什么法子？"

路民瞻道：

"剑就是我们的命，他不肯还，难道我们就此丢开不成？还不还的权在他，要不要的权在我。"

曹仁父道：

"我们自当另想法子，好歹总要把神剑收回来。"

吕元道：

"这和尚力能降龙，我们八人，恐非其敌。"

甘凤池道：

"想我当日身入太湖，与了因拼命，何尝不晓得了因的厉害？事到临头，也顾不得许多。现在从费雅哈到山海关，从山海关到四川，路已经几多。从四川到这里，路又几多，奔波了二万多里路，瞧见了神剑，倒又缩手而退。"

吕四娘道：

"此言很是，雪峰虽然厉害，我们终不能就此丢下不干。"

周浔道：

"既然大家意志坚决，就今晚飞入寺去瞧瞧。天可怜见，或能物归原主，也说不定。"

一到晚上，八剑侠结束定当，全都夜行衣靠，带上了铜刀，藏好了暗器，飞出客馆。路上已无行人，八个人走成一条线，不多一刻，早闻塔角铃鸣，黄墙挡路，萨迦寺已在目前。周浔打头，一纵身，扑扑早飞上了墙头，将身爬伏，就墙头蛇行而进，进了三四进，轻身跳下，来至一处，见有灯光，细细看时，却是一明两暗。明室里有人在讲话，只听一人道：

"今晚不是十五，国师爷怎么家去了？"

一个道：

"你还不知道师母娘人极厉害，要国师爷天天回去，国师爷因为戒律所束缚，定了逢一逢五回家团聚的新法。今天是十一日，所以家去了。不是我说一句，师母娘也太好色了。佛家夫妻，原与俗家不同，国师爷那么道行，弄得他违犯戒律，倘然佛爷知道了，可就大大的不稳便。"

先一个道：

"国师爷有降龙的本领，我不信师母娘那么一个人，比龙还要难驯。国师爷降得服龙，就降不了师母娘？"

原来讲话的是两个小喇嘛。欲知后事如何，且听下回分解。

第六回

白泰官大闹禅宫
吕四娘小施巧计

　　却说八剑侠听了这两个小喇嘛的话，知道雪峰不在寺中，就商议侦察神剑之法，八个人分作四队，南北东西，各当一面。周浔、路民瞻当北路，曹仁父、甘凤池当南路，吕元、白泰官当东路，吕四娘、张福儿当西路。一因地方广阔，二因房屋缭曲，分队干办，各自细心候察。吕元、白泰官向东探索而前，到一所殿内，香烟缭绕，长明灯中半明不灭的干红火焰，压着一个大灯花，摇摇欲灭。两人入殿，见有二十多个小喇嘛，都在佛前跪拜。吕元居左，白泰官居右，两人盘柱而上，贴身檐际，静静地瞧视。忽见一个喇嘛闯入道：

　　"你们听了，国师爷差人来说，国师爷袖占一课，知道本寺今晚有贼，叫大家留心防备。"

　　下面众喇嘛齐声答应。上面吕、白两人都吃一大惊。此时两人盘踞柱顶，各斜飞出一只脚，抵在二梁上，成一个二龙戏珠的样子。瞧见各喇嘛讽经完竣，商议防备之法，各有主张，纷议不

42

决。忽一人入报：

"佛爷禅宫里有了贼子了，快去帮助拿捕。"

众喇嘛应声如雷，争着出外而去。吕、白两人瞧见风声这么紧急，急从柱顶卸溜而下，听得外面脚步声很是杂乱，吕元道：

"我们且别露面，暗地跟去，见机行事。"

白泰官点头。出了殿门，纵身上屋，屋高顶矗，盖得偏又是琉璃瓦，油滑几难站脚，倘非剑侠，早都掉了下来。听得下面人声，都自南而北，自外而内。两人在屋面也就向内飞行，轻灵迅捷，宛如猿猴一般。飞过了宫墙，就听得喊呐争斗，闹成一片，灯光照耀如同白日，纵跃飞行，越过两个屋脊，已经瞧见五六十个喇嘛，围住了周浔、路民瞻厮杀。周、路两人被困垓心，左冲右突，哪里冲突得出？二人拳技虽精，众喇嘛力大如牛，也不能得半点便宜，只斗个平手。白泰官大吼一声，从屋上跳下，吕元也跟着跃下，挥刀奋斫。喇嘛手里拿的是铁链鞭，左右飞打，钢刀被铁链绕住，一拖就拖去了，饶吕、白两人刀法精通，支持了一个多时辰，也略揉了去。周、路、吕、白四侠赤手空拳与众喇嘛战斗，奋拳虎吼，目光如炬。此时喊呐之声震天动地，白泰官一时性起，格开铁链鞭，径奔丹墀，飞上殿去。

殿上即是大宝法王大呼图克图谟勒孤佛爷安禅所在，是萨迦庙中最圣洁的地方，无论何人不得轻易冒犯。现在白泰官虎吼而前，犯了庙中大戒，奔入禅宫大殿，如飞地抢过去，想一把将谟勒孤擒下。在白泰官不曾知道谟勒孤厉害，实可称胆大妄为。其实八侠被乌龙所摄，飞行万里，已经无可奈何，雪峰国师竟就轻轻易易把龙降服了，雪峰的本领已高出八侠万万。现在谟勒孤是雪峰的师，其本领之高，不问可知。偏这么莽撞，如何不惹出大祸来？

当下白泰官抢步上殿，做了一个虎扑势，禅床上谟勒孤一见，不禁哈哈大笑，口中默念咒语，把如意只一指，狂风陡起，雷电交加，一阵风把白泰官卷了出去，连庭心中周、路、吕三侠都被吹倒。说也奇怪，众喇嘛当着这么大的风，竟都不怕。谟勒孤喝令把四个贼子捆了起来，发交阐教法王审问。此时甘凤池、曹仁父、吕四娘、张福儿四人已经得着消息，知难而退，逃回客馆去了。

这里阐教王奉到佛旨，立刻升殿询问，各小喇嘛分站两旁，全副刑具伺候。这位阐教王于问案，素有能名的，当下升座之后，见案上朱墨笔砚，端正齐备。小喇嘛呈上犯人名单，共是四名。阐教王提起朱笔，就第一个周浔名字上点上一点红点，随喝带周浔。两旁小喇嘛一迭连声接喝下去：

"带周浔，带周浔！"

一时周浔带上，昂然直立，并不下跪。小喇嘛喝令快跪快跪，周浔道：

"我头可断，我膝不可屈。"

阐教王倒笑容可掬道：

"你叫什么？"

周浔道：

"我叫周浔。"

阐教王道：

"你哪里人氏？"

周浔道：

"中国南省人。"

阐教王道：

"离这里有多少路？"

周浔道：

"约有二万多里。"

阐教王道：

"二万多里，不可谓不远，这么大远地赶来，干点子什么？"

周浔道：

"为向雪峰国师要回神剑。"

阐教王道：

"神剑是什么东西？"

周浔道：

"是我练成随身应用的小剑。"

阐教王道：

"一柄小剑，也值得二万多里路地赶来？情理上有点子讲不过去。"

周浔道：

"我的剑非他物可比，飞剑斩物，随心所使，可远可近，是我在昆仑山白猿老人处练习成功的，是吸取日月的精华，并本身的精气神，合了钢铁才得成功。不但随心所使，并可以身剑合一，飞行无阻，所以叫作神剑。我把它瞧得同性命差不多重。"

阐教王道：

"你的神剑，如何会在雪峰国师爷处呢？"

周浔就把如何搜捕海盗，如何使用火齐珠，如何陡遇乌龙失去神剑的话，说了遍。阐教王问失剑在什么时候，周浔照实回答。阐教王道：

"你既在五年之前失去了剑，为甚那时不找，直到此刻才找？"

周浔又把漂流在费雅哈，从费雅哈到黑斤，黑斤到虎尔哈，如何险阻艰难，直到了长白山上得遇云峰师，才知雪峰国师已经降伏了乌龙，所以赶来的。阐教王道：

"你说搜捕海盗时光，共是八人，此次来藏，还是八人同来的呢，还是你一个儿独来的？"

周浔道：

"是八人同来的。"

阐教王道：

"既是八人同来，今晚入寺做贼，总也八人同来的了？"

周浔道：

"一身做事一身当，不必拉扯人。"

阐教王道：

"现有四人获案。谅你们来时，绝不止四人。"

周浔不语。阐教王道：

"你求剑也罢了，为甚惊动活佛，大闹禅宫？"

周浔道：

"我自侦察神剑，小喇嘛把我当作贼子，才战斗起来。"

阐教王道：

"你与国师爷，曾否见过前？你的剑果否在此？国师爷果否知道？"

周浔道：

"见过的。"

遂把谒见雪峰的事说了一遍。阐教王遂命周浔画了供，带下去，再带上路民瞻审问。话休絮烦，四个侠客隔别逐一审问，都画上了口供。阐教王将四张供状互相勘对，虽然少有出入，大致也还相同。既然遂个别审问，确无串供捏情等弊，于是把周浔、路民瞻、吕元、白泰官四人定了个闹宫惊佛之罪，监禁五年，具奏大宝法王，恭候佛旨定夺。谟勒孤降旨是"照所请办理"五个字，从此周浔等四人在西藏饱尝铁窗滋味了。暂时按下。

却说曹仁父等回到客馆，候至天明，不见周浔等回来，异常焦灼。隔了一日，西藏地方纷纷传说说萨迦庙中获住四个贼子，已经阐教王审明定罪，监禁五年。甘凤池便要去反牢劫狱，救师父等出来。曹仁父忙阻住道：

"不可，不可，红教喇嘛大半都会法术，你我没了剑，已如失水之龙，离山之虎，哪里是他们敌手？周浔等被擒，就是前车之鉴。同来共是八人，现在四人被难，只剩我们四个人在外，全仗我们设法解救。再一莽撞被擒，八人全都下狱，更有谁来解救我们？"

吕四娘、张福儿都说曹仁父所见不错，自该从长计议。甘凤池见大众都主张慎重，也只得舍己从人。吕四娘等亏得在费雅哈时光，得着参苓、紫貂等贵重物品很不少，便扮作了商人，向札什伦布人家挨户兜售。日子久了，便与西藏人渐渐相熟。西藏风俗与中国大不相同，妇人的权势最盛，无论大小人家，家政都由妇人掌理，家中男子不过供妇人的驱策，妇人发出的令，差不多就是活佛的纶音佛旨，恁是胆大的人，不敢稍有违拗。弟兄四五人，往往共娶一妇，弟兄轮流值宿，都由妇人指令，劳力所入，也悉数缴纳于妇人，不敢自私自利。妇人随自己高兴，今日和这个好，明日和那个好，兄弟们不过私相艳羡，再不敢拈酸吃醋。除是僧官大喇嘛，才有独享一妻的洪福。但是积习相沿，就以国师爷之尊，也万不敢与国师娘相抗。此种情形，被吕四娘探听了个明白，眉头一皱，计上心来，遂向甘凤池等道：

"我有一条奇计，可以救出囚人，可以要回神剑。"

曹仁父喜问：

"计将安出？"

吕四娘道：

"雪峰国师的家我已探知，国师娘的话，雪峰无有不依从。现在只要走这一条路，央求央求国师娘，只要她应允了，向国师说一个情，天下再无办不到的事。"

曹、甘、张三人听了，齐称此计大妙。张福儿道：

"我们都是男儿，怕不能够见国师娘，这件事只好偏劳师姊了。"

吕四娘道：

"何消说得，只好我去碰一碰，看各人的运气。"

又道：

"我们得的人参、茯苓、紫貂、乌勒草鞋都是至宝，就可作为进见之礼。"

众人都说：

48

"那是极该的。"

于是取出野茯苓一斤、人参半斤、紫貂两只、乌勒草鞋一双，共是四色，吕四娘取了，径投国师府来。

这国师府虽然比不上萨迦庙，倒也十分轩昂，异常气概，门上也有着守门的。吕四娘上前通了姓名，表明来意，说是专诚求见国师娘，送礼来的。门上通报之后，传出话来，即命进见。吕四娘跟随进了三四埭的屋，到一间陈设华丽的地方，引导的人叫四娘少待，入内须臾，就称国师娘出来了。即见三五个仆妇簇拥一个丽人出来，吕四娘知道就是国师娘了，赶忙趋前叩见，献上礼物，并说明参苓貂草的好处，为仰慕国师娘慈悲温厚，大远地送来，略尽一点儿微忱。国师娘大喜，收了礼物，最爱的就是那双乌勒草的鞋，拿在手中，玩弄不止。吕四娘见国师娘欢喜，知道十有八九成就，于是乘机进言，把自己来意婉婉转转说出。国师娘听了，半晌不答。吕四娘又恳恳切切地央告。未知国师娘愿否设法解救，且听下回分解。

第七回

大宝王严行番国律
吕四娘初上布达拉

话说国师娘听了吕四娘的话，遂道：

"果然光是国师作难呢，我替你一说便了。"

吕四娘道：

"能够如此，我们都感不尽国师娘大恩。"

国师娘道：

"那不过费我一句话，不值什么。"

吕四娘万分欢喜，再三称谢而退。曹仁父、甘凤池、张福儿候在客馆中，已很焦急，一见四娘回来，就问大事如何。吕四娘道：

"国师娘已允下了，不过三五天工夫，周、路、吕、白必然释放出来，神剑也必物归原主。我们得了剑，就可以仗剑飞行，一二日就到了家。"

曹仁父等也很欢喜，不意候了五六天，杳无影息。吕四娘再到国师府探问，才知国师娘已经关说过，雪峰倒一口就允，因周浔等是奉佛旨审实定罪的人，须奏请佛爷定夺。次日，雪峰具奏，活佛降旨不准，国师也爱莫能助。吕四娘大失所望，回到客馆，报知众人。甘凤池道：

"这可难了，红教活佛不答应，这厮会的是法，倒很难应付。"

张福儿道：

"早知如此，我们不该入庙大闹，就应走国师娘这一条路，早结了多时了。"

曹仁父道：

"过后的事不必提了，眼前只讲眼前的法子。"

吕四娘道：

"我想藏中活佛，最尊的就是达赖喇嘛。红教虽然厉害，对了黄教，是奉令唯谨的。现在萨迦活佛不肯释放，除是去恳求黄教活佛达赖喇嘛。达赖倘有施恩，必能立刻释放。要不然，总要等候五年期满，才能收剑回国呢！"

曹仁父道：

"事到如今，也只有这个法子了。"

次日，吕四娘等四人即向布达拉出发。知道全藏六十八座城池，达赖喇嘛管辖，有到三十座，班禅喇嘛管辖的是十八座，十二座是红教大宝法王管辖的。西藏的城子，不过官舍民居堑山建碉罢了，很非内地城卫可比。吕四娘一路向人打听，知道达赖、班禅手下有不少的僧官，总名都叫堪布。最大的叫总堪布，总堪布之下，有通巴堪布、达尔罕堪布，还有扎萨克堪布三员，是佐理政事的大僧官。达赖起居的内侍，叫岁琫堪布、森琫堪布。此外职司经卷的，叫作曲琫堪布，职司熬茶的，叫作孜仲堪布。达赖的传事叫卓尼尔堪布，管理达赖金银缎匹珍宝内库的，叫商上堪布。管理国库的，叫商卓特巴堪布，叫存琫堪布，都是四品官。管理征收的叫业尔仓巴堪布，是五品。管理刑名词讼的，叫噶厦堪布，叫协尔帮堪布，也是五品。管文书叫大中译堪布，是六品，叫小中译堪布，是七品。通传译语的，叫罗藏娃堪布，管马骡的叫达琫堪布，是六品。分管地方的叫希约第巴堪布，叫郎仔辖第巴堪布，总理兵马刑名的叫噶布伦堪布，都是三品，还有管门管草管账房各小堪布，种种名称，不一而足。

这日，行抵布达拉。这布达拉地方就是达赖安禅之所。只见山势雄峻，双峰插天，估量去总有一百多丈之高。这座山就叫布达拉山，番言布达拉，华言就是普陀宗乘，据《释典》天下有三个普陀，一个在天竺南海中，一个在中国浙江定海，一个在西藏平地。当下吕四娘等循着山路，迤逦上山，直造峰巅。瞧见达赖所居的佛寺重房叠屋，矗立云霄，金碧辉煌，庄严无量，数去共有一十八重楼房，足有三四十丈高低。吕四娘道：

"这么高的房屋中，内地从未见过。"

曹仁父道：

"这是借山势迤逦叠甃而成的，造法很是新奇。"

说着时，已到寺门。遇见一位黄帽喇嘛官，自内而出。曹仁父赶忙上前施礼，那喇嘛官停住脚，问众位有何事，曹仁父道：

"我们特来朝叩达赖佛爷的。"

那喇嘛官道：

"我是密琫堪布，专掌户口册籍的，旁的事都不管，你们自入内去询问。"

曹仁父没法,进了寺门,见两旁都是僧舍,密若蜂房,不知共有几千万落。有四位喇嘛官从左侧僧舍中出来,曹仁父等又忙向施礼,道明来意。那喇嘛官道:

"我是载瑳堪布,他是加瑳堪布,这是甲瑳堪布,那是定瑳堪布。我们都是管理兵马的,传事自有卓尼尔堪布,专司其事,你们自去找他便了。"

吕四娘道:

"我们新来,情形不很熟悉,敢求堪布爷指点。"

西藏风俗,本来敬重女子,喇嘛官见四娘询问,那甲瑳堪布就降尊纡贵地答问道:

"你们求见活佛,还是白见见呢?还是别有事故?"

吕四娘道:

"我们果然别有事故。"

甲瑳道:

"那么,你们须先谒见第巴堪布,达赖活佛一切事情都由第巴堪布代理的。见第巴,差不多就是见达赖,要省去不少周折呢!"

吕四娘喜道:

"承蒙指点,不知第巴堪布爷在哪里?"

甲瑳又指示了地方,吕四娘等感谢不已。当下抄过三座金殿,直到第巴办事地方,先向小喇嘛道明来意,小喇嘛入内禀命,一时出来道:

"第巴请诸位进见。"

曹仁父、甘凤池、吕四娘、张福儿四人跟随小喇嘛入内，见一间极精致的便殿，壁上画着大阿罗汉，笔意生动，须眉欲活。地下满铺氍毹，第巴就趺坐在氍毹上面。四侠向他施礼，倒也偏袒还礼。当下即由吕四娘开言，把求见达赖的意思，婉转陈述，说了个备细。第巴听毕，一言不发，曹仁父等重又央求，第巴堪布道：

　　"你们四个同伴，被禁在萨迦庙，要活佛降旨赦免，未免小题大做，太郑重了。在你们意思，不过要同伴出罪，那又何必这么大弄？"

　　吕四娘道：

　　"堪布爷倘肯大发慈悲，救我们同伴罪，我们就专求堪布爷设法吧！"

　　第巴道：

　　"我们这里有专管刑名词讼的堪布，叫作噶厦，你们只消具一张禀，到噶厦那里，告上你们那四个同俾一状，噶厦自会行文前去关提，萨迦庙自无掯住不放之理。只消起解时光，半途中走脱了，岂不简捷便当？"

　　吕四娘等闻言大喜，再三道谢，于是即由曹仁父动笔，撰了一张禀，投递到噶厦堪布那里。随即启程，回到札可伦布。张福儿道：

　　"我们的神剑须先领回，然后起解之后，可以同伴逃出，飞行回国。"

　　吕四娘道：

　　"此见甚是，国师娘那里依旧我去一回吧！"

众人都说很好。

这日，吕四娘独自一人至国师府求见，国师娘立刻延入，谈了大半天，方才出来。甘凤池接着问事如何，吕四娘道：

"叫初六日进府去听回话，今日是初三，再隔两日就明白了。"

众侠没法，只得悉心等候。到了初六日，大清早，大家就催吕四娘进府去。吕四娘道：

"忙什么？午饭后总会得了结，国师娘与我约定未正会面呢。"

饭后四娘孜府之后，曹仁父、张福儿两个，宛如候榜的举子、望岁的农夫，巴不得立刻就接到好消息，左盼右盼，盼到个望眼欲穿，才见吕四娘无精打采、一步懒一步地走回来，瞧神气就知不是佳兆。甘凤池问国师娘是见着的，吕四娘道：

"见着的。"

甘凤池问事情如何，吕四娘摇摇头，不发一语。张福儿道：

"光景是已经绝望了吗？"

此时曹仁父、甘凤池的眼珠儿也全神贯注地瞧着吕四娘，等候四娘回话。只见吕四娘道：

"绝望呢不曾，国师娘说还要停三四天，才有消息，现在办得到办不到，国师自己也不曾知道。"

众人见说，也都爽然，就为尚有一线的希望，都未灰心。今朝盼明朝，明朝盼后日，好容易挨到第四日，曹、张、甘三人又催吕四娘去讨回音。吕四娘去后，三个人徘徊瞻眺，眼巴巴地望着，望到夕阳西下，曹仁父向甘、张二人道：

"瞧光景是不行的了。"

一语未了，听得外面有人道：

"你们怎么不来接我呀？"

正是吕四娘的声音。张福儿喜得第一个奔了出去，跳跃而前：

"师姊回来了，事情怎么了？"

吕四娘道：

"里面去讲话。"

师姊弟两人进来，恰好曹、甘两人迎出，撞了个满怀。吕四娘道：

"怎么今儿几个人都是喜而忘形？"

曹仁父道：

"剑是取回了。"

吕四娘道：

"取回了，你怎么知道？"

曹仁父道：

"我隔院闻声，听得女侠怎么高兴，就知是功成凯旋。"

当下吕四娘就怀中取出六柄晶莹小剑，叫曹、张二人自己认识。曹仁父认了一柄，张福儿也认取了，余下四柄依然吕四娘藏了起来。甘凤池问四娘自己的剑呢，吕四娘道：

"我早已收拾好。"

此时曹、张二人把小剑不住手地抚摩拂拭，一心注在剑上，吕、甘两人讲的什么话，竟然并不倾听。

看官，大凡一个人，总不能够免除私心，私心最甚的是要天下事事尽如我意，人人都像我心。有事烦人，巴不得那人丢弃了他事，立刻替我去办，并且总要办到手才结。等到办到之后，便就丢开手不管。充私心的极点，就要只知有己，不知有人。为了只知有己，就不免要矜己所长，为了不知有人，就不免要责己所短。所以涉世稍深的，遇见来投的信，来访的人，虽然没有拆阅没有交谈，就可以测知来信为何语，来人为何事。因为来信来人，总是有求于我的大多数。再在社会中交接，听人说某官由某某出身，某人已做到某官，某人有若干家产，某人新发大财，其人必是自身贫贱，且热衷利禄这途。因为自身贫贱，所以心心念念只在做官发财上。再有开口诗云，闭口子曰，咬文嚼字的，必然不是通人。所以武将与娼优，稍负时誉的，最喜把诗画夸人，执卷拍照，总是目不识丁之徒。披挂画像，总是文墨书生之辈。说嘴郎中，绝无好药，高谈武侠，绝非英雄。现在曹、张两侠，剑一到手，要紧抚摩拂拭，连吕、甘二人讲的话都不倾听，就为私心未能免除之故。

当下，甘凤池问起神剑取回情形，吕四娘道：

"雪峰国师这件事，也是瞒着大宝法王干的。偏偏神剑藏在珍宝库，不藏在兵器库，要到珍宝库去取东西，须经过法王的禅宫，很非容易。除非候王十五日家去之后，才好乘机动手。亏得国师娘再三帮忙，才得把剑取出，交给了我，我就取了回来。"

欲知后事如何，且听下回分解。

第八回

救师父凤池售神剑
游大昭三侠遇奇僧

话说吕四娘取回了这把剑，曹仁父、张福儿收回了原物，不胜之喜。

这日，得着消息，周浔等明日起解。甘凤池道：

"由这里到布达拉，共有七百多里，我们先走一程，在前途等候他们，还是暗地跟随得好？"

吕四娘道：

"我已经打听过，十月二十五日是黄教祖师宗喀巴佛爷成道之期，到了这日，万户燃灯，光明昼。达赖喇嘛临幸甘丹寺，升坐讲《甘珠尔经》《丹珠尔经》，环听膜拜的人无万无千。今日是十六日，为期不过八九日了，我们难得来此，自该瞧瞧热闹儿。再者我家自从惨遭奇祸之后，虽然大仇得报，东西奔波，一径不曾讽经追荐过。现在身临佛地，又遇着盛会，我知道达赖讽的经，施主要恳让时，也肯慈悲允许。一年只有这一日，可以准让，别的日子都不准。我想替先父先母让点子经，我还要向你们借钱呢。周浔师等明日起解，他们按站而行，总也要七八天工夫，才到那里。依我主见，我们只消在布达拉山麓下等候。他们到时，我们打一个暗号，先把神剑递给他们，他们一得了神剑，自会脱身回国。你们看是如何？"

曹仁父道：

"这么办法很好。"

甘凤池道：

"我师父巴不得立刻要出来，现在诸事齐备，还要他老人家白受这许多日子的累，如何说得过去？我看这么着吧，女侠把他们四位的神剑都交给了我，我就暗地跟随将去，交明了剑，再来知会女侠。"

吕四娘道：

"很好。"

于是立刻取出四柄晶莹小剑，利柄上镌有各人的姓名，甘凤池收过。次日清晨，告辞一声，径奔前程去了。

隔不上两日，外面纷纷传说，起解的四名犯人有妖法的，出境不到百里，化道白光，凌空而去，押解的小喇嘛已经逃回来报告了。张福儿道：

"甘凤池已经动手了。"

吕四娘道：

"路民瞻不枉收了这个徒弟，患难的时光，这么出力。"

说着时，甘凤池已经进来，笑向吕四娘道：

"十六个红喇嘛，押解师父和周、吕、白三位伯父，才行得一百多里，我就唤卖刀剑，一边跟，一边唤，唤道：'我有宝剑，只卖与识货的。'我师父就住步问价，我道：'看剑论价，我要卖千两黄金一柄呢！'遂把四柄神剑一齐递过，我师父接住，就向三个同伴道：'各金之价真不贵，你们各人也做一柄。'于是四人各取了一柄，我师父笑问：'真要四千两黄金吗？'我道：'我东家吕四娘吩咐，是不能减少的。'师父道：'手头没钱，怎么样？'周浔接口道：'暂时赊给我们，准在巴塘还你钱是了。'我知道是暗约在巴塘会晤，就回来了。行到此间，得着师父等逃脱之信，亏得这里的人诚朴，不知道我们计策，倒并不怀疑。"

吕四娘道：

"好了，我们已经恢复了自由，依旧可以干我们的剑侠生涯。自从失剑到今，这几年中，世界上又不知添起多少权豪，多少恶霸。此番回去，大家总要狠狠辛苦一番了。"

甘凤池道：

"辛苦是何庸说得，我想照从前的法子不很好，八个人混在一处呢，太局促，各走各路呢，太散漫。总要想一个又整齐又联络又不局促的法子。"

曹仁父道：

"我倒有一个善法在此，仿照明朝巡按御史的意思，两省为一路，三省为一路，通只十八省地方，我们八个人，两个管三省的，六个管两省的，一派就完了。每年到了年终，大家会集一次。"

众侠都称很好。吕四娘、曹仁父、张福儿三人商议着，神剑初回，趁晚间清静当儿，挟剑出游，到布达拉山，逛逛大小昭寺的景致。甘凤池无剑，不能依附末光，只得在客馆中老等。

这夜，人静之后，吕四娘与曹、张两侠默坐运气，呼吸出入，异常均匀，一个多时辰，只见三人口中吐出三道剑光，穿灵而出，腾空直上，蜿蜒夭矫，活似三条白龙在云端里飞舞，又似青白电光，闪烁不已。渐渐，几声尖锐声异常响亮，流星下降，剑光直下，三柄剑都已收回。霎时异声又起，飒飒淅淅，剑气冲霄，床上趺坐的三个人早不知哪里去了。

看官，这便是剑侠身剑合一的飞行术，是唐朝红线女、聂隐娘发明的。到明末清初，四川嘉定州峨眉山上白猿老人广收门徒，传授剑术，传了周浔、路民瞻、了因和尚、吕元、白泰官、曹仁父六个人。路民瞻念甘凤池是大明崇明伯甘辉的孙子，确是忠良后裔，人又聪明伶俐，遂收他为徒，授予剑术。同时崇祯公主出家为尼，号称广慈主师，精于剑术，传徒两人，一个是吕四娘，一个是张福儿，从此剑术就大行起来了。了因失命，凤池失利，福儿学艺初成，于是就由八大剑侠变为七剑八侠，凤尾岛搜捕海盗，火齐珠引出乌龙，八侠失踪，七剑绝迹，说话的遂不曾写过挟剑飞行的事迹。本书开场，八侠虽然一个不缺，却因没了神剑，宛如失水蛟龙，离山虎豹，排云驭气的剑侠，竟成了走脊飞檐的英雄。千辛万苦，好容易才复到个本来面目。本书中头回儿发现。

但见三道剑光穿云而行，其疾如梭，其明如电。无多时刻，双峰插天，横云断山，布达拉山已在目前。三人收剑下降，落到平地，只见两寺对峙，都很巍峨壮丽，两寺相去，不过二里多路。曹仁父道：

"这两座就是大昭寺、小昭寺。"

吕四娘道："那重楼叠阁，向西开门的，想就是小昭寺了。"

曹仁父道：

"不是，小昭寺是向东的，这是大昭寺。西藏人说大昭寺志在西方，所以向西开门。小昭寺思念中土，所以向东开门。"

吕四娘道：

"听说当初巴勒布国王之女成了佛，赞普王就建筑这座大昭寺。文成公主的侍女，又修成了佛。赞普王又为建造小昭寺。可有这件事没有？"

曹仁父道：

"这倒不很仔细，我只知道大昭寺供的释迦牟尼佛像，是大唐公主带来的。小昭寺中的珠多吉佛像，是巴勒布国王之女带来的。"

吕四娘道：

"原来如此。这里的地位，好像在布达拉山的东面。"

曹仁父道：

"确是在布达拉山之东，离山不过五里光景。"

张福儿道：

"我们快进去瞧瞧。"

于是径投大昭寺，行抵山门，见山门已经紧闭。曹仁父打头，吕四娘居中，张福儿押后，扑扑扑，一齐跳上墙头，借月色向内瞧时，金光耀眼，高阁干云，共有四层一座高楼。曹仁父道：

"这所殿宇，栏杆窗格都是镏金精铜的。"

跳下墙头，是一条很长的白石甬道，石色白腻如玉，光平如镜，甬道两旁青翠的松柏，宛如排列的侍卫，齐整异常。三个剑侠由甬道横穿到左廊，见屋内光明如昼，静悄悄，并无梵呗讽诵之声。吕四娘道：

"屋中明亮如此，点的是什么呢?"

走入瞧时，却见地中摆有一只大缸，满缸都是酥，灯芯如臂，火花如炬，照得阖殿通明。见赞普王、唐公主及巴勒布国王之女，都塑有法像，高踞殿上，臂上嵌有石牌。走近瞧时，却是大唐长庆年间，唐番和盟之碑，旁边还有唐柳郁郁的龙蚪。吕四娘道：

"我们里面去瞧瞧。"

跨进内殿，见佛像万千，一个个金光耀发，耀眼争光。地中缸酥炬焰，光明如昼。张福儿走近佛身，用手指扣弹，大骇道：

"佛像都是金子做成的。"

曹仁父道：

"右廊里是宝经阁，比了此间还要庄严华贵，满壁上嵌有《甘珠尔经》全部。四重楼房，恰嵌成四国文字《甘珠尔经》，每国各一部。最下一层是满洲字，第二层是蒙古字，第三层是唐古忒字，第四层是汉字。都是珍宝、珊瑚、宝石做就的。"

张福儿道：

"我们就去瞧瞧。"

从左廊到右廊，是经过正殿及左右配殿。左配殿供的是观世音及善才龙女，右配殿供的是黄教佛祖宗喀巴，正殿供的是三世如来。到右廊见满壁琳琳，七曲八绕，各种宝石做成的满字经文，苦于不识。正在摩挲摸高，忽闻脚步声音，三侠回头，见是两个黄衣喇嘛，手中掌着灯，和气迎人，笑吟吟地道：

"三位施主，禅师爷有请。"

吕四娘骇道：

"我们来此，禅师爷怎么会知道？"

喇嘛道：

"我们这位禅师爷，慧性夙根，能知过去未来前五百年后五百年的事。经达赖活佛敕封为呼图克图、呼毕勒罕已经三世，什么事情不知道？今夜黄昏时光，发下禅谕，叫把各殿灯缸中添满了牛酥，点得亮亮的，说四鼓时有唐国剑客到来，来的当有一女二男。远客初来，灯不亮是没处走的。现在又叫我们到此相请。"

吕四娘、曹仁父、张福儿都各大惊失色。吕四娘来藏已久，知道藏语呼图克图华言就是再来人，藏语呼毕勒罕华言就是化身。

"这位禅师呼毕勒罕已经三世，又经达赖敕封为呼图克图，慧性夙根，来历必是不小，不然如何知道我们今晚来此呢？"

原来，这位呼图克图，是达赖第三个徒弟，第一个是济隆呼图克图，住在后藏之南济隆寺，第二个是第穆呼图克图，住在工布第穆寺。这位住在大昭寺的，就叫大昭呼图克图。当大清龙兴的当儿，第一世大昭呼图克图，名叫噶丹锡的，奉了达赖之命，到奉天朝见顺治帝，献上哈达。彼时顺治帝正命摄政睿亲王统率入关，封降将吴三桂为平西王，非常高兴。禅师见驾之后，顺治帝年只七岁，却已聪明天亶，慧悟非凡，问禅师道：

"我已遣将派兵，往取大明江山，禅师慧眼，瞧我能否统一天下？"

禅师回奏：

"定能统一。"

顺治帝道：

"我朝统御中国，根基长短如何？"

禅师道：

"看来系有二百零八年。"

顺治问他有何凭据，断得这么确切，禅师道：

"皇上的年号叫顺治，现在官书告示，都喜草书，把'顺'字写作'顺'字，省去一竖，拆开瞧时，不明明是二百又八吗？因此断定为二百零八年。"

顺治帝道：

"能否再增加点子？"

禅师道：

"可把'顺'字改写正楷，我替皇上加一竖，写成'顺'字，那么就可化为三百零八年了。"

顺治帝道：

"禅师加此一竖，本朝顿长百年，不可无赏。就把这加出的百年，尔我四六匀分，我得六十年，尔得四十年，尔我共掌天下。"

这原是顺治帝一时戏语，不意竟成了大清国运的谶兆，所以顺治入关之后，到了二百零八年，就有洪秀全金田起事，乱了十多年，十八省失去十二省。到了二百六十八年，武昌民军起事，

65

清帝退位，民国光复旧疆，清帝成了个有位无国的客居天子，中国人民尽都剪发不易服，同北京的喇嘛僧差不多打扮，岂非应了顺治帝那句语忏。欲知吕四娘等见了呼图克图有何事故，且听下回分解。

第九回

大昭寺禅师谈因果
布达山活佛讲藏经

话说吕四娘、曹仁父、张福儿跟随了两个喇嘛，登梯上楼，直到第三层楼左配殿上，两喇嘛先进去报知，然后出言禅师有请。揭开毡帘，三个剑侠跨入殿门，抬头见一个五十多岁的禅师，慈眉善眼，笑吟吟地坐在那里，瞧见三侠进来，倒举手行礼道：

"三位施主请坐。"

真是礼字儿缚住人，倒弄得三侠都局蹐不安起来。禅师道：

"三位飞行绝迹，光临敝寺，老衲非常欢喜。"

吕四娘道：

"某等久垫思起，骤造宝寺，惊扰了禅师爷，自觉鲁莽至极。"

禅师道：

"这也是因缘前定，算不得惊扰，更谈不到鲁莽。不过老衲此刻请见施主们，却另有一番用意。三位都是旷世人豪，肝胆照人，侠风救世，原是很好不过的。又是素行吐纳内功，新服人参异草，使本身的精气神常聚不散，返老还童，亚于神仙。不过汝等寿命正长，前程无量。只是施主们仗着三寸剑锋，以为无论如何难事，剑到无有不了，这却是根本大误。三位要知道泰山虽高，泰山之上有青天，强中更有强中手。三位这么厉害，为甚遇着了乌龙就没法可想？乌龙那么厉害，竟被国师轻轻地降伏？国师见了大宝法王，可就不敢违拗，大宝法王那么势焰，对于达赖活佛却又奉令唯谨。但是活佛既无法术，又无拳艺，是个极懦弱极和平的人，倒能够涵盖一切，为的是什么？三位知道吗？"

吕四娘等都回不知。禅师道：

"活佛仗的无非是'慈悲'两个字，可知武力有时而穷，佛力无坚不破。三位醒悟了吗？"

三侠听了默然。禅师道：

"还有一件事，大清的龙兴，经第五世达赖活佛，证明卦验，可以统御震旦。特降恩纶佛旨，敕封为大力巴图鲁汗。所以顺治汗统兵入关，闯破直隶、山东，取大明朝花花世界，占坐大明汗的金床，统南方四万万唐人、西方阿木多喀木二十六部落、图伯特、北方四万卫拉特、东方五百万高丽、三省满洲、八十万蒙古。这是上应天运，下顺人心，国运绵长，根基巩固，断非一剑之微所能挫折，更非三群两党所能伤损。施主们不服清朝，不愧为血性男子，只是要仗着剑术，与清朝作对，终是自寻苦恼。只要瞧那郑成功何等忠贞，何等坚毅，吴三桂何等权诈，何等英雄，究竟何曾成事？天命所在，英雄也无法可想，何况是剑侠？"

曹仁父道：

"承禅师指点，某等如梦初醒。只是圈地、迁界、驻防，虐政频繁，某等瞧不过，小行惩治，略泄人民的怨气，谅也无妨。"

禅师道：

"不聚众起事呢，也无妨碍。"

吕四娘道：

"禅师慧性夙根，能够前知五百年，后知五百年，我们还有吐气扬眉的日子吗？"

禅师道：

"还早还早，大清朝到乾隆年间，正是日丽中天，赫炎炎，最为兴盛。乾隆以后，就太阳渐渐向西了。未到夕阳西下，唐人起反动兵，不过是地方该遭劫运，没什么益处。"

吕四娘道：

"清朝从顺治到乾隆，共有一百多年，日丽中天，是才及一半光景。这么看来，清运总在二百年之外，到哪时我们才能够崛起自主？"

禅师道：

"唐人心高气傲，'名利'两字，偏又看得重。到那时清运果然告终，怕唐地各帅，彼此不肯相下，争名夺利，年年争战，岁岁刀兵，倒没有清朝统御时光的太平。并且百年之后，世界上人都是用火打仗，用火走路，行船行车，一切都用着火。先用地上之火，后用天上之火，人心越巧，遭劫越重。"

吕四娘等听了不解，恳求明白指示。禅师笑道：

"天机不能泄露，我言到那时自会应验。"

吕四娘等只得罢了。吕四娘又道：

"我要恳让活佛的经卷，超度先人，不知能否办到?"

禅师道：

"那总无有不可的，施主要什么经卷? 老衲可以代求。"

吕四娘再三称谢，当下告辞而退，依然仗剑飞回，往返千四百里，到客馆时，已经晚鸦乱噪，暮色苍茫了。甘凤池接着询问情形。吕四娘道：

"黄教喇嘛真厉害。"

遂把大昭寺呼图克图未卜先知的事说了一遍。

次日，雇了一头驼，曹、张、甘、吕四侠乘驼而行。走了六日，才到拉萨城。这拉萨城就在布达拉山山麓下，大昭寺、小昭寺都在城中。此时因佛祖成道之期已近，僧俗番汉来此极多。吕四娘等借店卸装，因来得晚了一步，住的地方已不很好。二十四日，布达拉寺中已经诸事齐备。到了二十五日，寺门大开，香烟缭绕，钟鼓喧阗，梵呗彻山谷，庄严穷七宝。甘凤池见了，叹道：

"内地也有大丛林，哪里有这么的派势?"

当下吕四娘、张福儿、甘凤池、曹仁父进了寺门，循山路盘旋而上。路线宛如螺纹，重楼叠阁，一层层地上去。直到第十三层，忽见坡平如镜，上面建有金殿三座，金塔五座，殿中佛像不是白玉斫成，就是黄金铸就。游天西配殿，见殿中僧俗膜拜的，很是不少。曹仁父道：

"这里是有宗喀巴佛祖遗迹的。"

大家走入，果然瞧见有手足印在黄酥油上，许多僧俗都向这手足印顶礼膜拜。出了殿兜向西去，就是笔洞山。山巅一殿，形如磨盘。四人走上殿廊，向下瞧时，只见藏江滔滔，形如匹练。曹仁父道：

"大金沙江、小金沙江、澜沧江、怒江、岷江没一江的源不由此发，所以水势这么厉害。"

抄向廊后，见山后有池一个，周围四里，池中叠土筑一座四重的高亭，上覆着琉璃瓦。曹仁父道：

"这是达赖习静之所，用皮船渡过去的。"

四个剑侠游了个畅，回到正殿。达赖活佛已在升座讲经了。只见这位达赖只有三十左右年纪，面如冠白，目似明星，五官端正，四体均匀，高高地趺坐在氆氇之上，那氆氇足叠有十五六层之多。殿中僧俗围绕，虽然万头攒动，却一个个跪伏在地，鸦雀无声。达赖正朗声宣讲《丹珠尔经》《甘珠尔经》。吕四娘悄声道：

"咱们站着，不是矫然独异吗？"

于是四个人也随众跪下。好半天方才讲毕，就见有许多贵人跪近前去，恳求佛爷击打，内中有亲王，有郡王，有台吉，有贝勒、贝子。达赖偶举戒杖，向人丛中随便击去，打着的人快活得宛如得封九锡似的，旁人也十分艳羡，称他有福，退下来时，亲友都向其道贺。有几个蒙古盟长、汗王，活佛不去击打，举手向他的头顶抚摩了一下子。那盟长、汗王更欣为不世之遇，吕四娘等都很不解。

这日下半天，达赖施恩，出让经卷。吕四娘也随众让了百余

71

卷。又到大昭寺、小昭寺游了一会子，到处人山人海，小昭寺的庄严，比了大昭寺差一点。到这夜，拉萨城中万户燃灯，达旦通宵，光明如昼。

吕四娘等一住两日，依然雇驼一头，四人合跨而行，就为甘凤池没剑，不能凌空飞行，只得按站走路。逢夜就向番人村落借宿。晓行夜宿，渴饮饥餐，倒也十分自在。一日，行到一个什么村，恰值该村人家有喜事，四侠乘便观礼。瞧见新郎有到四人，新娘通只一人，知道藏地女少男多，弟兄四五人共娶一妻，是不足为奇的。

又一日，宿在一家人家，遇见一个少年哭泣极哀，甘凤池只道他遭着了丧事，及至询问，才知是新被他老婆逐出了，所以悲伤。原来藏俗，夫妻不但是一妻数夫，并且数夫中之一夫，要是不恰其妻之意，立可逐出不认，那被逐之夫竟如中国古时的出妻，除了自伤薄命之外，竟没有旁的法子。在路行程，非止一日，似此奇风异俗，耳闻目见，不止一端，四个剑侠不过时相骇异罢了。

这日，行抵察木多，见形势很是雄胜。右面是昂楮河，其源出自中坝，为了通到云南，也叫作云河。左面是杂楮河，其源出自九茹，为了通到四川，也叫作川河。这左右两河，合流而入云南界。那座裹角大山，高耸云霄，积雪有到五十里，离瓦合一柱拉是三日路程。过山到昌都，是二日路程，乃是四川、云南、西藏三界最重要所在。两山环抱左右，有座很大的大木桥，东通四川，南通云南，北通青海，西就是西藏，真是藏中扼要之区。甘凤池见了，喝彩不已。曹仁父指道：

72

"山上那所大寺，想就是察木多大寺了。"

四人拾级登山，走了好一会子，才到寺门。瞧见寺门向南，寺后恰是个大嶂，屏开三叠，左右双峰耸峙，中间突出一支，迤逦而下，形如游龙饮水。左右二河，就是澜沧江的上游，来源都在千里之外，从山后环抱而来，到山前交会。外面四周都是高山，环绕拱卫，形势非常。吕四娘道：

"这么好的地方，来的时候也从这里经过，怎么倒没有觉着？"

张福儿道：

"彼时各人的心都在剑上，谁有工夫游山玩水？匆匆地经过，自然不觉着了。"

四人入寺，寺中也有着一个堪布，四五百名喇嘛僧。游览一过，重又登程。过了察木多，就是巴塘地界。

走了四日，已到巴塘，恰与路民瞻相遇。民瞻喜得直迎上来，问起神剑如何取回，曹仁父道：

"此事都是吕四娘之功。"

遂把设计告状，并央求国师娘的话，备细说了一遍。路民瞻听了，向吕四娘再三道谢。吕四娘谦逊了几句，遂问周、吕、白三位呢，路民瞻道：

"都在客馆里。"

甘凤池道：

"大家客馆中去吧！"

曹仁父道：

"你们飞行来此之后，到过别处不曾？"

73

路民瞻道:

"闲着没事，不过在察木多一带猎了几头藏獭，并采了几斤藏红花、瑙砂之类。"

说着时，已到了客馆。欲知后事如何，且听下回分解。

第十回

巴塘道七剑话三奇
马当山双侠驱群盗

话说吕四娘等进了客馆，周浔、吕元、白泰官都齐起身相迎。路民瞻道：

"我们此番得以收回神剑，全是四娘一人之力。"

遂把前事说了一遍，周浔等都很感激，谢过之后，又问别后的事。吕四娘又把在大昭寺过见大呼图克图的事告知众人，并言这位禅师慧性夙根，能够前知五百年，后知五百年，转世化身，已经三世。他言清朝应运龙兴，我们万不能与他作对，倘然硬作将去，不过是地方遭难，于清朝仍旧不能损伤毫末。遂把禅师的话说了一遍。众人都恍然有悟起来。周浔道：

"怪道赐姓的倔强，三藩的反叛，都不济事。原来是天命有归，我们如今就不能不改变方法了。"

路民瞻道：

"禅师说百年之后，世界上人都用火打仗，用火走路，行船行车，一概都用着火，先用地火，后用天火，是什么话呢？打仗

75

用火，也还罢了，三国时的诸葛就是善用火攻的。用火走路，用火行船行车，那是从来没有见过的，禅师可曾说明？"

吕四娘道：

"我也问过，禅师因天机不可泄露，终不肯说。"

白泰官道：

"我们此番失剑得剑，万苦千辛，经历过不少的奇境，瞧见过不少的奇俗，获得了不少的奇珍，并得返老还童，可以算得三奇。紫貂、玄狐、人参、茯苓、乌勒草、藏红花、瑙砂、藏獭，都可以算得奇珍。那龙涎却是奇珍中的奇珍，西藏的和尚有妻，并一妻数夫，家权执自女子，鱼皮鞑子的婚配不伦，行辈不避亲族，都是他处所没有的，真是奇俗。藏地的万峰插天，高辄冰凌，洼辄燠溽，十里之隔，顿异裘葛，可算得奇境。"

吕四娘道：

"奇境、奇俗、奇珍，都还不足为奇。遇见的三个奇人，真是奇之又奇。第一个是长白山石屋中的云峰大师，把两头猛虎使唤得猫儿一般，并且一见面，就知道我们是剑客。雪峰的降龙，不曾亲眼看见，不能算。第二个奇人是红喇嘛在呼图克图谟勒孤，念动咒语，凭空就会起风雨雷电，周剑师等遭过他的难，总知道了。"

路民瞻道：

"这大宝法王，果然可算得是奇人。"

吕四娘道：

"大昭寺的黄教大呼图克图，慧性夙根，能够前知五百年，后知五百年，也是一个奇人。"

众人都道："这三个真都是奇人。"

甘凤池道：

"三个奇人中，我看大昭寺呼图克图道行最高，要算三奇人中的第一个奇人呢！"

当下七剑归原，八侠团聚，欢欣快活，高兴非凡。

次日，八侠同伴登程，由巴塘到里塘，由里塘到打箭炉，一路平安无事。这日，入了四川地界，曹仁父道：

"我们八个人今日重归故国，又是一世的人了。从今而后，更须尽力侠义，忠心救世，才不枉为人在世。我们须仿照前朝巡按御使之法，各人认定了省份，划清了地界，各走各路，各干各事，分头干办，免得大家挤在一块儿，密的地方太密，疏的地方太疏。你们看是如何？"

众人都说很好。于是计议了一番，大家认定省份，每年聚会一次，聚会的地方，定了河南嵩山顶上中岳庙。却是：

吕四娘担任直隶、山东、河南，周浔担任陕西、四川，路民瞻担任云南、贵州，白泰官担任广东、广西，甘凤池担任湖南、湖北，吕元担任福建、浙江，张福儿担任山西、甘肃，曹仁父担任江西、江南、安徽。

甘凤池道：

"我们离家已久，须先回去料理料理家事，然后到差办事。"

张福儿、吕四娘齐道：

"这个自然，谁没有家？谁没有事？自该回去瞧瞧。"

周浔道：

"有家的自该归家，像我萍踪浪迹，本来到处为家的，我与你们就此分手了。"

曹仁父笑道：

"倒是你第一个荣任。"

白泰官、路民瞻也道：

"我们也要告别了。"

甘凤池道：

"四川是周剑师的地方，不用说的。师父与白伯伯为甚这么要紧？"

路民瞻道：

"我可以从川入滇。"

白泰官道：

"我就从云南入广西。"

吕元、曹仁父齐道：

"久聚终有一别，让他们先走也好，我们两个伴送你们回南是了。"

当下周、路、白三侠便就运动神剑，施展奇术，淅淅几响，三道剑光冲霄而起，梭云排气，激荡而起，一转瞬间，早已没了踪迹。吕四娘见了，忽地心有所触，回问张福儿道：

"师弟你我也使剑术回家如何？"

张福儿道：

"敢怕是好的，只是对不起了甘兄。"

曹仁父道：

"不妨，有我做伴，凤池也不寂寞了。"

吕元道：

"吾妻周琰去世已久，我也是无家无室之人，我也伴送他到家。"

甘凤池道：

"二位归心如箭，尽可不必伴我。我甘凤池倘有剑时，也早仗剑飞行了。人情大抵相同，二位尽请自便，不必伴我。"

吕四娘道：

"究竟凤池爽利，我们就此要失陪了。"

说着，吕、张两侠也就运剑飞行，两道剑光向东而去。这里曹仁父、吕先伴着甘凤池按站而行，直至出月底边，才到松江高家弄。现在说话的趁他们在路时光，抽出工夫来，先讲吕、张二侠。

却说吕、张二侠仗剑凌空，排云驭气，其行如电，下视山河城关村落屋舍树木，宛如展看图画，瞬息过眼。一时行入江西地界，经过马当山，二侠因马当山是著名天下山水俱险之处，吸住了剑气，慢慢地飞行，不意才过了山峡，就闻得下面喊杀之声，震天动地，举眼瞧时，只见一大群强盗，有四五十人，围住了一个老婆子厮杀，另有十多个脚夫歇了担子闲着。那老婆子两柄钢刀，雪花似的飞舞，强盗手中刀叉枪棍，也很厉害。一面是孤军，一面是人众，团团困在垓心，老婆子左冲右突，哪里冲突得出？盗众齐声呼喝，看看老婆子势将败下，斜刺里又飞奔出两个大盗，手执钢鞭，大呼：

"甘老婆子，你大王爷今日要了你的命也！"

虎吼而前，举起钢鞭，照老婆子顶门直盖下去，一个拦腰便打。老婆子此时危险万分，照顾了顶门，照顾不到腰里。吕四娘再也瞧不过了，飞剑而下，只见一道白光，闪电似的降下，才得旋绕一周，盗众的兵器齐都削为两段。盗众尽吃了惊，忽见半空中飞下两人，却是一男一女。吕四娘喝道：

"你们有胆量的都上来！"

那两个执着半段钢鞭的，偏不知利害，飞扑而前，一左一右，向吕四娘狠命扑来。吕四娘站住身子，宛如玉树临风，并不躲闪，候来得切近，起手只一接，把两个强盗都接住了。可笑这两个强盗也有蛮牛般气力，不知怎么被吕四娘接住了，狠命挣时，再也动弹不得。盗众见了，全都跪下哀求，叩头如捣蒜。吕四娘道：

"饶你们也不值什么，只是你们以后，还敢逞强不敢？"

手中两盗，额上的汗珠儿已有黄豆般大小，哀求道：

"女英雄释放了我们，我们再不敢逞强了。"

吕四娘一笑，释去两盗。两盗宛如松去了拶子，蹲在地下，再也站不起。张福儿笑道：

"这么娇脆的人，如何做强盗？"

停了半晌，两盗才站起身，抱头鼠窜而去，众盗一窝蜂也散去了。那老婆子向吕四娘、张福儿称谢。吕四娘见这老婆子瘦削脸，苍黄颜色，异常面熟，只是再也想不起，遂问：

"妈妈贵姓？"

老婆子回称姓甘，并道：

"姑娘，你的神情体态，活似一个人，只是那人已经去世，老身不敢妄说。"

吕四娘道：

"我瞧妈妈也很面善，敢就是凤池嫂子不是？"

老婆子大骇道：

"你是谁呀？我正是甘凤池妻子陈美娘。姑娘，你敢就是吕四娘吗？"

吕四娘道：

"我正是吕四娘。"

遂指张福儿道：

"这就是我师弟张福儿。"

陈美娘道：

"二位是仙人，还是凡体？"

吕四娘道：

"哪里能够仙？还是凡体呢！"

陈美娘道：

"吾家的甘郎生死如何？妹妹总知道的，快快告知我。"

吕四娘道：

"没有死，我们一起回来的，就为他没有剑，只得按站而行。我们性急，挟剑凌空，先走了一步。"

陈美娘听说凤池无恙，不觉喜形于色，遂道：

"妹妹与张福儿，遭过大难，怎么倒年轻了？气色体态大异从前，瞧去不过二十来岁的人，叫我如何敢认？"

吕四娘道：

"不光是我，同难的八个人倒都减轻了好多年纪。"

遂把经过的事，从头至尾说了一遍，陈美娘方才明白过来。吕四娘问美娘如何在此遇盗，陈美娘道：

　　"自从那年凤郎失踪之后，求神问卜，没有消息。后来索性丢开心思，权当他没有指望，胡乱设了个镖局，闯走江湖，将就度日。不意此番撞着了这一起大盗，倘然不遇着姊姊，吾命定然不保。"

　　吕四娘道：

　　"我们家里的近况，嫂子总也知道。"

　　陈美娘道：

　　"吕先生吗？可怜！可怜！已经做了和尚了。"

　　吕四娘惊道：

　　"真有这件事？"

　　陈美娘道：

　　"怎么不真？我哪里敢诳妹妹？"

　　遂把吕寿四出寻访闻信晕去，削发出家的事，也从头至尾说了一遍。吕四娘道：

　　"本来生离惨于死别，这也怪不得他。"

　　张福儿道：

　　"我们家里也有消息吗？"

　　陈美娘道：

　　"倒不很仔细。上年秋季里，我保镖回来，经过宿州，到尊府时，恰值老太太病着，后来也不曾有消息。"

　　张福儿闻言，着急异常，遂道：

　　"师姊，甘嫂子，我要先走一步了。"

吕四娘知道他是纯孝的人，遂道：

"你尽管走。"

张福儿运用剑术，腾空而上，一转瞬就没了影踪。吕四娘询问：

"我们那个出家在哪一所寺院？"

陈美娘道：

"听说在宁波天宁寺。"

吕四娘也辞着要走，陈美娘道：

"我到彭蠡城卸镖，通只四五十里路程了，卸了镖，我们一同回去。"

欲知吕四娘肯从与否，且听下回分解。

第十一回

张侠庵堂会夫妻
翁咸童年辱县令

话说吕四娘听了陈美娘的话，开言道：

"嫂子，我与你处境不同，你是骨肉团圆，喜气洋溢，我是人离家散，僧俗异途，可恕我不能奉陪了。"

说罢，一转瞬就不见了，剑气冲霄，向东南而去。这里陈美娘解押货物到彭蠡城，卸去了镖，随即取道回松。回到松江，了事不到数天，这日，忽闻叩门如擂鼓，急开瞧视，正是凤池回家，夫妻会面，几乎不相认识，说明之后，彼此抱头大哭，邻舍闻声团聚，瞧见一老一少抱着哭，只当是母子呢。这夜，两口子共话，陈美娘自觉老丑，很是惭愧。甘凤池道：

"人参、茯苓，我还有好些带回来，你试煎服着，能够返老还童也说不定。"

陈美娘大喜，就此天天服食参、苓，服了半个月光景，也不见大效，不过肌肤略为光润罢了。暂行按下。

却说张福儿飞行回家，瞧见大门上门麻高挂，大吃一惊，举手打门。打了半日，邻舍人家听得，开门招呼。福儿认得是高木匠，忙叫：

"高四弟。"

高木匠倒一愣，问：

"尊驾贵姓？来此找谁呀？"

福儿道：

"四弟，连我都不认得了？我是张福儿呀！"

高木匠如梦方醒道：

"福哥，你还在世！这几年在哪里呀？怎么倒后生了许多？"

张福儿道：

"我的母亲还健吗？怎么叩门没人应？"

高木匠道：

"福哥，你这几年在哪里？害得嫂子好苦呀！现在出家做姑子去了。"

福儿道：

"我母亲呢？"

高木匠道：

"福哥，且到我家中来坐了细谈。"

于是张福儿到高家坐定。高木匠道：

"福哥，你不要悲伤，你们妈妈已于去年冬季去世，你们嫂子葬了她婆婆之后，也就出家做姑子去了。"

张福儿听得，跌倒在地，就此晕去。高木匠大惊，连忙灌救，半晌方才苏来，痛哭不已。高木匠替他开去后门的锁，从内一重重开了，福儿到自己家里，瞧见灵座，又哭倒在地，几次昏了过去，引得左右邻舍都来解劝。福儿问起毕氏，高木匠道：

"在观音庵做姑子。"

于是张福儿径投观音庵。佛婆报进去，此时毕氏已经削发受戒，蒲团经卷，宛然是个比丘尼。夫妇两人就在大殿上见面，张福儿只说得一句我害了你也，两眼就落下英雄泪来。毕氏也哽咽不能成声，对泣了好一会子。福儿问起母亲病状，毕氏便言：

"婆婆因日夜思子，渐渐少眠减食，渐渐病倒。初时还起起睡睡，后来愈病愈重，卧床不起，延医服药，总不见效。延至去年冬至节上，竟就辞世去了。我本来久要出家，就为婆婆没人侍奉，现在婆婆没了，你又生死未卜，没法了，只得先把婆婆葬了，入土为安，我就到本庵皈依我佛。福郎，我知道你被孽龙摄去，断无生理，哪里知道你倒依然无恙，你究竟这几年来在哪里过活？如何消息全无？"

张福儿道：

"一言难尽。"

遂把自己经历的事从头至尾说了一遍。毕氏道：

"原来如此，我们两个人虽然不住在一处，却是同在受苦。不过郎在外面受苦，我在家中受苦。现在郎归故里，我已无家，恨不相逢早一年。"

说着，哽咽不已。张福儿劝毕氏还俗，毕氏道：

"早两个月就可以，现在已经受了戒，没有法想了。再者远离颠倒梦想，此种滋味，我已遍尝，还是皈依我佛，清静许多。"

张福儿见毕氏执意不从，不忍十分相强，遂道：

"这几年含辛茹苦，都是我累及你的。何况我们夫妇本与寻常人家不同，为了个'侠'字，终年奔走四方，浪迹萍踪，骨肉何曾团聚？本来已与朋友差不多。现在你既执意极坚，我又何忍夺志？我们两人从今而后，就改作为方外之交好吗？"

毕氏大喜，因劝福儿及早续娶，以延嗣续。张福儿笑道：

"自当谨守此身，义不相负。"

两人谈论了一会子，张福儿道：

"师姊与我命运相同，你出了家，吕先生也出了家，料师姊与吕先生会面，总也和你我差不多情形。并且我师父是佛门子弟，现在你与吕先生也是佛门子弟，我们又新从西藏佛地回来，好像此中注定姻缘似的，奇怪不奇怪？"

毕氏道：

"吕先生的大彻大悟，早于我好多年。听说这位大师挟了医术，到各处云游，倒很逍遥自在呢！"

张福儿道：

"你我僧俗异途，但是我万里归来，已经有家变为无家了。"

毕氏也很凄然。福儿辞着出来，高木匠再三相留，张福儿住下。次日，到父母坟上哭祭了一番，又把带回的参、苓、藏红花等药物赠予毕氏，留了三日，一剑随身，就启程向山西去了。暂且按下。

却说吕四娘已知吕寿出家之事，不回苏州，径投浙江宁波天宁寺来。一到天宁寺，见好大一府大丛林，进山门入内，早有知客僧出来招接。吕四娘问起吕寿，知客僧茫然不知。四娘见机，就改口称：

"宝寺有一位知医的大和尚，可在里头？相烦引见则个。"

知客僧道：

"那是悟真师，出外云游已有半年多了。"

吕四娘问几时回来，知客僧道：

"他是行医的人，何处病人多，耽搁的日子也就多，病人少，耽搁的日子也就少。归期是没有一定。记得上一回出游安徽，去了三年才回，今回是游北五省，地方要多起数倍呢！"

吕四娘道：

"共出游过几回？"

知客僧道：

"连此共是第二回。"

吕四娘大失所望，遂留函一封，交与知客僧，等候吕寿回来，交他阅看。知客僧应诺。

四娘作别出寺，取道望河南进发。路过松江，想乘便瞧瞧甘凤池。不意经道秀野桥，人声嘈杂，外滩这条街已被挤断，黑簇簇都是人。拟穿弄向大街行走，弄口也已挤断，四娘没法，只得暂住芳踪。只听得旁人都是在窃窃私议，一人道：

"这开木行的，平日倚势欺人，今日也着了人家道儿。"

一人道：

"他打死了人，自当偿命，现在只花掉一注钱，已经是大便宜。"

先一个道：

"你道他真个打死人命吗？方才他们打架，我恰巧在旁闲看，眼见船上只有一个人，怎么一会子就变了两个人了？那个尸身不知是哪里来的！"

那人道：

"这坐舱的，听说就是著名讼师翁咸，是不是？"

先一个道：

"如何不是？除了他，也再没有人敢找这家木行。"

吕四娘正欲上前询问，只见弄中人如潮涌出，随见十多名脚夫，擎掇起一口广漆棺材，从弄中出来。那棺材擎得高高的，转弯向木行去了。

看官，你道怎么一回事？原来这翁咸，是松江人氏，自幼机警，权诈百出，十龄时光，从师诵读，已能断事如神。学塾地在河的南岸，学生的家都在北岸，每天到塾，总是趁船摆渡的。一日，六七童子同舟共济，船到中流，有一童忽放连环臭屁，臭气直冲，众皆掩鼻。翁咸问：

"谁放臭屁？"

都不俱认，一童道：

"翁哥素负智名，今日之放屁案，能审出否？"

翁咸笑而不答，出立船头，暗向舟人耳语，嘱令依计行事。霎时船抵南岸，舟人道：

"放屁的这位船钱没有给，请给了再走。"

那人急答道：

"我下船即付汝资，何得再索？"

翁咸笑道：

"然则屁是你放的，我已审出了。"

众童无不大笑。十二龄时光，乾隆帝驾崩，翁咸的父亲从省城某绅家回来，已经得着消息，告知家人。但是松江地方，哀诏

89

还没有传到，娄县知县某，从乡间勘案回城，依前鸣锣张盖，喝道而行。才抵吊桥，陡见一童子从吊桥驰下，不问情形，把鸣锣的役人连打耳光两下，并夺锣投掷河中。役人惊出意外，才欲问故，这童子又把轿前红伞夺下，狂扯作粉碎。轿中县官喝问：

"谁家的童子？敢是发疯了吗？"

遂命给拿下。只见那童子大言道：

"你真是颠顸，太上皇已经大行，哀诏将至，你还红伞旗锣摆款吗？"

娄县大惊，把此童带回县衙。哀诏恰好奉到，忙向童子赔罪，并用四轿抬送他回家。这童子就是翁咸。童子斥辱知县，声名洋溢一府。

十六岁这一年，新任府就喜讲乡约，每逢朔望，即率同华、娄两县，登府学明伦堂宣讲乡约，谈因说果，娓娓动听。坛下黑簇簇挤了一屋子的人，为是府县尊严，都各屏息静立，没一个敢喧哗失礼。这时，翁咸至，却就随意咳嗽，随意吐痰，放诞异常。就有年老的人诫他道：

"尊官在上，老弟自该守礼。恼了府尊，不当稳便。"

翁咸大笑道：

"什么府尊县令，我正要叫他们拜倒我前呢！"

众人听了，无不暗笑。说着时，府尊停讲暂息，两县正在互相推让，翁咸即从人丛中挤出，一跃登坛，大声道：

"我虽童子无知，也该当仁不让。"

坛下尽吃一惊，只见他从怀中取出一册《圣谕》《广训》，对众朗朗宣诵，一府两县连忙跪下俯伏，翁咸偏偏一字一字地读，读得非常之慢，跪得三个官六条腿都麻木起来。原来这《圣谕》《广训》是清朝最隆重不过的，《圣谕》是康熙所御撰，《广训》是雍正所御撰。礼重尊君，做官的人自不能够不跪听宣读。当下翁咸讲毕跃下，众人无不称奇。

　　翁咸十七岁上，死掉老子，年未弱冠，即主家政，于是为了"衣食"两字，不得不做讼师了。他经手第一案，就是积年老讼，棘手的大案。原来，仓城金姓有女极艳，绰号叫作白牡丹，十七岁嫁于东门杨绅之子，嫁后夫妇不很相洽，时时反目，时时归宁，夫妇同床异梦，杨子郁郁成疾，一病不起。临殁的当儿，泣告乃父，儿病因媳妇不贞，羞愤而成，儿死之后，务求为我雪耻，言毕气绝。杨绅痛子心切，丧事既毕，遂严禁媳氏，不许出门一步，并庄颜厉色，绝无好面孔相向。金女不堪其虐，况在青年，于是不别而行，悄悄逃回母家。杨绅恃势，大兴问罪之师，立逼媳氏归家。金女不愿，潜出匿居在戚属家里。杨绅大怒，立刻具状告官，告金翁以匿女图嫁。金翁大惧，知道势既不敌，理又欠圆，经官审判，官事必输，并且还要破家。夜哭女前，将她送到夫家，肉袒谢过，力请息讼。金女忍死不从，于是辗转筹思，就想到翁咸身上来。欲知后事如何，且听下回分解。

第十二回

绝处逢生归家全节
奇峰陡起废票取银

话说金女忍死不肯回杨家，金翁没法，想到翁咸多智，必有奇计，遂专诚往拜求计。翁咸道：

"此事颇不近理，少年孀媳，理宜逾格怜爱。平素既无失德，何至遭丧之后，反加虐待？据我看来，令爱千金，或者有不是之处。要我设法，必须据实相告，把来踪去迹一一说明。若是藏头露尾，我便不能划策。"

金翁力言女甚婉淑，毫无失德。翁咸摇头不语。金翁回家告知其女，金女于是乘轿自到翁门面求，翁咸逐层盘问，金女不敢隐瞒，只得忍辱含羞，一一说出，才知与其表兄果有暗昧情事，住在夫家，多所未便，所以死不愿去。倘蒙鼎力救出苦海，愿奉白金五百两为寿。翁咸允诺。立刻提笔作状，中有警句道：

氏十七嫁，十八孀，翁鳏叔壮，顺之则乱伦，逆之则不孝。顺逆两难，请求归家全节。

金女大喜，投县进状，杨绅果然讼不得直，金女遂得安居母家。

一日，翁咸的邻家出了一头人命案，娄县照例传问四邻。四邻都惧波及，避匿不出。县官大怒，出牌立拿，只有翁咸挺身到案，却是长揖不跪。知县见他红顶花翎，堂堂二品顶戴，问道：

"你是某人邻舍吗？"

翁咸道：

"是的，我是前邻。"

知县道：

"你是什么功名？"

翁咸道：

"我没有功名。"

知县道：

"没有功名，为甚红顶花翎？"

翁咸道：

"我邻人吴某，以侍郎出差主考，我见他常戴此顶戴，现在不过聊向他借此一用罢了。"

知县怒道：

"邻家官职，何与汝事？"

翁咸急忙摘帽谢罪。知县问他这件命案如何而起，翁咸朗声道：

"邻人官职，既然无与我事，邻人命案，又何与我事？"

知县被他驳倒，一句话都不能回答。翁咸大笑而出，徐步回家。经过佛字桥，拾得纸包一个，解开瞧时，却是一张钱庄支票，标明钱数规元四百两，大喜过望。回到家中，向灯下细细瞧看，已用墨笔勾销，不禁失望，反复颠倒，瞧了好一会子，灵机触动，忽然生出一个计较来。

次日清晨，唤了一个心腹乡下人，嘱咐他如何如何，依计而行。乡人应允。翁咸即迈步向钱庄而去，一时行到，与庄伙拱手相见。此时翁咸的名望已经无人不晓，庄伙招待得非常周到，接到烟茶二事，又寒暄了好一会儿，才说出他到宝庄，就为支取一注银子。庄伙道：

"请付下支票，小庄自当照票立付银子。"

翁咸从怀中摸出一个纸包，郑重递于庄伙。庄伙接包解看，不意层层密裹，解去一层，又是一层，才解到末一层，将次解开，一乡下人匆匆奔入，一见翁咸，即言：

"大相公，原来在此！昨夜坟上大柏树被人偷去，小人哪里没有找过？"

翁咸大怒道：

"要你坟丁来做什么？"

说着，举手就打。那坟丁飞步奔逃，翁咸怒极，随骂随追，追到门口，庄伙已把支票瞧明，骇道：

"翁先生，票子勾销了。"

翁咸道：

"好好。"

庄伙又道：

"票子已经勾销，翁先生。"

翁咸连应好好。庄伙见他不解事似的，又大声呼道：

"翁先生，且慢走，支票早已勾销了。"

翁咸道：

"很好，很好。"

说着，追出店门，向西一路追去。好半天，才喘吁吁地回来，向庄伙称说坟丁的不好，吃粮不管事。钱庄上人有暗好笑的，也有劝他息怒的。一庄伙告翁咸道：

"适才先生的支票，是已经勾销的。"

翁咸道：

"很好，很好。"

庄伙骇道：

"先生的支票不是我勾销的。"

翁咸笑道：

"都可以，无论宝庄何人者，不妨勾销，我都不管，只消照数付我银子是了。"

庄伙道：

"不是，这本是废票，早勾销了，哪里再能够支取银子？"

翁咸大怒道：

"你们店家欺人太甚，已经勾销了我的票，不付我银子，倒说是废票，天下难道有这种道理？"

此时，瞧热闹的人已围了一大圈，翁咸就向众人告诉，说得头头是道，众人听了，都说钱庄信义通商，不应如此昧心。庄伙有口难辩，只得报知店东。店东因为数已巨，不肯承认。翁咸即以吞银赖票禀控到官，内中最紧要的是："该票既已勾销，何得入于生手？是非两言可决，真伪一望便知。"弄到结局，判钱庄

95

如数付银。

翁咸的做事，奇峰陡起，横云断山，每每出人意外。有一年，大除夕，典铺每逢大除夕，为便利穷民，总是通宵达旦受典的。这日，典物赎当的人也比平日为多。翁咸于二更时光，到西门外某典当，从怀中取出一只一寸见方的小红木匣子，郑重授予掌柜道：

"内是夜明珠十粒，请暂当银子三百两。"

掌柜的打开匣子，见是一个小纸包，四边护着丝绵，取纸包于手，打开瞧时，只见光芒四射，可煞作怪，那夜明珠竟是活的，簌簌簌，一颗颗落下地去，顷刻影迹全无。掌柜的俯拾了半天，哪里找得见？翁咸大怒，口称：

"此乃无价之宝，不得珠，必将告状。"

柜外众人也称目睹明珠光芒闪烁，绝非是假。典当中人点烛找寻，寻了一夜，依然没有。掌柜的理屈词穷，甘愿赔偿。翁咸起初定要原物，后经众人理劝，才索银一千两。掌柜的再四哀恳，减到六百两结局。看官，你道这夜明珠是真的吗？原来却是十文钱买来的水银，纸包水银，自然解开就要堕地，堕地就要无孔不入。翁咸欣然回家。回到家中，一人迎面而出道：

"翁兄回来了，小弟恭候已久。"

翁咸抬头，见是老同学沈贡生，遂道：

"沈兄来此索欠吗？须知兄弟也在困难中。"

沈贡生道：

"另有请教处。王屠的老婆欠了兄弟一笔钱，翁兄也知道的，杀人偿命，欠债还钱，何况是年关，兄弟自然问她要。就为她屡

96

次爽约，今回叫了几个花子去坐索，不意这妇人急了，就来吊死在兄弟门上。"

翁咸道：

"死了吗？"

沈贡生道：

"死了。"

翁咸道：

"哎哟！威逼人命，罪名倒不小，沈兄端正吃官事吧！你这件债务，我翁咸非中非保，须知牵连不着我的。"

沈贡生再三恳求，并取出一张百金借契道：

"这是府上的借契，是令尊翁亲笔，尔我至好，我把来奉还于兄，本利合算，倒也有二百多金。"

翁咸取来瞧过，且自收了，问道：

"尔我交情，较之管鲍如何？"

沈贡生道：

"赛过管鲍。"

翁咸道：

"从前鲍叔知道管仲之贫，多取不以为贪。现在兄弟之贫，透过管仲，沈兄之富，高起鲍叔。本来要和沈兄商量，惠借个二三百金，以济燃眉。在沈兄来了，倒省了我跋涉了。"

沈贡生道：

"我奉还借契一纸，已有二百多金。"

翁咸道：

"承兄义举，只好算费而不惠。在沈兄果然是大费，在翁咸

97

却不曾受到实惠，只好算是费而不惠。"

沈贡生无奈，只得应允奉送规元二百两，回去立刻派人送来。翁咸笑问：

"你要这头人命，累不及你吗？"

沈贡生道：

"计将何出？"

翁咸道：

"你怕事，回去把尸身放下就完了。"

沈贡生欣然而去，一时又来道：

"王屠已经报官，事情弄大了，奈何？"

翁咸道：

"尸身曾否放下？"

沈贡生道：

"已经放下。"

翁咸笑道：

"沈兄，这头官事，可够你受用了。威逼人命不够，还加上一个移尸罪。"

沈贡生大惊，急忙问计，翁咸摇头不语。沈贡生知道空言无补，立叫人送了二百两银子来。翁咸道：

"我授你奇计，趁人家不见，依然把尸身挂了上去。"

沈贡生道：

"挂了上去，便如何？"

翁咸道：

"挂了上去，就没有你的事了。"

沈贡生称谢而去。次日，县官来家验尸，验得该尸缢纹共有两条，一深一浅，遂判定是移尸嫁祸，与沈姓无干。翁咸的奇谋异智，类多如此。

这一日，翁咸从青浦回来，船过天马山，忽闻哭声凄恻，推篷出望，见柳荫下泊着一只网船，船上摊一尸身，一个老婆子坐在旁边，捶舷拍舱地痛哭。翁咸询问：

"你那老婆子，为什么痛哭？"

那婆子道：

"我已经五十八岁，只剩这一个小儿子阿五，今年十七岁。娘儿两个相依为命，在湖中捕鱼过活。我这孝顺儿子，每日打三五斤鱼虾，我持上市去，卖掉了，换些柴米回船，苦度着日子。可怜我这苦命孩子，今天忽然跌入河中死了，叫我今后靠谁？现在尸身难着，没钱成殓。我想我这苦命的婆子，倒不如跟我们阿五死了呢！"

说着，痛哭不已。翁咸听了，连称可怜，十分叹息。摇船人因劝翁咸施几个钱，让这老婆子殡殓他儿子，也是一桩好事。翁咸笑道：

"我岂无此心？但是殓了死的，这活的叫谁奉养？救人总要救彻才是。"

摇船人道：

"大相公想得周到，您老人家肯出手，死的活的，定然都蒙造化。"

翁咸灵机一动，自语道："就这么办吧！"命摇船人唤老婆子过来，向她道：

"死的已经死了，哭也没用，你没钱成殓，我可以帮你忙。"

老婆子听了，感激得很，跪在船头叩谢。翁咸道：

"快别如此，你须要听我的话。现在最要紧的是快把尸身扛到我船上来，载到松江去，量尸身的短长，配棺材之大小。"

老婆子听了，大为骇怪。摇船人也道：

"我自从生了这两只耳朵，从没有听过载了尸身配棺材的。"

翁咸道：

"你哪里知道我要棺材配身点子呢？听我话我就办，不听我话我就去。"

摇船人怂恿老婆子：

"且听从翁相公话，相公总不会诳你。"

于是把阿五尸身移入船中。翁咸叫老婆子鼓桨随行，扬帆而行。将到松江，叫老婆子先把船停泊，叫摇船人把船摇向秀野桥外滩。秀野桥西滩有两家很大的木行，一家李洽记，行主李潮，是个武进士，平日仗势欺人，很是为富不仁。洽记行的木排，浮在西滩水面，积叠如山。翁咸的船即傍木排停泊，四顾无人，便密令摇船人把尸身弃向河中，偷偷带住在木排之下，附耳授计，如此如此，这般这般，翁咸就上岸去了。

摇船人到傍晚时候，就把船中的行灶安放在木排上面，生火烧饭，火光熊熊。木行中人瞧见了，怕他弄开火来，大声呼喝，叫他掇去行灶。这摇船人偏是一个聋子，置若罔闻，依然烧他的饭。木行中人大怒，喝令出排司务动手驱逐，不意就闹出一场大祸来。欲知后事如何，且听下回分解。

第十三回

横祸飞来豪绅失色
鹤魂陡去帝子无颜

话说李洽记木行出排司务奉令驱逐摇船人，摇船人大怒，破口大骂。木行中人再也不能忍耐，执篙打来，行灶粉碎，摇船人即把碎行灶飞掷众人。众人都大怒，跳上木排，蜂拥上前，抓住摇船人，扭作一团。只听摇船人连呼几声：

"阿五救命！"

遂闻扑通一声，跌下河中去了。众人大惊，急忙打救，只见摇船人半个身体浸在水中，气急咻咻，其喘如牛，急忙设法救起了。正这当儿，翁咸徐步至船，惊问：

"为甚如此？"

摇船人泣诉前情，并言：

"我与阿五两个被木行中十多个人拳足交下，几乎打死，大相公快替我们做主。"

翁咸惊问：

"阿五人呢？"

摇船人回说不知。木行中各伙还哓哓分辩。公咸道:

"就使摇船人果有不是,也不该聚众群殴,殴落水中,日光接火光时候,万一殴毙了人,怎么样?现在阿五哪里去了,务请你们与我查出来,这是人家的人呢!"

木行中人都说:

"我们只打得一个人,不曾见有两人。"

翁咸道:

"我船上明明是两个人,如何说是一个了?"

翁咸即叫请行主人来讲话。李潮正在家中吃饭,闻得此事,放下筷就走,走到行中,翁咸已经候久了,就把群伙殴、阿五失踪的事说了一遍。李潮一面斥责众伙,一面命地保寻访失踪的人,闹到半夜,阿五依然不见。李潮又叫众伙张灯四照,一时在木排下找见男尸一具,哗说木排下氽着一个人。翁咸一见,大惊道:

"这正是我的船伙阿五,无端死于非命,可怜可怜!"

说着,叹息不已。摇船人也惊道:

"阿五如何会死了?他的妈只此一子,今后叫她靠谁?"

李潮见闹了人命,也颇为惊惶。翁咸道:

"人命关天,好好,我们明日县衙中会面便了。"

说着,拂衣欲走。李潮急忙挽住道:

"总好商量,请不必告状。"

翁咸道:

"要和平了结呢,须依我三件事。"

李潮问:

"三件什么事？能够依从总可依从。"

翁咸道：

"第一件，阿五死得很可怜，须要美棺成殓。第二件，阿五的妈没人赡养，须要你们养老送终。"

李潮连说：

"依得，依得！快请教第三件。"

翁咸道：

"我凭空遭了这一场人命，很是不利，须偿我白银一千两，作为利市钱。"

李潮对于第三件事，再四磋商，减到七百两银子。翁咸勉强应允了，唤到阿五的妈，老婆子自然不生异议，现在正在攒殡。

吕四娘恰好经过，瞧见情节离奇，询问旁人，才知是讼师翁咸，不禁道：

"再不料讼师的笔锋竟与我们的剑锋差不多厉害。"

当下到了高家弄甘宅，找见凤池夫妇，只见他夫妇两口子年貌相差，宛如母子。见面之后，凤池就问与吕寿可曾会面，吕四娘回说不曾见着，遂把知客僧的话说了一遍。陈美娘也代为叹息。吕四娘道：

"松江有一个讼师翁咸，你们认得吗？"

甘凤池道：

"知道的。四娘如何忽然提起他来？"

吕四娘道：

"也是巧遇。"

遂把遇见的事告知凤池夫妇。陈美娘道：

"这个翁咸，是个绝顶聪明人，无论如何为难的事，跟他商量，他总有法子。"

吕四娘道：

"他那支笔害的人必然不少。"

陈美娘道：

"救的人也很不少。记得去年北京还有人来请他，那桩官事，倘然没有他时，那家子早已人亡家破。"

吕四娘问是怎么一回事。

原来北京郑亲王是大清朝开国宗亲，是世袭罔替的铁帽王，威权赫奕，势焰熏天。这位王爷欢喜育养仙鹤，二十多头白鹤，用人专司其事。每头鹤颈中悬有金牌银牌，牌上镌有"郑邸仙鹤"字样。家将带着从街上经过，路人齐都避让，不敢轻惹。一日，郑府家将带鹤经过一家布店门口，店中突出一犬，把鹤夹颈一口，立刻咬死。家将大怒，立刻回过王爷，把布店立刻封闭，布店的人立刻发交五城兵马司究办。一场塌天大祸，闹得马仰人翻。这布店主人是松江人，连夜派人南下求救。翁咸问明情形，遂道：

"此乃小事，何必我亲行北上？我与他草一诉稿，官事保可得直。"

立作一禀，内有几句警语是：

鹤虽悬牌，狗不识字。禽兽相争，何关人事？

那人携稿回京，布店主人投稿衙门，王府权势虽甚，就为驳

104

不倒这条理，官事竟难胜诉。

当下陈美娘就把这件事告知吕四娘。吕四娘听了，也很叹服，遂道：

"这位翁讼师住在哪里？我倒也要去见见他。"

甘凤池道：

"吕兄出家为僧，夫妇势难团聚，跟他商量，或有法子可以破镜重圆，也说不定。"

陈美娘道：

"翁咸新迁在菜花泾，妹妹要去，我就陪你走遭。"

当下凤池夫妇办酒接风。

次日，陈美娘、吕四娘同到菜花泾翁家，求见翁咸。偏偏翁咸不在。下午再去，又不在。吕四娘问到哪里去了，家人回是县里请了去，只得怅然而返。原来华亭县知县为了一件棘手公事，没法可想，特请翁咸入署商量。彼时江南提督驻扎在松江，因此松江地方营马很多，那些大家纨绔子弟，每喜骑马驰骋，洽记木行的小开李桂蟾，在大街上跑马，不知怎么溜了缰，撞倒一个老头儿，马脚踏伤胸脯，老头儿就由此晕倒，呕血而亡。这老头儿姓王，他儿子也是个秀才。当下王秀才即以李桂蟾驰马伤人告到当官。华亭县与李潮有交谊，自然草草验尸，薄惩了事。王秀才不服，立即上控，府司县各署通进了禀，并言华亭县纳贿庇豪，请即彻底清查，按法严办。华亭县大惧，跟李潮商议，也没有弥缝之法。省中文书，不日到来，忧急万分，只得请翁咸入署商量。当下翁咸到了县衙，华亭县虚心请教。翁咸道：

"此乃小事，何足介怀？今日无事，且与公祖痛饮一醉如何？"

华亭县连称相邀本为叙叙，立命摆酒。饮到黄昏，华亭县又谈此案。翁咸即以食指蘸酒，在台上写了四字道：

"公祖请瞧，这不是王生控告李某的字样吗？"

知县瞧时，却是"驰马伤人"四个字，点头道：

"是的。"

翁咸道：

"只消倒一个字，就没了事。"

蘸酒在指，把"驰马"两个字钩成"马驰"，知县瞧是"马驰伤人"，恍然大悟道："君真智士，一字之颠倒，即足出入生死。"

当下华亭县即以李桂蟾马驰伤人上详，上司见了详文，以为马驰伤人，罪在马不在人，华亭县办理并无不合，倒以王生上控为多事，批了下来。所以吕四娘连去两回都未会着。

这日，翁咸回家，家人告诉他：

"女侠吕四娘来过两回，不知是何意思？大相公倒不可不防。"

翁咸道：

"为甚要提防她？"

家人道：

"吕四娘是个飞行剑侠，摘取人首级，来无踪去无迹，大江南北，谁不知道？现在一日之中，连来两次，恐于大相公身上大有不测，自然该提防着她。"

翁咸笑道：

"不必，我知道吕四娘来，必无恶意，必有事情求教于我。"

家人问他为甚知道并无恶意，翁咸道：

"她是飞行剑侠，空中来去，无迹无踪，如果要取我首级，不论何地，不论何时，都可以飞剑摘取，何必巴巴地找我？何必巴巴地到我家取？既来我家找我，可决定她必无恶意。"

家人又问：

"怎么知道她必有事情请教？女侠那么本领，何事办不到？何至还求助于人？"

翁咸笑道：

"天下的事未见得桩桩剑刀做得到的，我与她素无瓜葛，一日之中，连来两次，总有事情求教我。"

说着，忽报甘家娘子同了吕四娘又来了。翁咸道：

"就请里面来坐吧！"

一时引入两个女客，一老一少，宛如母女相似。甘家娘子是时常见面的，不用说得，瞧到吕四娘，只见她艳如桃李，凛若冰霜，粉面含春，敛不住英风锐气，丹唇未启，已料到意蕊心花。吕四娘把翁咸一瞧，暗道：

"好一个厉害人物！"

只见他六尺以外身材，三十左右年纪，深目钩鼻，阔额高颧。见面之后即道：

"两次失迎，抱歉之至。"

讲了两三句应酬套语，就问：

"降临寒舍，必有见教。"

吕四娘道：

“先生一见便知，真是智士。”

遂把自己来意婉转陈述。吕四娘眼望着翁咸，细细地说。翁咸眼望着地皮，静静地听，直听到说完之后，才道：

“女侠与尊夫是很和睦很相爱的?”

四娘应了一个“是”，翁咸道：

“此回到天宁寺，第一个见面的是谁?”

四娘道：

“是知客僧。”

翁咸道：

“知客僧之外，还见过几个人?”

四娘道：

“没有见过第二个。”

翁咸道：

“女侠说明来意，是在他回报云游之先，还是在回报云游之后?”

吕四娘道：

“我的来意，始终未曾说明。”

翁咸点头道：

“这便是最要的关键。我初疑尊夫在寺，怕勾动凡念，不肯相见呢，现在才知道不是的。我要问女侠，你来见我，是要谋夫妻相会，是要谋夫妻团圆?”

吕四娘道：

“相会与团圆不同吗?”

翁咸道：

"大不相同。相会不过是会一会面，依然僧是僧，俗是俗。团圆却要他弃僧还俗，依然成一家子。"

吕四娘道：

"我就为要团圆，才来请教，倘只要会面，万里寻访，怕没有相见的日子。"

翁咸笑道：

"万里寻访，何时相见，决然不能预期。我却有法子可以使半年里头，夫妻相会，夫妻团圆。"

吕四娘大喜，忙问：

"计将安出？"

翁咸道：

"目今要着，第一须要尊夫知道女侠已经回来，但是天壤之大，知尊夫云游在哪里？无从传递消息，何能使他知道？女侠自去访寻，不巧起来，我来你去，咫尺千里，竟成了捉迷藏呢！"

吕四娘道：

"先生虑的入情入理，真是不错。"

陈美娘也插问：

"无从传递消息，如何能叫吕先生知道女侠已回呢？"

翁咸道：

"只要女侠干一桩惊人骇众、万口哄传的事情，吕先生自会闻讯赶来。"

吕四娘道：

"我们干的事，原都是惊人骇众的。"

翁咸道：

109

"女侠素来干的事虽是惊人骇众，只是暗里偷偷地干，没有明做过。"

陈美娘道：

"要明当着大众干的，是什么事呢？"

翁咸道：

"设一座擂台，听凭天下英雄好汉前来比较，那不是惊人骇众、万口哄传的事情吗？"

吕四娘道：

"真是好法子。"

要知后事如何，且听下回分解。

第十四回

假新妇对簿破奸谋
老讼师片言折疑狱

话说吕四娘道：

"建设擂台，招惹五湖四海英雄好汉，果然是万口哄传的奇事。我们那一个定然闻声赶来。好计！好计！现在要请教会面之后，如何能够夫妻团圆？"

翁咸道：

"这却不便明言，我与你一个锦囊妙计，到了见面之后，才许拆看，依计而行，自能夫妇团圆，和好如初。锦囊我写着，女侠临走时先来取是了。"

吕四娘还要问话，听得外面有人问：

"翁先生在家吗？"

翁咸迎了出去道：

"在家，在家，谁呢？"

那人道：

"翁相公原来在府上，是我。"

翁咸道：

"你是保正老金呀，你那边又出了什么事情了？"

老金道：

"翁相公真高明，一见便知。今日黄浦口发现男尸一具，毫无伤痕，想必是夜行失足，落河身死的。"

翁咸道：

"既然毫无伤痕，报官就完了，也来麻烦我。"

老金道：

"倘是寻常人呢，早报了官了。这死鬼是何师爷的老子，何师爷也是不好惹的。现在何师爷在湖南，家中只有着女流，官呢，自然总要报，报官的这一张禀，我想费翁相公的神，代作一作。"

翁咸道：

"你就怕何师爷异日找着你，是不是？"

老金道：

"是的。"

翁咸道：

"你要脱然无累呢，送一百两银子来。要少受微累呢，只消得二十两。"

老金道：

"翁相公，念我是个穷图分，我通带得二十两银子在此。"

翁咸道：

"好好，事不宜迟，我就替你起稿。"

一时脱稿，老金接来念道：

"某日清晨，黄浦口发现男尸一具，毫无伤痕……"

从头至尾，念了一遍，遂道：

"翁相公，我再去筹措八十两银子来，这是二十两，请先收下。"

老金去后，又有人来找翁咸。翁咸问他来意，那人道：

"我们是东门谢家，前天做喜事，不意新房中混了一个贼子进来。这贼子躲藏在新床底下，因为房中日夜不断人，贼子无从下手。昨日是三朝，贼子饿极奔出，被我们拿住，解官究办。今日衙役来家，要传新娘上堂，跟贼子对质。原来这贼子不认为贼，认是医生，说是女家请来医新娘隐病的。女家的情形，这贼子偏又很熟，官信了他一面之词，就要传新娘去质审。我们因新娘上堂，关系着场面，不要办了。偏偏县官大说官话，什么虚实均应彻究，断难起灭由自，定要传审。翁先生，只有你替我们想一个法子，倘能保全颜面，愿奉白金百两。"

翁咸道：

"贼子藏身床下三日，床上新夫妇讲的话必然都被听去，所以女家的情形他说来头头是道，并知新娘有隐疾。我想他躲身床下，新娘的面貌未必瞧得见，未必认识。现在只消雇一个土妓，乔作新娘模样，上堂跟他质审，只要他认假为真，就可直破其奸，何止保全颜面呢？"

那人大喜，就请翁咸代草一禀，叙明设计缘由，再三称谢，自愿送二百两银子来。那人去后，保正老金已筹足八十两银子送来。翁咸即取方才草就的禀稿，提笔在黄浦口发现男尸一具的"口"字上，加上一竖，变成一个"中"字，向他道：

"黄浦中发现男尸，汝可脱然无累了，不比黄浦口系汝图分，如何落河，如何身死，尚须逐细究问呢!"

老金称谢而去。吕四娘与陈美娘就在隔壁室中，全都听得，不胜佩服。此时，翁咸已经进来，问女侠还有见教没有，吕四娘道：

"没什么了，改日再来请教。"

遂辞了翁咸，跟陈美娘回家。甘凤池接着，问：

"见着了没有？"

吕四娘道：

"见着了。"

遂把翁咸所授之计说了一遍，凤池也称大妙。

次日，满城中早已传遍，都说谢家新房窃贼案，当堂认土妓老三作新娘，被官驳倒，打了一百板子，枷号一月示众。吕四娘道：

"翁讼师足智多谋，真是厉害。"

凤池夫妇为吕四娘难得来松，便陪了她到各处闲逛。行到佛字桥，见当地横一大木，木皮上满生绿苔。四娘就问：

"好好的栋梁之材，为甚遗弃在此？"

陈美娘道：

"这根大木，有一段故事。从前这里，两对面有两爿铺子，一家是鞋子铺，一家是木盏铺，生意都很发达。一日，来一和尚，先向鞋子铺定了五百双僧鞋，又向木盏铺定五百个大木盏，约日取货。到了这日，和尚先到鞋子店取货，却见他不挑担，不携筐，这五百双僧鞋一双双放入袖中去。一时放毕，再到木盏铺取木盏，木盏铺主人冷眼旁观，早已心中暗诧，当下就问大和尚：'五百个大木盏，很是不少，用船载去，用担挑去?'和尚笑道：'我还有一衣袖空着。'遂见他将木盏一个个放进去，放毕之后，遂待给钱。那主人一把抓住和尚衣袖，死也不肯放，跪下道：'你是活佛，求你大发慈悲，度我成仙去。'和尚被他缠不过，遂道：'你要随我去，你可肯舍下这一份家业?'那主人道：'肯舍，肯舍。'和尚叫他捏住衣角，一拂袖，早已数百里，耳畔风声呼呼，一时已到海边。只见茫茫大海，骇浪惊涛，很是怕人。和尚叫他闭上双目，腾空浮海，一时风浪之声寂然，张目四顾，已在一座大寺中了。和尚叫他暂待一刻：'我有事入内会长老，这里东西两面的窗开着，你要不耐烦时，不妨随意瞧瞧，南北两面的窗却万万不能开看。'和尚去后，那主人候了一会儿，不见和尚出来，向东窗望出去，平畴绿野都在种秧。又到西窗望望，都在收获。再到东窗，又在种秧，西窗又在收获，望东望西，望了百十回，都是如此。和尚仍未出来。那主人暗忖：南北两窗，不知是何景致，且开出瞧瞧。不意北窗才一开看，狂风大起，飞沙迷目，才待关闭，一阵风来，飞沙走石，身子也被吹起，目迷不得张视。等到风静，身子已在黄浦滩了。回到城中，地方犹是，景物全非。询问旁人，都回不知。只有一个白须老人回说：'我们上代开设过木盏铺，先祖某某公跟了一个和尚，不知去向。问他几时的事，老人道，我也不过是听先父说起。彼时先父犹在童年，现在我已七十三岁，怕至近总也有百年开外。'主人不禁爽然，向众说明缘故，遂披剃为僧。那一根大木，就是他当日做木盏时剩下的。"

吕四娘道：

"原来如此。"

忽闻人声嘈杂，一大群人从南岸渡桥而来，簇拥着一男一女，那女娘浑身缟素，男的却是个少年和尚。就有人迎着询问，那群人回说是当场捉住的奸，送官究办呢。说着，风一般地去了。陈美娘道：

"这是蒋家五娘子，少年守寡，很正经的，怎么会有这不端事情起来？"

吕四娘道：

"嫂子认识她吗？"

陈美娘道：

"认识的，她娘家姓翁，与翁咸是从堂叔伯姊妹。去年那桩惨祸，没有翁咸，到今怕还冤沉海底呢。不意今朝又闹出了事来。"

吕四娘问：

"去年怎么一回惨祸？"

陈美娘道：

"南门蒋五房，原是小康之家，贩卖绸缎为业。去年蒋五相公备了资本，要上湖州去收绉纱，雇的是阮小大的船。这日是十七，潮来在丑未两时，须四更前下船，好趁潮水开出去。蒋家夫妇三更就起身喝酒话别，这位娘子是第三续娶，新婚才只半载，很是依依不舍。饭罢，四鼓未起，蒋五相公携了银包，点灯出门而去。不意天色大明之后，阮小大忽来敲门，高声大叫五娘子。五娘睡眼蒙眬中惊醒，问：'是谁？'阮小大道：

116

'是我，阮小大。五娘子，潮水快落了，请五相公早些下船。'五娘道：'四鼓前就出门的，下船已许久了。'阮小大应了一声，回头就走。到已牌时候，阮小大又来，说：'至今未见五相公，敢是不去了吗？'五娘大惊，派人四处找寻，亲戚朋友，挨家去问，哪里有个影踪？翁咸闻到此事，赶来询问，何时雇船、何时喝酒、何时出门、阮小大何时来敲门、如何询问，一一问明。沉思好久，拍桌道：'不必找寻，妹夫已被人谋死了。'五娘惊问：'如何知道已被谋死？'翁咸道：'不但知道谋死，那凶手我也查得了，不是别人，就是阮小大。'五娘惊问：'真有这件事？'翁咸道：'隔日雇的船，出门在半夜之后，更深半夜，无缘无故，断然不会到亲戚家去。从家到船埠，通只半里光景，清平世界，又断然不会有打闷棍的断路贼。就使有断路贼，断路贼志在劫财，杀了命也断不会毁尸灭迹的，尸身必在路上，何致影迹全无？阮小大来家敲门，如果未见姊夫，理应唤五相公，开口就叫五娘子，是他心目了然，已确知五相公不存在世，唤之必不应也。再妹子回他四更前出门下船，果然不曾谋命，理应诧愕疑问，现在他闻言一诺即走，并不怀疑，是他已确知五相公下船，由自己亲手谋害也。'于是立把阮小大解县究办，三敲六问，阮小大招认见财起意，把蒋五相公绑缚了手脚，堵塞了口，脚上套上一个鬅，摇出黄浦，种了他荷花了。华亭县用滚钩在黄浦中钓起了尸身，把凶手定罪正法。到今才只一年，又出了这么一件事，真是不幸。"

吕四娘逛了一会儿，也就回家。次日，吕四娘要走，到翁咸家去取锦囊，偏遇翁咸为了蒋五房捉奸的事，又忙到个不得了，只得耐心等候。

原来，蒋五连年负贩，积蓄很不少，断弦两次，娶妻三回，只原配生一个女孩子，现方九岁。翁氏虽然身怀六甲，却是男女未卜。这会子遭了非常惨变，蒋大房、蒋二房、蒋三房、蒋四房便都争要立嗣，夺做孝子，翁氏没作道理处。翁咸闻知此事，立撰挽联一副，亲往吊奠。四房人家见了这副挽联，全都吐舌，抱头鼠窜而走。此联是：

　　含玉最伤怀，幸喜中郎有女。

　　遗珠犹在腹，莫言伯道无儿。

隔上五个月，翁氏临盆在即，四房人家谋财心切，一计未成，又生一计，买通稳婆，叫她接生时光暗把孩子捏死，立酬银子一百两。翁氏耳有所闻，告知翁咸。翁咸道：

"不要紧，临产时光，叫我一声，我一到，包就没事。"

一日，翁咸在家，蒋五房来请，说五娘腹痛异常，要产了。欲知后事如何，且听下回分解。

第十五回

蒋四房诬奸谋产
翁大相易僧为尼

却说翁咸走蒋五家，见蒋族四房的人挤满了一厅，都是听候消息的，瞧见翁咸进来，都各起身为礼。翁咸含笑，不过一点头而已。走上楼梯，就问稳婆叫了没有，仆妇回：

"已叫到三个呢！"

翁咸道：

"唤她们出来见我，我有话吩咐。"

一时唤出。翁咸就在外房开言道：

"这里五娘是产遗腹子，理应格外郑重。外面的风声不很好，你们大概还没有知道。现在既是你们三个来接生，我就责成在你们三个身上，无论大人小孩儿，有点子什么，我只问你们三个的话。须知朝廷律例，人命不分大小，伤害都要抵偿。五娘是我的妹子，新生孩子就是我的外甥，有我这么一个人放着，就听凭人家算计不成？"

三个稳婆面面相觑，不作一语，要辞又不敢。内有一个道：

119

"翁相公放心，无论五娘是相公的妹子，就不是相公的妹子，我们也清清脱脱，断不敢无私有弊的。我们吃这碗饭，明有天日，暗有鬼神，谁不怕天打雷劈？"

翁咸道：

"只要你们如此，我就不与深究。"

三个稳婆震于翁咸的威名，果然小心谨慎，不敢为非作歹，蒋五娘太太平平产了一个遗腹子。蒋氏族人大失所望，究竟心不肯死，一波未平，一波又起。到了过年，翁氏延请僧尼，在家讽经拜忏，超度亡魂。四房族人遇着这个机会，就想出一条恶计，趁其不备，半夜里一拥而入。彼时焰口初毕，众僧未散，蒋氏族人拣一个年轻貌俏的和尚不问情由，缚了个结实，拥入内堂，又把翁氏缚了，声言撞见奸情，当场捉住。蒋老大是房长，满面房长眉眼，大言道：

"我们蒋氏虽穷，自祖宗以来，一径家传清白。似你这么败坏门风的人，不曾有过。现在你既淫荡成性，也很不必住在这门里，使死者蒙羞，生者含耻，索性爽爽快快走你的路，僧呀俗呀，凭你改嫁，我们再不来管你。"

蒋老三道：

"我看索性送到当官，听官究办，省得多生枝节。"

蒋老二道：

"要出丑，也是没法奈何的事。小孩子是我们老五的骨血，我们四房人家该轮流照管抚养。"

于是大众簇拥着翁氏与和尚，一窝蜂地自南而北。不意风声所布，翁咸已经得着消息，大笑道：

"鼠辈何敢猖獗?"

随即点兵派将,在半途中埋伏下一支人马,偃旗息鼓,静静地等候。这里蒋氏族人押着"奸夫淫妇"呼喝而行,一路上呼呼喝喝,真是威风凛凛,杀气腾腾,好不光华荣耀。将近佛字桥,忽见斜刺里突出一人,两手一拦道:

"众位何来?"

众人不曾防备,吃了一惊,定睛一看,来者不是别人,正是大名鼎鼎的翁咸。众人不知怎么,见了翁咸,便都有点子发毛。内中要算蒋老大最为胆大,开言道:

"我们今日是理直气壮的事,谁也不怕谁!"

只听翁咸道:

"众位做什么呀?"

蒋老四道:

"翁兄,这是我们的家事,不与你相干。"

翁咸此时已经瞧见绑缚的两人,假作惊讶道:

"这是什么?"

翁氏喊道:

"哥哥救我!"

蒋老大道:

"翁兄,你却袒护不得,令妹干了不端的事,败坏蒋家门风,现在真赃现获,我们各房动了公愤,送她到当官,请官究办。此乃我们整顿家法,不论是谁,总不能够派我们的不是。"

蒋老四怕翁氏分辩,就把如何撞见、如何提获的话编说了一遍。翁咸道:

"这么不肖，不但有玷府上清德，我们姓翁的也蒙羞的。夜寒天冷，众位辛苦了，且请略驻贵足，喝两杯酒，挡挡寒气。再者时光太早，衙门没有开，官也没有起身呢！"

众人见他和颜悦色，说得入情入理，放松戒心。蒋老大道：

"怎好叨扰？"

翁咸道：

"送子庵离此不远，就那边坐坐吧！"

众人一来惧怕翁咸，不敢不从，二来见他并不左袒，毫无私意，遂跟翁咸到庵中。酒菜现成，大家团坐欢饮。翁咸道：

"奸夫淫妇，须防他们逃走，关闭他们空屋中。"

众人都称翁咸至公无私。喝到天色大明，众人起身要走，翁咸殷勤留吃早点，却不过情，只得坐下。直到辰牌时光，才到空屋，见"奸夫淫妇"依然好好地捆缚着，于是押解着呼喝而行。到了县衙，蒋老大打头，先行叫喊，然后补禀。县官叫把"奸夫淫妇"分两处管押，防有串供情弊。收过禀单，立刻升坐二堂审问。先叫上原告，逐细盘问。四个原告，蒋老大、蒋老二、蒋老三、蒋老四，众口同声，都说确从奸所擒获，真赃实犯，请求按律严惩，以儆淫凶而整风。县官道：

"你们都是亲眼看见，亲手捉住的？"

众人回：

"确是亲眼看见，亲手捉住，倘有虚诬，情甘反坐。"

县官点头，就叫带淫僧，两旁衙役一迭连声：

"带淫僧，带淫僧！"

一时带上一个扭扭捏捏的俏丽和尚，朝北而跪。县官怒道：

122

"出家人自应谨守清规，深夜入人闺闼，干点子什么？从实供来，免受刑罚。"

那和尚道：

"五娘请我追荐亡魂，出家人谨守清规，从不敢为非作歹。不知为了什么，这几位把我捆缚到衙，无端受辱。"

县官道：

"你现被在奸所捉获，犯奸实在，还敢说谨守清规。你道本县不能打你吗？"

那和尚道：

"回老爷，我是尼姑，不是和尚，是女身，不是男儿，两女如何犯奸？"

县官提问原告：

"你们解来的，到底是和尚不是和尚？"

原告回：

"是和尚。"

县官道：

"该犯现在自称为尼，怎么样？"

原告都道：

"请求验看，断不会是尼的。"

县官立传官卖婆验看，从实报来。一时验毕，官卖婆报称：

"验得该犯，果然是女身，是尼姑，不是和尚。"

县官大怒，回问原告。原告都俯首无词，不过求恩宽免罢了。县官叫把四个原告都看管了，听候严办。

看官，和尚忽变尼姑，这都是翁咸送子庵中掉的包，众人贪

123

了饮食，着了道儿。蒋五娘释放回家，又请翁咸撰了个禀到衙投递，把蒋老大等历次图谋家产、设计毒害的事细细叙明，禀词作得非常哀婉。县官把蒋老大等每人责打三百板，并勒具改过结切，完案。所以，吕四娘又白走了两回。

直到第三回去，方才会着。吕四娘言：

"拟即日动身北上，选择地方，摆设擂台，先生的锦囊已否备好？"

翁咸道：

"早已备好。"

随即取出。吕四娘大喜，再三称谢，接了锦囊，藏入怀中，随取出黄金二十两、野山人参二枚酬谢翁咸。翁咸执意不受，并道：

"人哪一个没有缓急？今儿女侠烦了我，或者明儿我也有相烦女侠的事情。"

吕四娘只得罢了。

当下回到甘家，与陈美娘商议了一会儿建设擂台的事。因美娘年轻时光跟着他老子陈四在南京地方摆过摆台，一切情形都很熟悉。只见陈美娘道：

"妹妹，我们两人，左右闲着没事，陪送你到北边，帮同照料。这摆擂台的事，一个是万万分发不开，开了台之后，台上也要有人招呼，如请教来客姓名，写立死活文凭，赠送彩物赠品等，种种琐事，不一而足。恁你能干，不有三头六臂，何能应付周全？"

吕四娘道：

"做伴同行，是最好不过的。"

甘凤池道：

"那么今天收拾收拾，准定明天长行吧。"

一宵易过，又是明朝，吕四娘与凤池夫妇雇了一只船，从水程进发。路上谈起翁咸，无不赞叹佩服。陈美娘道：

"讼师仗着一支笔，鼓弄是非，受益的人固多，受害的人也很不少。即如送子庵的尼姑，事事听从他的号令，也是被他收服过的。送子庵的观世音，香火极盛，庵尼手头很丰富。翁咸忽然异想天开，二月二十七日，备了香烛，亲到送子庵膜拜顶礼。叩拜既毕，问老尼道：'佛龛中珠冠绣服慈容可亲的，是什么菩萨?'老尼正色低声道：'此乃是观音大士呢!'翁咸失惊道：'就是南海观世音吗?'老尼道：'天下观音只是一尊，不分什么南海、东海。'翁咸大惊道：'这么说来，我真是不孝之人了，菩萨就是我的寄母。记得小时候，我母亲把我寄名于南海观音，岁岁进香，年年拜祷。现在虽然母死家贫，岂忍令我寄母风尘沦落?我当接我寄母家去，住个一年半载，稍尽孝道。'说罢，开佛龛把观音像抱着就走，飞奔出庵，一卷烟跑到家去了。庵尼出于不意，瞠目相视。偏偏十九观音诞已在目前，大开佛会，已经遍发了请帖。转瞬香客到来，没了菩萨，成何体统?为期局促，重塑一尊，又万万的不及。只得暗中调和，送纹银一百与翁咸，请回佛像，从此，翁咸有号令，庵尼就不敢不从了。"

吕四娘道：

"这真是异想天开的事。"

从水程北上，由松江到苏州，苏州到常州，都坐的是小船。

到了镇江，改坐江船，溯江而上，直抵汉口。甘凤池就请吕四娘在汉口镇摆设擂台。此间是九省通衢，南北要道，最容易传布消息。吕四娘见说得有理，也就应允，当下借客店住下。陈美娘道：

"摆设擂台，是要具禀官府存案，并要请求官府出示保护的。这种事情，需要请本地大绅士先向官府说妥，才不致遭他批斥。"

吕四娘道：

"这可难死人了，我这里是没有熟人的。"

陈美娘道：

"这却不用虑的，这里有两家大绅士，我都认得。一家做过江南藩台，一家做过扬州运台，他们出面说情，地方官总也肯听从。"

甘凤池道：

"你怎么认得起这么两个阔人来？"

陈美娘道：

"那位运台去年卸任回家，是我保的镖。那藩台官囊更富，在长江中连遇三次大盗，都经我杀退，他感激得什么相似。这两家恰巧都住在汉口，我去见他，这个面子怕还有。"

甘凤池道：

"事不宜迟，要去就去。"

这日，陈美娘去了一整日，直到天夜才回，酒气熏人，满面含着得意之色，笑向吕四娘道：

"诸事都已办妥，搭台的地方也有了，搭台的材料，木条、木板也有了，请存案请告示的禀单，也已做好，送了衙门去了。"

甘凤池道：

"你办得倒很迅速。"

陈美娘道：

"都是朱方伯一个担任的，秦都转那里，我还没有去呢！"

欲知后事如何，且听下回分解。

第十六回

汉口镇女侠摆擂台
刘副戎派兵司弹压

却说陈美娘道：

"我到朱方伯家，恰巧他老人家新从汉阳回来，我就说明来意。他老人家一口应允，并言你们作客，住店诸多不便，我家里闲房屋很多，叫我们搬去。又言：'擂台的地方须要宽敞空阔，我新得一块地，有三十多亩，似乎还配用。盖搭擂台的木柱、木板，你们也不必去办，我都有。此种东西，用过就不要的，花钱去买很不合算。我本来要建筑房屋，木料尽都现成。今年南北运道不通，左右放着，你们要用尽取去。木匠、小工人等，你们不熟悉，我叫管事家人替你们代雇是了。'我见他这么要好，自然十分愿意。愚嫂斗胆，已替你代应允下了。朱方伯立刻请先生进来，替我们拟好禀稿，念给我听了，立刻夹片派家人送了夏口厅衙门并副将衙门去。朱太太更留住我闲话，走不脱身，秦都转那里都不曾去。"

吕四娘道：

"托足权门，失掉我们剑侠的身份，不知这位姓朱的是善良还是恶霸？"

陈美娘道：

"大致总算善良吧！我们人生地不熟，有这样一个主人，也是求之不得的。"

甘凤池也说：

"且住为佳，不必过事苛求。"

吕四娘才不言语。

次日，朱方伯派家人来请，于是凤池夫妇同了吕四娘，收拾行囊，交付家人挑了，齐到朱宅来。但见沉沉甲第，赫赫门墙，果然是大家。主人朱方伯五十左右年纪，和颜悦色，接待得很是殷勤。朱方伯道：

"我们一见如故，求女侠再不要见外，我已把靠西一落五间收拾好，就屈留三位在那里。另拨两名家人、两个仆妇伺候三位，短什么尽管向管事家人要，千万不要客气。"

遂唤了管事的来，当面吩咐：

"甘爷、甘娘、吕娘要什么，你须立刻承办，不准推诿延宕。"

管事的诺诺连声。朱方伯又道：

"吃过饭，就陪你们去看擂台地方。"

陈美娘等再三称谢。当下就到西廊一瞧，见是很精致的五间房屋，十分宽畅，十分洁净，吕四娘也很满意。陈美娘道：

"此刻闲着，我去瞧瞧秦都转。"

甘凤池道：

"你去就是了，饭前就回来，方伯约定去看擂台地方呢！"

陈美娘回言知道，就出门去了。到午饭将开时候，果然就回来，说：

"秦都转也很要好，怪我们不先去看他，就到了这里来。今日已不及，明日他老人家还要盛宴接风呢！"

一时午饭，共是六肴精菜，朱方伯亲自出陪。饭毕，同到广场，查看擂台基子，很是合宜。陈美娘就替四娘定出了丈尺，三丈高，四丈开阔，三丈进深，周围十四丈，上面盖搭芦棚，遮蔽太阳。隔出两个小间，预备台主休息之所。两边另筑敞棚小台两座，比擂台的高低大小都减一半。朱方伯即命管事的传了匠头来，关照他丈尺，叫他即日动工盖搭，匠头应诺。这夜，朱宅肆筵设席，给陈美娘等洗尘。

次日，又赴秦宅之宴。此时擂台已经动工，小工抬送木料，邪许邪许之声不绝，这都是粗活，三五日工夫早已盖搭竣工。朱方伯书赠"以武会友"软匾，秦都转也送一匾，是"技艺莺求"四个字。夏口厅与汉口协的告示也都送来，应用各种兵器，也都齐备。吕四娘就发出布告，择日开台。布告一出，偌大个汉口镇，早传了个遍，不到三日，连汉阳、武昌都传遍了。开台的日子是择定四月初一，吕四娘、甘凤池、陈美娘都各剪了绸罗，雇裁缝赶做新衣。三个人又议出了几条擂台规则。

到了开台的上一日，朱方伯又备了酒席，邀请夏口厅、江夏县副将、参将等一众文武，来家宴会，乘便替甘凤池等介绍了。

次日清晨，甘凤池率同朱宅家人，到擂台布置桌椅笔砚等物，又把规则十条在台前张挂起来，是用墨漆写在荷兰白布上，字大行疏，望去朗朗清楚。只见那擂台规则十条：

一、欲上台较艺者，须将姓名、籍贯、年岁向守台官报明，听候上册记录，不得隐姓埋名，藏头露尾。

二、上册之后，须填写死活文凭，偶或失手打伤失命，彼此各由天命，事后不得纠葛。文凭由本人签押，守台官做证。

三、上台比较，不论是徒手，是用兵器，须于动手之前，彼此知照。不得于动手之后，蓦然偷用。

四、不得偷打暗器，并不得约人偷打暗器。

五、两人比较，彼此均不得暗用帮手。

六、动手之前，两人各占住地步，不得僭越失序。

七、来客众多，以上册先后为序，挨次上台比较。

八、每日开台较艺，上午辰巳两时，下午未申两时。

九、胜负既判之后，负者心不甘服，倘欲再行比较，须先得胜者之同意。

十、五湖四海英雄，五岳三山豪杰，凡愿上台赐教者，须得谨守本台规则。

一座三丈高的擂台，台上搭有芦席棚，也搭成殿阁的样子，棚檐里悬有红绿彩绸，台角上高悬两面大旗，左边那旗是写着"恭候五湖四海英雄"，右边那旗是写着"欢迎五岳三山豪杰"。台口有一横额，写着"擂台"两个大字。横额下面，平悬着几块

131

木牌，都贴着官府的告示。只见写着："钦加三品衔，赏戴花翎记录十次，加三级，湖北夏口厅同知黄为出示晓谕事。据镇绅前南布政使朱璜函称如何如何等因，理合出示晓谕。为此晓谕两军民人等，一体知悉。自示之后，毋得喧哗争闹，自取罪戾。其各禀遵毋违。特示。"一张是江夏县正堂的，更有两张，却是协台与参府的。

此时，瞧热闹的人却已人山人海，更有赶热闹喊卖食物的。从台上瞧下去，万头攒动，起落如潮。旭日初升，阳光西射，照得全场都暖烘烘的。一时朱方伯、秦都转两位大绅士各乘了大轿到来，直到台前下轿。擂台的两侧原搭有两所敞棚，也有一丈五六尺高，左侧那一所是预备官绅起坐的，右侧那一所是守台官的办公处，吹鼓手的吹打台也附设在那里。当下两位大绅士进了左侧敞棚，朱方伯就问：

"怎么吹鼓手还没有来？时光已到卯正，是谁去讲定的？"

早有家人飞一般地传去了。一会子，鼓手到来，叩见朱大人。朱方伯狠狠申斥了一顿，吹鼓手连声称是，一句也不敢分辩。那几个家人见朱方伯发怒，都各心头惴惴，格外地小心伺候。不一时，江夏县知县鸣锣喝道而来，直到台前出轿。朱、秦两绅起身迎接。坐还未定，接着夏口厅到了。江夏县一同出接，接进坐下，家人送上茶，寒暄得三四语，赵参将骑马而至，一时刘协台也到了。彼此相见坐下，朱方伯道：

"协台大人，跟你商量一件事，擂台场上这么乱糟糟的，怕有事情闹出来。请你拨几个兵丁帮同弹压弹压，使得吗？"

刘协台连称可以可以，立刻派出千总一员，带领协标兵二百，执着军棍、藤条到场弹压。此时场上整万的人都在等候台主。仰瞧太阳已渐渐地高升，天清如洗，万里无云。时已卯末辰初，只听得人声嘈杂，都哗说：

"来了！来了！"

就见万头攒动中，忽地让出一条甬道，銮铃响处，一匹铁青马，蹄声嘚嘚而至。马上跨有一女，瘦小身材，削骨脸，脸色黄中带润，头发黑已见花，虽然瘦小，却甚精悍活泼，全不见衰老的样子。青帕包头，身穿天蓝绉纱密纽小袄，青绸甩裆大裤，青缎皮底小蛮靴，系着大青绉纱裙子，披一件大青熟罗夹衫，缓辔徐行，宛如一朵乌云出岫推行相似。这一位是谁？看官们早已认识，是甘凤池令正陈美娘。场上众人却错认她是台主吕四娘呢！万众哗腾，都说："来了！来了！"当下陈美娘到右侧敞棚下马，早有家人把马牵去喂草。陈美娘进了敞棚，凤池就问：

"女侠还没来吗？"

陈美娘道：

"快到了。"

甘凤池道：

"你瞧我布置得如何？"

陈美娘道：

"我已见过，很好。"

说着时，场上人声潮涌，又都说：

"台主来了！台主来了！"

凤池站起瞧看，只见八九个朱府家人前呼后拥，簇拥着一员女将到来。那女将头上罩一方雪青绉纱包头，从脑后燕尾边兜向

133

前来，拧成双股儿，在额上扎一个蝴蝶扣儿，上身穿一件猩红绉纱密纽小袄，腰间系一条雪白绉纱重穗子汗巾，下面穿一件雪青绉纱甩裆中衣，脚上穿一双月蓝贡缎皮底小蛮靴，外系一条猩红绸裙子，披一件葱绿绉纱夹衫，星眸如电，粉脸含春，望去不过二十开外年纪，不是吕四娘是谁？甘凤池忙令吹鼓手鼓吹迎接。右敞棚中吹吹打打，顷刻热闹起来。霎时之间，吕四娘跨着白马，已到敞棚前，陈美娘出接。吕四娘离鞍下马，进棚略坐一坐，即向陈美娘道：

"嫂子，烦你陪我对过棚中去，向各位官绅道谢一声。"

陈美娘应诺，陪了吕四娘，走过左侧敞棚，先由陈美娘代述来意，众官绅都说：

"不用谢的，我们来无非是瞧瞧侠女好身手，广广眼界罢了。"

此时，吕四娘早已过来，向众官绅深深一礼道：

"我吕四娘蒙朱大人及各位大人老爷的抬举，得此机会，可与天下英雄豪杰得聚一台，叨教技艺上种种奥妙，不胜感激。异日倘有所成，都出朱大人与诸位大人老爷所赐。"

说罢，又深深行了一礼。众官绅齐都还礼。吕四娘回到右侧敞棚，吃了一口茶，随即卸去夹衫红裙。陈美娘也卸去了衣裙，甘凤池也早结束定当，新做的一身蓝衣、蓝袄、蓝裤，黄帕包头。三个人都打扮得十分伶俐，说一声："我们升高吧！"此时吹鼓手便就大吹大打，秦都转送来五千鞭炮，二十位高升，顷刻噼噼啪啪，点放起来。欲知上台之后，何人来打擂台，且听下回分解。

第十七回

吕四娘登台献技
窦祖敦黑夜采花

话说高升边炮，烟雾腾天，砰砰噼啪声中，就见甘凤池、陈美娘、吕四娘出了敞棚，步向台前，离擂台有三五尺地，甘凤池一蹬身，向上只一纵，宛如狸猫捕鼠，轻轻地上了擂台，接着，陈美娘、吕四娘也各飞身跳上。吕四娘跳上时，并不作势，随随便便地只一纵，身轻如燕，纤尘不动，鸦雀无声。三人上了擂台，先由甘凤池出立台口，向众道：

"我是台主叫来帮场的，先来献丑献丑。"

说罢，做了一回姿势，打起拳来，打的是宋太祖长拳三十二势，第一懒扎势，第二金鸡独立势，第三控马势，第四拗鞭势，第五七星拳势，第六倒骑龙势，第七悬脚腾空势，第八丘流势，第九下插势，第十埋伏势，十一拖架势，十二垫肘势，散步势、擒拿势、中四平势、伏虎势、高四平势、倒捉势、井拦势、鬼蹴势、指裆势、兽头势、神拳势、一条鞭势、雀龙势、朝阳势、鹰翅势、跨虎势、拗鸾势、当头势、顺鸾势、旗鼓势。从懒扎势

135

起，到旗鼓势止，一总三十二势，逐势变换，手脚活泼，猛如虎豹，疾若鹰鸷，功夫十分纯熟，场上万余的人，无不交口称好。

凤池打罢，陈美娘出手了，打的是鲁智深下山。打罢，又打了一套鲁智深抢酒。场上的人也齐声称赞。这时光，吹鼓手大吹大打，擂台上吕四娘出手了。忽见台前竖起一面小方红旗来，这便是台主出手的符号。场上的人瞧见吕四娘出台，精神都是为之一振。当下吕四娘站立台口，向众人道：

"我自幼欢喜拳技之学，虽然得遇名师，自恨赋性愚鲁，不过稍获门径，未能升堂入室。后来人事纷纷，风尘仆仆，经历南北各省，西游打箭炉、里塘、巴塘、前藏、中藏、后藏，东至宁古塔外渥集、鱼皮鞑子之部，所在物色贤豪，访来拳艺，抛砖引玉，得益颇非浅显。现在幸到贵镇，贵镇乃南北要道，九省通衢，人烟的稠密，商务的发达，为东南各省第一。商务既这么的繁盛，人才也必然的众多。又承镇绅朱方伯热忱帮助，建成这一座擂台。不过我这座擂台并非是卖弄自己本领，实要叨教拳艺。尚望五湖四海英雄，五岳三山豪杰，不吝珠玉，惠然临台赐教，不胜欢跃。"

说罢，就打起拳来。只见她进如奔马，退如脱兔，腾起如丹凤朝阳，扑下如苍龙入海。忽而金鸡独立，忽而二龙戏珠，连环腿势如急雨狂风，三角步稳如泰山磐石。上步蜘蛛抽丝，回身金丝缠臂。一时打毕，脸不红，气不喘，笑向台下道：

"这是我抛砖引玉的勾当，很望台下英雄上来指教。"

看官，吕四娘打的这一套是罗汉拳，场上近万人中，识货的也很不少，瞧见她这种身手、这种本领，谁还敢上来讨苦吃？候

136

了好半天，不见有人来。甘凤池走至台口，宣布道：

"台主有言，谁能上台，打着台主一拳者，酬银五十两，飞着一腿者，酬银一百两，打台主至见血者，酬银二百两，打倒台主致不能起立者，酬银一千两。愿意赐教的，请依照本擂台规则，到守台官处报名上册，写立死活文凭。"

甘凤池这一番话，说完之后，台下顿时纷纷议论。内中有几个是遇事生风的，有几个是好勇斗狠的，也有几个专喜调唆人家，自己却站在高墙下冷眼旁观的。当下油坊老五是专喜遇事生风的，开言道：

"花五十两银子买人家一拳，一百两买人家一腿，打得跌倒，出银一千。这种买打的新闻，我真是头回听得。不知满场上整千整万人中，谁有福命发这注大财？"

旁边蜡烛阿七是著名的调唆家，听了油坊老五的话，冷笑一声，接口道：

"五阿哥，你说得这句话，你就是有福命人，你家不妨上去试试。我瞧你满脸红光，包可以发这注财，打倒了那女子，兄弟给你备酒庆贺。"

油坊老五道：

"阿七，你瞧我胜得那女子吗？"

阿七道：

"包可胜得，摆擂台的强煞是个女子，能有几多能耐？你家上去，一拳就可打倒。"

老五道：

"三丈高的擂台，我跳上也不难。"

旁人只道他真要上去，有热心的就阻止他道：

"你休得上当，摆得擂台，岂有没本领的？虽是女子，不可轻视。你又素来不会拳技，别贪财丧命，给人家好笑。"

蜡烛阿七道：

"休长他人志气，灭自己威风。偌大个汉口镇，岂容这小小女子来此撒野？五阿哥上去，大为汉口人吐气，再无不胜之理，休得阻挠。"

老五道：

"我没有本领，不上去。"

随手指一人道：

"我倘有这位三哥那么的本领，不用你们劝说，早上台多时了。"

阿七回头，见老五所指的是染坊小三。这小三有着三五斤力气，又懂得几路花拳，倚仗着他这全副本领，平日歪戴着帽子，挺胸凸肚，在人前直来直去，狠狠地寻事，最是好勇斗狠的。当下蜡烛阿七一见，即道：

"三哥，你是我们湖北英雄、汉口豪杰，这座擂台不是你去打，更有谁来打？这女子太欺我们汉口无人了，哪里知道还有你三哥呢？"

小三挺着胸脯道：

"阿七，别尽调唆人，你有本领，你自上台去较量。"

蜡烛阿七顿口无言，向人丛中一挤，就逃去了。众人无不暗笑。

此时台上见没人上台较量，甘凤池、陈美娘两口子又对演了

138

一回拳艺，看看天已正午，便就回家歇息，各官绅也都散去，只留十多个家人在此看守照料。午后到台，直守到夕阳西下，依旧是没有。次日，仍旧如此，不过官绅都不到了。话休絮烦。

吕四娘擂台摆了三日，未见一人报名，传流开去，都说吕四娘神拳天下无敌，因此摆了擂台，没人敢去较量。哪知为了这一句话，就引起一个英雄来。

此人姓窦，名叫祖敦，直隶献县人氏，乃是大盗窦尔敦的孙子。自幼得承家技，英雄出众，本领非凡。十三岁出劫旅客，就手杀镖师，名震京国。这窦祖敦本领不让乃祖，好色贪淫，也与窦尔敦差不多的坏。窦尔敦当日在南北各省猎艳采花，日间瞧见了美色，做下暗记，到夜里飞腾而入，直达美人卧房，禁止声张，连人连衾枕，卷裹严密，挟在腋间，飞腾而出，重垣叠屋数十重，如履坦途。一到晨鸡报晓，他就卷裹送还。有一回，一家的眷口被卷，那家也不是好惹的，约了十多名拳师，埋伏在房中候他送还时，突然出击。不意窦尔敦英雄无敌，一手掷还女眷，一手挥剑抵御，电掣风旋，一转瞬就没有踪迹。

祖敦继承祖德，十七岁之后，也就夜夜采花，无恶不作。每夜飞入人家，卷取妇女，但见黑影一闪，人不及呼，已在数十步外了。到天明之后，卷去的人却依然卧在床上，了不知几时送回的。或有暗中布置埋伏，候他卷还来家，一声呼啸，十多人飞刀奋斫，窦祖敦才一奋臂，兵器尽都坠地，祖敦右手格拒，左手掣人，瞬息如风，人不能近。

有一回，窦祖敦一个儿独行，经过松林，林中突发一道白光，直奔面前，其声嗖然，却是一支钢镖，闪避不及，祖敦一低头，中在帽子上，帽子堕地。他就俯身拾起了，慢慢地拂拭尘土，戴在头上，没事人似的走他的路。不意第二支镖又奔了来，祖敦右手只一接，接在手中，第三支镖嗖地又来，疾如激电。祖敦即将手中第二支镖飞出，还赠那人，镖与镖相碰，叮叮，火星乱迸，松林中躲着的人大惊失色，拼命奔逃。祖敦一笑置之罢了。

有一队江湖卖艺的，一家数口，内中一个少妇颇有姿色，被窦祖敦看上了眼，黑夜里前往卷取。这卖艺的也很骁勇，拳棒精通，哪里是祖敦的对手？眼看妻子被他卷取而去，直到天明送还，愤极。一日，村中有戏，窦祖敦也在那里看戏。卖艺的率领徒众，挟刀而往，瞧见窦祖敦高踞高凳，扬扬自得，仇人相见，分外眼红。但是惧怕祖敦不敢近前，踌躇了半天，瞧见窦祖敦座后有一座茶炉子，一茶炉的水正沸着呢。卖艺的望准了祖敦，举起沸透的茶炉子，就请他吃一壶。只见锡炉高擎，狠命击去。窦祖敦见锡炉到来，奋臂只一挡，臂与臂相格。卖艺人的右臂立刻就折为两段，锡炉子跌下，一炉的沸水泼溅开来，窦祖敦烫得浑身都是泡。卖艺人的徒弟挥刀而前，祖敦虽然烫伤，依然英雄无敌，卖艺人依然打得大败，抱头鼠窜而逃。窦祖敦也医治了一个多月，方才治愈。

这会子，窦祖敦恰在汉阳地方，听说汉口有女侠摆设擂台，没人敢上台比较，一来是好色，二来是好胜，他就乘船渡江，到了汉口。茶坊酒馆没一处不讲擂台的事，说到那台主本领如何厉害，面貌如何标致，听得窦祖敦心里痒将起来。到客店中安放下行李，只喝得一口茶，就忙忙地奔向擂台来。一时赶到，见场上人头济济，都是瞧热闹的。窦祖敦两臂一分，众人群易，宛如波开浪裂，顿时让出一条路来。被他推跌的人都道：

"你有这么力气，很该打擂台去，不该在人丛中挤。"

窦祖敦只作不曾听得，一路向前，直到台下。只见鼓吹大作，台上一个老婆子，一个少妇，正在那里打对子，对演拳艺。那少妇翠黛生春，桃腮欲笑，今日已换上了雪青绉绸小袄、西湖色绉绸甩裆中衣，脚上乌缎皮底小靴，头上品蓝纺帕包头，腰间仍束着白绉纱汗巾，身量巧妙，武法玲珑，打的却是《拳经》十八字要诀。只见她打的残字诀、推字诀、援字诀、夺字诀、牵字诀、捺字诀、逼字诀、吸字诀、贴字诀、撺字诀、圈字诀、插字诀，抛字、擦字、撒字、吞字、吐字等各诀，活软变化，神妙非凡。又瞧了擂台规则十条，遂到右侧敞棚守台官处报名上册。欲知窦祖敦上了擂台，动起手来胜负如何，且听下回分解。

第十八回

汉口镇窦贼打擂台
大因寺罗汉施佛种

话说窦祖敦到守台官处报名。这守台官，原是甘凤池，因在擂台上帮同照料，特叫朱宅总管朱升代理着。窦祖敦入了敞棚，问道：

"这里可是报名上册的地方？"

朱升赶忙起身招呼，连应是是，请祖敦坐下，请教姓名、籍贯、年岁，随在册上写道：

> 窦祖敦，直隶献县人，二十八岁。

上过了册，又叫他写立死活文凭，祖敦接笔，一挥而就，交于守台官。只见写的是：

> 立契人窦祖敦，直隶河间献县人，年二十八岁，为
> 自愿上台与台主吕四娘比较拳艺。万一拳脚无情，失手

致伤致命，实由艺疏学浅，绝不生有纠葛，生死各凭天命。此系自愿，各无悔言，恐后无凭，立此存照。

下面便是年月日，与各人签的花押。守台官瞧过，立命人把来客的名条飞送上台，交于台主瞧阅。一时家人送出茶来，守台官亲手敬客，遂问：

"窦尊客，是用梯子上台吗？吩咐了，可立叫他们预备。"

窦祖敦笑道：

"不劳费心，我就试跳跳吧！"

守台官立刻命吹鼓手鼓吹，说有拳客登台了。窦祖敦步出敝棚，见台上吕四娘玉树临风似的，早在那里等候。遂把衣衩一撩，身躯一弯，飞腾而上，登到擂台。吕四娘见窦祖敦上来，便留神把他打量一番，只见他七尺以外身躯，三十左右年纪，环眼深目，广颡隆准，满面痘瘢，一身横肉，双睛不定，定是多欲之徒。肤色粗糙，绝非善良之辈。头戴青缎小帽，拖着一条油松大辫，身穿青绉绸密纽小袄、青绉绸甩裆大裤，脚穿千针帮趺敖虎跳鞋、蓝布袜，外罩青绸长夹衫，只扣得腰间一个纽儿。吕四娘向他招呼道：

"尊客贵姓是窦呀？"

窦祖敦应了一声是，遂道：

"我不知轻重，妄拟与台主较量，务望高抬贵手，相让一二。"

吕四娘道：

"尊客过谦了。"

当下二人各占了地步，窦祖敦是客，四娘让他占了个上首，自己站了个丁不像丁、八不像八的步式，左膝略弯，右脚跟略转，把左手拢着右拳，让窦祖敦先打进来，自己再破出去。口里说了一个"请"字，这便是《拳经》上有名的五字诀。当下拳来脚去，交起手来。窦祖敦打的是潭腿十二路，吕四娘打的是十八字诀。一个是锋芒锐利，斩关直入，一个是轻盈活泼，圆转如环。一女一男，一智一勇，在台上来来往往，足打有一个多时辰，不分高下。左右两侧的敞棚也筑有一丈六七尺高，监台官今日只来得一位赵参将，瞧得那位参将大人不住口地喝彩，参府手下的军弁也都忘了形，彩声连珠似的喝个不绝，那场上的众人都瞧得呆了。

此时，台上吕四娘见窦祖敦拳法紧密，无懈可击，立刻变换手法，使出十八字中的逼字诀，腾进一步，闭住了窦祖敦的拳门。窦祖敦用左手向下，自膝而下，正欲抢四娘下三步，不防她腾进了一步，地位陡见狭窄，不能向后变弓势，从地下向上扫打了。手中才一迟慢，即被吕四娘骈叠四指，望准环跳穴上，哧地一折腿骨，顿时出骹，跌倒在地，再也不能起身。台下彩声如雷，台侧敞棚中的吹鼓手更把得胜鼓打得渊渊不绝。窦祖敦痛倒台上，不能行走。吕四娘口中连说：

"失手，失手。恕罪，恕罪！"

却走过去，将窦祖敦一把轻轻提起，拍上了骹，放倒举起，放倒举起，连装三装，说一声："好了，请吧！"窦祖敦已能行走自如，便就羞惭满面，穿了长衣，抱头鼠窜而去。吕四娘笑道：

"这原是玩意儿，算不得什么。胜固欣然，败亦可喜。台下英雄有愿意赐教的,尽请上来。"

说犹未了,下面又送上名条来。吕四娘接来瞧时,见写着:

赵玉凤,年三十一岁,湖北宜黄县人。

暗忖:"这名字很熟。"擂台上伺候的家人回道:

"这位赵老爷是新科武解元,十八般武艺没一件不会,没一件不精,马上步下都很来得。"

吕四娘道:

"原来如此。"

遂叫:

"请吧!"

一时布上了梯。那位武解元就从梯子一步步上来。吕四娘起身招呼,赵玉凤道:

"台主,我要较量武艺,不较量拳技,使得吗?"

吕四娘见他豹头燕颔,虎背熊腰,很像个英雄模样,遂道:

"悉请尊便,都可以。"

赵玉凤卸去了长衣,就架上取了一柄大刀,吕四娘也取了一柄银枪,两人各占了地步,拱手说请,就动起手来。赵玉凤把考武场的本领全副施展出来,那一柄大刀风车似的急,刀光霍霍,刀风呼呼,刀背上几个环子,不住铮钹作响。吕四娘使的是峨眉枪法,偏是不疾不徐,好整以暇。两人战有十多个回合,吕四娘使了个丹凤朝阳,让过刀,手起一枪,倒点过去,喝一声着,赵玉凤的肩膀已被枪柄点着,站身不住,跌倒了。爬起身,伺候的

145

人忙把他的长衣送上道：

"请新老爷穿衣。"

赵玉风一边穿衣，一边向吕四娘道：

"台主，你只把枪柄点我，不用枪头，知道你手下留情，我很感激。我们会后有期，我去了。"

吕四娘送至台口，赵解元依旧从梯而下。此时已届午初，台主等回家午饭。

自从这日开号之后，陆陆续续，倒总有人光顾，有时一二人，有时三四人，也有没人来的日子。总之有交易的日子多，没交易的日子少，技艺高低不一，本领浅深不同。却是一桩，要求一个胜过吕四娘的不曾有过，就是打个平手的也没有。因此传布的地方，一日广一日，台主的声名，一天大一天。

一日，忽有一个拱肩缩背的老儒，穷昏了头脑，摇摇摆摆，走来打擂台。守台官瞧见了他那副寒酸的样子，不禁大笑起来，向他道：

"这打擂台是有性命出入的事情，非同儿戏，万万不可轻试。"

这老儒偏偏不肯听，回道：

"我有成竹在胸，再无不胜之理。"

当下报名立契，一切例行公事，全都办妥，扶了梯子上台。吕四娘一见他那个神气，不觉大吃一惊，暗忖："风都吹得倒的人，也来打擂台，此人敢是活不耐烦，图自尽吗？"那人却拱手道：

"台主，你说打你一拳酬银五十两，飞你一腿酬银一百两，打你见血酬银二百两，可是真话？"

吕四娘道：

"真的。"

那人道：

"不抵赖吗？"

吕四娘道：

"不抵赖。"

那人道：

"台主，那么你须让我先动手。"

吕四娘道：

"可以。"

那人也不摆势，也不踏步，张开了两只手，摇摇欲倒地扑过来，想要抓四娘的手腕。四娘初时还错疑他是少林派的龙拳，因为龙拳专尚练神，不以筋骨肌肉见长，倒还未敢轻敌。现在见他这个样子，知道不是龙拳了。那人张手抓来，将近皓腕，四娘只微微一抬，那人啊呀一声，咕咚跌扑在地。四娘笑问：

"怎么了？"

那人哭道：

"跌闪了腰了。"

吕四娘笑问：

"尊客既然这么没用，打什么擂台？还不好安安稳稳在家里享福好得多呢！"

那人道：

"我因台主这里打出了血，有二百两银子的酬谢，想冷不防抓你一把，抓出了血，就问你要银子。哪里知道没有抓成，养了十多年的两个长指爪倒都断掉了。"

吕四娘道：

"尊客的境况，我已知道，难为你有此雄心，我就破格赠几两银子与你。"

遂命送四十两银子与此公。那人听说有银子，便向四娘打躬作揖，千谢万谢而去。吕四娘笑向甘凤池道：

"此种人也来打擂台，真是天下之大，无奇不有。"

一语未了，忽听得暴雷也似一声怪叫，扑扑，陡见跳上一个胖大和尚来。那和尚大喊：

"我来较量较量！"

吕四娘见这和尚生得金刚似的一尊，好生凶恶，身高一丈，腰大十围，两条板刷眉，一双三角眼，睫毛如角刺，目光如闪电，狮鼻虎腮，鸢头燕颔，脑后青筋虬结，腮边须根渗渗，满脸横肉，一团杀气，知道他绝非善类，遂问：

"大和尚何来？"

那和尚道：

"来此打擂台，你就是台主吗？咱们较量较量！"

吕四娘道：

"你要打擂台，请下去瞧了规则，到守台官处报名立契再来。"

和尚道：

"谁耐烦？要打就打！"

吕四娘道：

"我这里是以武会友，客气的勾当，你要找事，请往别处去。"

和尚道：

"我偏要找你！"

说着，陡地一拳直向心口打来。吕四娘闪过，喝道：

"和尚，我和你往日无冤，近日无仇，你找我做什么？"

原来，这和尚法名禅悦，原本是江洋大盗，犯的血案累万盈千。后来为了杀死蒙古藩王一门十三口，案情大了，官府悬赏缉拿，他才出家为僧，在成都大因寺受的戒。这座大因寺，是为五大丛林之一，院宇巍峨，林木蓊郁，气势很是雄伟。禅悦是强盗出身，做了和尚，如何肯安本分？并且拳棒精通，膂力绝人，又会得铁布衫，刀枪不入，阖寺僧众没一个不见他惧怕。方丈明华也是个酒色之徒，寺僧数百人，当着人总算谨守戒律，装出目不斜视、耳不邪听的模样，背地里却饮酒食肉，以至私藏妇女等种种不法，无所不为。现在有了禅悦，如虎附翼，更又肆无忌惮起来。明华想出一个法子，说：

"本寺佛菩萨灵应，特降罗汉真身，替人间种子。凡善男信女没有子嗣的，只要虔诚斋戒，到佛前求签，得签的就是命中该有子的，可以领筹宿山。"

宿山的当儿，须先沐浴梳洗，由小沙弥提了红灯，引入密室。这一间密室，不与他室相通，只有一个门出入，求子的妇女入室之后，立叫该妇的本夫把此门严封加锁，以重关防。妇女到了里头，须先凝神端坐，到三更时候，解衣静卧，等候罗汉降临，不能问话。倘然心不虔诚，罗汉定难下降。自从罗汉种子之

149

法发明而后，寺中香烟陡盛，来寺求子的络绎不绝。不意一日，忽来一个鲜衣华服的绅士，挈同少妇一人，带了不少的仆从，说是专诚求子的。知客僧殷勤接待。就这一回，闹出一桩非常大祸来。欲知后事如何，且听下回分解。

第十九回

活剥生吞禅院变地狱
乘虚捣暇龙拳跌淫僧

却说成都大因寺来了一个舆从煊赫的绅士，说是求子，挈来的那位少妇偏又是娇艳欲滴。知客僧殷勤接待，引到佛前求签。那少妇接了签筒，深深膜拜，求得一签，却是上上。知客僧就引她到汤沐室，随即退出。

看官，这罗汉种子，明是无私有弊的勾当。求签的地方，却有两个签筒，一筒贮的全是下下签，一筒贮的全是上上签，要是面貌丑陋、年华老大的妇女，和尚就把下下签筒给她，要是面貌娇艳、年华小少的妇女，和尚就把上上签筒给她。至于宿山的那间密室，虽只有一个门口，里面却有活络地板，暗与地窟相通，所以外面虽然严封加锁，关防得十分严密，里面和尚仍旧可以从地窟道出入的。当下那少妇汤沐之后，就由两个十一二岁的小和尚提了红纱灯引到了密室去，带上了门，即请那绅士亲到密室察看一回，然后上锁加封。一宿无话。

次日清晨，那绅士亲自开锁启封，接出少妇。少妇喜滋滋地道：

"昨宵果蒙罗汉降临。"

绅士也喜溢眉宇，向方丈道：

"宝寺的菩萨很灵验，过一日得了孕，定来给菩萨装金。今日先送僧衣每人一件，稍表我的微意。"

方丈大喜过望。绅士即命家人取出册子，传齐众僧，逐一丈量身材，记名上册。众和尚都各脱衣丈量，一个个赤身露体。量到禅悦那僧，只见他两肋下有两个小小朱砂指印，那少妇忽然指着道：

"这位就是昨宵降临的罗汉爷。"

禅悦大惊，急思逃遁，绅士立刻沉下脸，喝令拿下。五六个家人一齐动手，禅悦一施铁布衫功夫，竟如蜻蜓撼石柱，何曾动得分毫？家人发一声喊，外面蜂拥而入，又进来了三十多人，一个个短刀铁尺，勇锐非凡。禅悦喊道：

"众位师兄弟，快把山门闭上，这一起人，一个也放他不得出去，我们的机密已被觑破，放了他们出去，本寺准备发封。我们僧众，准备都去吃官事。"

众僧听说，立刻把山门闭上。此时，和尚也都起了家伙，各各刀枪在手，就禅堂中相杀起来。究竟和尚人多势众，又是路径熟悉，出入便利，地势上占了优胜。来客虽然人人奋勇，战到日影正午，已有三个被斫身死，八九个都被生擒活捉，余众也都受伤，顷刻间全军覆没。和尚也有十多个受伤的，方丈叫把尸身抬到菜园掩埋掉，把禅堂中的血迹冲洗净尽。那少妇与四名年轻仆妇、四名丫头都送到地窟，好好地管待。受伤的和尚都给敷上伤药，好好地调治。那绅士与打手都囚禁在空房中，听候处治。霎时，山门大开、喊杀连天的战场，依旧变为香烟缭绕的佛地，来寺烧香的香客又谁知上午那一幕惨剧呢？到了夕阳西下，闭上了山门，撞钟会集僧众。禅悦道：

"今天师兄们、师弟们都辛苦了，师父吩咐做几肴异味的菜，叫大家喝一杯欢乐酒。菜我已经想下，你们看是如何？是人脑羹、炒人心、人腰子汤、生炙人肉，那擒住的三十多个人总也够我们大嚼了。往常拿着一个两个，是我与师父宰了下酒，你们背地里总说不均匀、不普遍，今日可也尝了。就是获住的那九个女子，师父也说过，公与大众，轮流着日子取乐，彼此不得争论，那几位应酬求子香客的师兄，不在其内，不能挨轮。这是吾师父至公无私的办法，你们看是如何？"

众僧听了，顿时欢声雷动，全都念佛不止。禅悦道：

"西禅院地方宽敞一点子，我已叫人布置好，就那里吃喝吧！"

于是禅悦打头，僧众簇拥了方丈都到西禅院来。只见院中生着十几盆炭火，杯筷座位，都已舒齐，大家入了坐，禅悦道：

"你们戒刀可曾预备？生割活人肉炙着吃，是要随割随炙随吃的，手段稍一迟钝，那吃胚就要气绝，气一绝，那肉就减味了，戒刀是要预备好的。"

众僧听了此话，不曾带刀的赶忙回房取刀，霎时取到，酒也烫温了，酱油也已备好。方丈明华吩咐拣肥的先牵出一个来，一时牵出一个精壮汉子。众僧一齐动手，把那汉上下衣裳剥得精光，立刻动刀割炙，蘸着酱油酒吃嚼。那汉痛得惨呼，只求速死，众僧喝酒笑乐，连称好肉好肉。割了三回，方才气绝，才命拿下去凿脑挖心，摘取肝肾。再换一个出来，也是如法炮制。这绅士与三十多个打手，可怜只供得众僧一顿大嚼。吃毕，方丈吩咐，以后有人来找寻绅士和他的手下人，我们众口一词，咬定牙关，只说不曾见过。如果有寻根究底、很难应付的人，快来回我，设法将他擒获。男的呢，供大家吃喝，女的呢，供大家取乐。众僧齐声应诺。从此之后，果然有人来找寻绅士，众僧只和他白赖，倒也赖得个干净。绅士家人心很不甘，在府县各衙告了一状。府县官都以事无佐证，一面之词，碍难凭信，批斥不准。方丈知道告状的事在官府虽已不准，在本寺究不免少有窒碍，遂将罗汉种子的事暂缓进行。

正这当儿，窦祖敦来了。窦祖敦与禅悦本是患难至交，当下见面之后，就说吕四娘如何厉害，我被他当场出丑，打脱骱。这一个仇恨，不是你老哥出场，断然不能报雪。禅悦询问情形，窦祖敦把汉口摆设擂台的事从头至尾说了一遍。禅悦道：

"上台交手，总有一个高下，并且她依旧给你医好，这也算不得深仇积恨。老弟，我劝你放过手吧！"

窦祖敦不依，再三央告，并言：

"你老哥替我报了仇，我必竭力地报答你。晚上卷取了女子来，尽供你老哥快乐。"

禅悦笑道：

"老弟这么发急，我就跟你去上瞧瞧。咱们自家弟兄，什么不可商量？"

当下禅悦和尚就同了窦祖敦取道望汉口进发，长江船只往来，上江艰难，下江迅速，不多几天，早到了汉口，借客店住下。次日，即到擂台场上察看情形，只见三座台，形势恰成鼎足，居中的是擂台，高有三丈，左右两边两座监督台，只及擂台一半之高。台口下满挂着官府告示，并擂台规则之类。霎时台主出场，鼓吹大作，台上升起小红旗。禅悦也是好色之徒，瞧见吕四娘那么姿容，那么艳态，早就眼中出火，恨不得一口吞下肚去。才拟上台，却被那拱肩缩背的老儒抢了先。直等到老儒下台，他才一声怪叫，腾身而上。吕四娘叫他下台去按照规则，报名立契了再来。禅悦大喊道：

"谁耐烦？要打就打！"

望准心口，陡地一拳。吕四娘让避过了，喝问：

"你这和尚，我和你往日无冤，近日无仇，为甚忽地找我事？"

禅悦说道：

"我找你，就找你也不妨。"

说着，又是一拳。吕四娘大怒，也就还手。两个人在擂台上打起来。这和尚果然厉害，施展铁布衫功夫，浑身上下，坚如钢铁。四娘用下插势，骈叠四指向和尚左肋插去，宛如插在山石上，其坚无比，知道是劲敌，连忙变换手法，打出龙拳来。

这龙拳真是非同小可，当时达摩祖师留下十八罗汉手，辗转相传，渐致失真。数百年之后，有一个严州名公子，剃度在嵩山少林寺，法号叫作觉远上人。这位觉远上人本来是个剑侠，到了少林寺，悉心研究，把十八罗汉手化而为七十二手法，还不肯自满，云游四海，遍访名家，得着兰州李叟的介绍，会着太原技击泰斗白玉峰先生。两人遂同寓在洛阳同福禅院，朝夕穷研。白玉峰又增为一百七十余手法，名叫龙虎豹蛇鹤五拳。这白玉峰后来也出家为僧，法号秋月禅师。那龙虎豹蛇鹤五拳专练一身的精力气骨神。内中鹤拳是取法鹤之精足神静，所以凝精铸神，舒臂运气，神气自若，心手相应，是专事练精的。蛇拳是专于练气的，练气柔身而出臂腰，骈两指，推按起落，如蛇之有舌，游荡曲折，大有百炼钢成绕指柔的神气概。豹拳是练力的，虎拳是练骨的，独有这龙拳专意练神。所以行使时光，周身无须用力，暗听气注丹田，遍体活泼，两臂沉静，五心相印，竟如神龙游空，夭矫不测。现在吕四娘使出龙拳，手心、足心与中心，心心相应，看去柔若无骨，触着硬比钢坚。铁布衫遇着龙拳，活似落了火炉，顷刻要熔为铁汁。此时四娘放出手段，骈叠两指，乘虚捣暇，望准禅悦的咳穴，轻轻地只一点，陡见那淫僧一声咳嗽，蹲身下去，合罕合罕，咳一个不住，再也站不起身来。台下千人万目，瞧见了，尽都称奇道怪。就敞棚中的监台官赵参府等，也都不解，这么很霸道一个狠和尚，轻轻一点，顿时立刻病起咳来，谁能解得？

看官，这便是点穴法，共有死穴、哑穴、麻穴、咳穴等各种穴法。从前八大剑侠中甘凤池点过的是哑穴，现在吕四娘点的是咳穴。点了哑穴，哑口无言，点了咳穴，咳嗽不止。闲话休提，言归正传。

却说吕四娘点倒了淫僧禅悦，笑问道：

"大和尚，你自在吗？"

禅悦连咳带嗽地答道：

"合罕女菩萨，合罕合罕，女菩萨，和尚知道罪过。合罕，该死，该死，求你高抬贵手，释放了我。合罕，合罕。"

吕四娘道：

"大和尚，你法号叫什么？宝寺在哪里？你听了谁的指使，跟我寻仇？要我释放你，须一一照实讲来。"

禅悦道：

"合罕，我叫禅悦，是四川大因寺和尚。合罕，合罕，此回我很不该……合罕，合罕，合罕，很不该听信了窦祖敦的话，来与女菩萨寻仇。合罕，合罕，女菩萨，你真是拳技名手，天下无敌的女英雄。合罕，恕我无知冒犯，求你大发慈悲，释放了我。合罕，合罕。我要咳死了。慈悲慈悲，释放释放。合罕，我咳得胸都痛得裂了，合罕。"

吕四娘道：

"原来如此，释放你也不值什么，但是我这里以武会友，巴不得有本领比我高、技艺比我上的人来此赐教。放了你，你须要请几个来，我才欢喜。"

欲知如何释放禅悦，且听下回分解。

第二十回

悟真师西行得信
蒙古王南下打擂

　　却说吕四娘把禅悦夹脖子一把提了起来，离地有三尺来高，随即一摔，摔向地下，望准了他的背只一掌，喝一声：

　　"好了，去吧!"

　　瞧那和尚，果然活动如旧了。禅悦跳下擂台，向窦祖敦道：

　　"老弟，怪不得你要受亏，我今日也险些伤掉性命。报仇的话，快休再提，还是安安稳稳回四川去吧!"

　　当下二人在汉口住了两日，倒也不曾为非作歹，没精打采，也不高兴再去游览，收拾行囊，仍旧从水程回四川。

　　不意大因寺中新到一个医僧悟真，在寺中施医治病，一切疑难杂症，无不见病知源，头头是道，因此远近求治的人很是不少，也有前来相请到家诊治的。寺中僧众二三百人，有病的也常有十个八个，所以方丈明华待那医僧也倒十分优礼。

　　这日，禅悦回寺，因带了个窦祖敦来，明华置酒款待，办的是盛席素筵，特延悟真作陪。席间，禅悦谈起汉口擂台情形，说到那女台主如何如何厉害，步法如何灵捷，手段如何活泼，打出来的拳变化无穷，神妙莫测。就那两个帮手甘凤池、陈美娘已经加入一等，远非俗手庸才所能抵御。言者无心，听者有意，悟真和尚听了，就心机一动，忙问：

"这擂台主人是个女子吗？"

禅悦道：

"不错，是个女子。"

悟真道：

"这女子是谁？怎地厉害？"

禅悦道：

"叫什么吕四娘。"

悟真听了"吕四娘"三个字，心里陡然一震，几乎晕了去。

看官，须知这位悟真大和尚就是吕四娘的丈夫吕寿。吕寿从情天色界中悟出禅机，在天宁寺中剃度为僧，仍旧把医术做济世的慈航，遨游四海，救苦救难，不知治愈几多危症，救好几多病人，到处有人欢迎，随地不妨小住，各处的佳山佳岭，差不多是游览遍了。如河南的太行山、广武山、香山、具茨山、林虑山、缑山、嵩山、箕山、崤山、桐柏山，陕西的终南山、华山、太白山、西镇山、金牛峡、昆仑山，甘肃的崆峒山，四川的青城山、岷山、峨眉山，江西的南昌山、龙虎山、匡庐山、马当山、小孤山、麻姑山、玉笥山、金精山、大庾岭，他老人家无不亲身游历，很是增长识见，开阔心胸。吕四娘的事早已置之度外，不去萦怀。

那日便道过成都，恰值成都府知府是苏州人，是俗家时光的邻舍，竭力挽留，叫他住下。悟真因俗门中起居不惯，遂耽搁在大因寺。方丈明华见是本府太守的来头，又因僧众患病，可以就便求诊，因此待到悟真十分敬礼。现在在筵席上无意中得着吕四娘消息，泥絮似的禅心重又被春风吹起，勉强镇压住了。遂又问女台主的音容体态，窦祖敦见悟真关心探问，笑问：

"悟真大师，敢是也要去打擂台吗？"

悟真道：

"老僧也颇有雄心，不知这个台主究竟有无本领？"

方丈明华也在座，听得悟真这么说，大笑道：

"我们那禅悦，金刚似的一尊，又会铁布衫功夫，刀枪不入，且败于此女之手。现在大师手无缚鸡之力，身少搏兔之能，妄欲和女英雄比武，那不是自寻烦恼吗？"

悟真道：

"你们不知，天下唯至柔能克至刚，所以我佛崇慈悲，儒者重仁让。此佛图澄所以不如鸠摩罗什，鸠摩罗什又不如达摩也。老僧不但要去打擂台，还要劝这位台主弃俗出家，为佛门生光呢！"

众人见了他大言炎炎，也是半信不信。次日，悟真师收拾行李，竟飘然动身去了。临走留下一封书信，叫送到府衙门去。信中并无多语，只说急急南行，还有一段欲缘未了。府尊瞧了，也不知语何所指，不过称奇而已。悟真在路行程，非止一日。既然非止一日，途中又无新奇事实可记，我就腾出笔来单表吕四娘这边了。

却说吕四娘摆设擂台，已经一月有余，南北各省英雄闻风赶到者确是不少，风声愈传愈广，弄得北京地方也知道了。此时嘉庆帝驾前有一位蒙古王，人称巴图鲁。蒙古语巴图鲁，汉语就是勇士的意思。这位蒙古王，天生的蛮力，十三岁时曾经徒手连杀过三头大虫。有一年随驾出狩热河，嘉庆帝说起人熊的肝味很鲜美，可惜得不着大的。蒙古王力请猎一头大号人熊来进献。嘉庆帝道：

"人熊吞食虎豹，不异獭之吞鱼，猫之捕鼠。其力之大，远非他兽可比。尔虽是巴图鲁，此事不宜鲁莽。"

蒙古王定欲出猎，嘉庆帝挑四十名头等侍卫，叫他带着同去，临走嘱咐道：

"速去速回，人熊可捕则捕，不可捕就弃掉，朕终不以口腹之故失去国家骁将也。"

蒙古王率队入山，搜捕到傍晚时光，才遇见两头大鹿，众矢齐发，顷刻射毙。才欲叫人扛回，陡闻远远啸声，就见一头人熊，高有一丈四五尺，远远而来。蒙古王即命众人分头埋伏，自己也隐身树后，静心等候。就见那人熊势如奔马，霎时已到。一瞧见两头鹿，欢跃起来，熊拳触及山石，其声朴然，山石纷纷碎堕，抓鹿立啖。一个侍卫不待号令，持枪突出，奋勇力刺。不意那熊皮坚肉厚，休想刺进分毫。那侍卫大惊，急思抽枪逃遁，一臂已为熊掌所握，拼命力挣，哪里挣得脱？那熊依然持鹿吃嚼。知道啖完了鹿，势必及人，唬极，大呼救命。蒙古王率众齐出，无奈所骑的马都觳觫不敢前。蒙古王手提钢鞭，跳下马，飞步而前，向熊臂上就是一鞭。那熊不过略动一动，依然啖它的鹿。此时众侍卫也到，刀斧并下，仍是没用。蒙古王大怒，转到那熊背

161

后，望准了腰间，使尽平生之力，连击三鞭，打断脊骨，才倒塔似的倒了下来。急忙丢下鞭，夺取长枪，向熊口内尽力刺去，才结果了那熊性命。那侍卫的臂依旧被熊坚握不释，经众人用力扳开，已经麻木不知痛痒了。蒙古王督众扛取死熊，见熊倒处已陷有二尺来深一个坑。扛到御营，嘉庆帝很为嘉许，笑道：

"兽之力以熊为最，人之力以王为最了，王生平也曾遇过敌手吗？"

蒙古王道：

"遇见过的，乾隆某年，从征准噶尔，番将小策凌跟奴才恶斗三日，奴才不能胜他，他也不能胜奴才，斗一个平手。"

那被熊握过臂的侍卫，从此终身残废，臂不能用，此人也是武状元呢。嘉庆帝深喜蒙古王才武，遂升他为领侍卫内大臣。这领侍卫内大臣，民间称为保驾大将军的，出入宫禁，尊荣无比。

蒙古王邸第大门外有两头石蹭狮，也不知有几百十斤。一日出门，见石蹭狮忽然换了方向，狮子头都向了内，且东面的调在西，西面的调在东，蒙古王惊问：

"谁移动的？"

门官回道：

"有一个卖羊肉的，天天挑羊肉担过此，总歇了担，问长问短，今天又问：'你们王爷到底有多少气力？'我们没工夫理他，不意他就把石狮举了起来，好一会子，将石狮移换方向，掉头不顾，挑着担去了。"

蒙古王道：

"明儿他挑担过，给我叫住他，立刻回我。"

次日，门官回：

"卖羊肉的叫住了。"

蒙古王道：

"叫他进来。"

一时，卖羊肉人叩见王爷。蒙古王道：

"切肘子一百文来。"

一时切好奉上。蒙古王取铜钱百文，笑向卖羊肉人道：

"拿去。"

卖羊肉人见王爷随便站着，右手的大拇指与中指对抵，持着一大叠钱，约有百文光景，是不用绳穿的散钱。卖羊肉人再四取拿，想尽方法，用尽气力，休想动得分毫。瞧王爷时，依然笑吟吟地随便站着。卖羊肉人已弄得浑身都是臭汗了，跪下道：

"王爷是天人，小的知道厉害了。"

蒙古王一笑，将钱放下，见近指头的两枚依然完好如故，中间的九十多文均已碎为铜屑，遂命卖羊肉人将石蹭狮回复了原状，赏了他十两银子。此后，蒙古王的勇力名闻远迩。现在汉口女台主的大名，传到蒙古王耳中，笑向左右道：

"中国自无男子，使一女子这么猖獗，我一到，她就不敢作耗了。"

左右齐都怂恿。蒙古王高兴起来，就请了一个月的假，预备南下打擂台。早有人报知湖北官场，抚院立传夏口厅过江问话，绅士朱璜也得了消息，忙与吕四娘、甘凤池商议，顿时踌躇起来。吕四娘道：

"论到比武呢，倒也不惧，所怕的就是势，他是个国家藩王，朝廷大臣，英雄气概，名震中外。比武是总有个上下的，万一胜了他，他一世英名倒于我手，他就甘心吗？倘是我一个儿摆的擂台呢，也还罢了，偏又是朱方伯帮的忙，难道这么一番美意待我，倒惹一场大祸害不成？"

议了一会儿，没有办法。一时夏口厅来拜，言抚院传话，说王爷来时，叫台主让过点子，无论如何，总胜他不得。王爷的面子要紧，英名要紧。夏口厅去后，朱璜告知吕四娘，吕四娘异常愁闷，甘凤池也搓手无计。正在万分为难的当儿，四川船到了，舱中乘客是个医僧悟真上人。悟真抵埠，先歇了客店，问明擂台所在，就到擂台指名请见吕四娘。家人报上台去，吕四娘喜出望外。

欲知夫妻相会，如何情形，破镜是否重圆，锦囊有何妙计，蒙古王打擂台胜负如何，大因寺众淫僧是否剿除，窦贼如何收场，翁咸如何结局，都是在下集书中逐细表明。

下　集

第二十一回

拆锦囊四娘觅死
睹人头皇帝受惊

话说吕四娘听了朱璜的话，抚院叫夏口厅传话，蒙古王来打擂台，无论如何，台主总不可胜他，总要让蒙古王为胜。四娘大为踌躇，正在为难，忽报有新从四川回来的悟真上人请见台主。四娘喜溢眉宇，忙问：

"在哪里？快请上来。"

一时家人引上一个苍颜花发的老和尚来，两人相见，各自愣了。相别才逾十年，一个变了美貌红颜，一个变了奇形怪状。愣了好半天，四娘先开口道：

"寿郎，我苦了你也！只道此生此世，永不得与你相会。不承望还有今日今时？寿郎，才只十多年相别，你竟苍老到如此模样。忧能伤人，愁催人老。我知道你终年在忧愁中度日子，我知道你为的无非是我。寿郎，我苦了你也！你这几年来奔走南北，蒙霜犯露，戴月披星，我知道你是怯弱身躯，哪里禁得起这般辛苦？"

一篇轻怜薄惜的话，轻轻款款，一句句打入心坎，悟真的泥絮禅心已不禁怦然跳动，急忙强自压制，开言道：

"今非昔比，昔年虽是夫妻，今日已分僧俗，也不是你苦我，也不是我自苦，不有前因，何来后果？都是从前种的种种因，那才今日收得种种果，我已大彻大悟，今日之来，我是挟着一片婆心，要劝你皈依我佛，同参大乘，共登彼岸。"

四娘道：

"寿郎做了和尚，也要我做姑子去吗？可怜我的寿郎，从前何等温存体贴，现在竟会说出此种话来，家都不要了。我知道你不是变心，实是你的本性已被佛经迷误，一时沉迷不醒罢了。现在无论你说出什么话来，我都不见怪。只求你早早还俗，回家团聚，一家子依旧一家子。寿郎，我在海外死里逃生，受尽千辛万苦，失剑得剑，身遇活佛，得闻妙论真言，采食异药，顿时返老还童。"

遂把在宁古塔、西藏种种经历，从头至尾说了一遍。悟真听了，一会儿摇首，一会儿皱眉，虽很动心不忍，终是忍性坚定，不肯还俗。

这一日，台上悬牌布告，说是台主有病暂停。到晚，朱绅邀悟真上人到家。甘凤池夫妇也婉言劝说，无奈悟真铁石心肠，终难移动。吕四娘力竭计穷，没奈何，只得拆阅翁咸锦囊妙计了。到无人处，拆开锦囊，只见写着三个大字，旁注"依计而行，定有奇效"八个字。那三个大字是：

假觅死

看官，从来女子对付男子，共有五条妙计，无论你是面若冰霜的正士，气奔雷电的英雄，对了这五条妙计，一个个失败，一个个拜倒石榴裙下。那五条妙计是：

一哭二饿三卧倒，四剪头发五上吊。

五计中末一计，最凶最险，收效也最速。薪传遥接，衣钵相承，无古无今，无中无外，没一个女子不倚此利器的。现在吕四娘是个磊落女侠，这哭、饿、卧三个计当然不配施行。第四计是剪发，悟真正在劝她出家做姑子，如果剪发，定然大失败，那是断断不能行的。只有第五计，于身份上事实上都很配。这翁咸所以厉害，算到悟真定然中计，定然屈服。有人说万一悟真禅心坚定，不为稍动，翁咸这个锦囊不就失败了吗？我说那是断然不会的。如果六根清净，百虑皆灰，四娘摆设擂台，他得着消息，定如不闻不见，断不会赶来请见的。既来汉口请见，足证俗念未消，柔情软语，已经挑动凡心，觅死寻刀，正可感其爱念。闲话少叙，书归正传。

却说四娘瞧过锦囊，心中明白，遂把锦囊就灯上点火，烧掉了。

次日，早餐既毕，四娘又向悟真譬说百端，悟真终是不听。四娘不禁柳眉倒竖，杏眼圆睁，切齿道："寿郎，你既立志出家，我也无颜再在这世界上做人，我就在你跟前死了，免得听人家议论，受人家指摘。"

一边说，一边寻觅刀剑，不知被她在哪里寻出一柄明晃晃、耀眼争光的钢刀来，向悟真道：

"寿郎，我死了，你可安心随意地修行去。"

说到这里，举起钢刀向颈子里就抹。悟真大惊失色，忙着奔过来夺刀，早被陈美娘将四娘臂膊抱住，接下了刀。悟真已经唬得面如土色，向四娘道：

"不要如此，性命攸关，不是玩的。"

吕四娘道：

"既然僧俗异界，我就不是你的妻子，生死干卿何事？"

悟真道：

"怎么如此激烈？有话总可商量，快休如此！"

吕四娘道：

"你肯依我，我就不死。你如执意行你的志，我做人还有什么趣味？还不如早早死了干净。做和尚是你的志愿，寻死是我的志愿，各人各行各志，我不能干预你，你也不能干预我。"

悟真此时为环境所迫，便就不能安心做大和尚了。当下经甘凤池、陈美娘两面劝说，悟真上人委委屈屈应允了还俗。凤池夫妇就借朱绅宅第办酒与吕寿、吕四娘庆贺。四娘立刻往绸铺子剪料，雇了成衣匠替吕寿赶做俗家衣服，长袍短褂，衫裤鞋帽，无一不是全新的。朱璜又送了一条假辫子来，装扮起来，俨然一个居士了。

破镜虽已重圆，擂台犹未收束，吕四娘与甘凤池商议，赶紧收束擂台，免得蒙古王等多生枝节。于是一面具禀官府，一面布告大众，声明即日收束。不意抚院又派人来传话，说蒙古王未到之前，不准收台，因此举很失蒙古王之兴，颇有未便。吕四娘即与吕寿等商议对付之策，吕寿道：

"我们尽管收束了回去，湖北抚台的势，无论如何总使不到江南。"

甘凤池道：

"咱们走了，万一他向朱方伯讲起话来，虽不致着令交人，多一事终不如少一事。"

吕四娘道：

"就为顾全方伯，事才难办。不然，我怕谁呢?"

当下商议到天晚，仍无办法。吕四娘忽然想出个念头，向甘凤池道：

"松江的翁先生智足谋多，跟他商量，必有奇计，可解此难。我就立刻走一回，挟剑而行，顷刻可达，明日此刻，早已回来了。"

众人齐称很好。吕四娘立即行使剑术，一道白光，早已不知去向。到次日午饭时光，庭中一叶堕地，阶前陡现一人，众人惊视，正是吕四娘，忙问：

"翁先生会着吗?"

吕四娘道：

"会见的。"

甘凤池道：

"有法子吗?"

吕四娘道：

"翁先生真是聪明绝顶，他授我一条妙计，可使该蒙古王不能南下，我真佩服。"

众人忙问：

"其计如何？"

吕四娘笑道：

"过后自会知道，眼前且不必说，横竖使该蒙古王不能南下就是了。"

大家听了，知道是翁讼师吩咐的机密，未便寻根究底。四娘当众谈笑，瞧她那种高兴的神气，满腹愁思，已尽消向九霄云外。一到夜饭之后，四娘又不知哪里去了。次日一整天不见回来，直到黄昏时光，才见一人轻如落叶，穿灵而入，笑问：

"你们盼望吗？"

正是吕四娘。吕寿忙问：

"你到了哪里去？"

吕四娘道：

"到了一趟北京，遵奉翁先生妙计，一一办妥。现在蒙古王是不能南下的了，咱们舒舒徐徐，收束了擂台家去。"

暂时按下。

却说北京嘉庆帝为天气渐渐炎热，大内中起居一切不很舒适，驾幸圆明园，一应朝政也就在园中办理。这日起身梳洗，梁上忽有血水滴下，正滴在御衣上。嘉庆帝抬头，见血淋淋两个头颅，高高挂在梁上，大惊失色，忙命人查看，并立刻传见领侍卫内大臣、十八座园门守门官。此时天地一家春的侍卫、内监，见本宫皇上寝宫里出了人命血案，宫梁高悬脑袋，鲜血淋及御衣，圣上受惊，宫妃失色，忙都自己摘去了顶戴，膝行进宫，把头碰得山响，一个个口称死罪，求恩重办。嘉庆帝道：

172

"禁苑重地，竟有杀命悬头的事，真是中外古今未有的奇闻，你们倒还有暇来此请罪！现在第一给我先把梁上的脑袋取了下来，第二快查查尸身在哪里，杀死的究竟是谁！"

众人听了，急忙布了梯，把脑袋取下，毛茸茸、血淋淋，张目露牙，瞧着怪怕人的。忽清晖阁侍卫飞报：

"阁中两个太监被人杀死，脑袋不知去向，两个尸身手内都紧握着两个煮熟鸡蛋。"

嘉庆帝立命把脑袋取去配合，一时领侍卫内大臣蒙古王、刑部尚书、太仆寺卿、大理寺卿、圆明园御营统领等，文武各臣，闻警都到，都各摘帽磕头。嘉庆帝狠狠训斥了几句，又把蒙古王叫住，特别地申斥：

"都是你无端请假，侍卫们暇怠了，才闹出这头案子来！"

蒙古王唬得磕头不已，连称：

"奴才该死！奴才死罪！求恩重办。"

嘉庆帝勒限缉凶。看官，你道这两个太监是谁杀死的？

原来，女侠吕四娘听了翁咸的话，飞行入京，到宫中干一桩非常的事，要绊住蒙古王，使他不能南行，或是纵火，或是杀人，或是行刺，总以使皇帝受惊为要。女侠一到京城，知道嘉庆帝在圆明园，立刻行使剑术，飞入御园。收剑下降，恰在清晖阁屋顶，听得阁中有人在讲话。因是浇油筒瓦，不能开揭，纵身下地，抄回廊进去，室内灯火通明，窗上人影幢幢。吕四娘伏身窗外，听得里面是两个人声音。一个道：

"今夜万岁爷宿在天地一家春，跟此间只隔得一座院落。这里的东是乐安和，再东就是天地一家春了。咱们干事，万一有宫女狂喊起救命来，偏偏今晚是西南风，万岁爷听到一两声，可就不得了！"

那一个道：

"不妨事，又不是顿时立刻送她命，塞进了那东西，尿不能溺，总要三天才胀死呢！"

先一个道：

"鸡蛋塞入了阴户，真会死吗？"

那一个道：

"如何不死？我已治死过两三个人了，不溺尿胀，冲心立死。"

那一个道：

"鸡蛋煮熟已久，时候不早了，我候在这里，你快快去引那宫女来，立刻动手。"

欲知后事如何，且听下回分解。

第二十二回

慎终追远孝女哭慈亲
析异辨同医师研经义

话说天下最昏暗不过就是帝王的宫禁，最残酷不过就是宫中的太监。那班太监身既刑余，心极残忍，因此在宫禁中无所不至，无恶不为，地黑天昏，每年中不知要伤害掉多少性命，冤魂惨惨，长夜漫漫。

这日，这两个太监不知为了什么，又要治死一个宫女，煮熟了鸡蛋，预备动手。不意天网恢恢，疏而不漏，被吕四娘在廊下听了个明白，不禁义形于色，侠气干霄，挑破窗纸一瞧，见屋中两个太监对着面讲话，立刻放剑出去。一道白光，穿棂而入，只一绕，两太监的脑袋齐都堕下，可怜啊呀也不曾说一声，早已身首异处。四娘收回剑，急忙入内，拾了两个脑袋，用发辫连接定当，飞身入天地一家春。径至寝宫，见烛花压火，灯光半明，值夜的人都在打盹儿。四娘就腾身上梁，把脑袋挂在梁上，发辫与发辫相接，退出了寝宫。就使剑飞行，径行回南，不管是非口舌。

京中文武各官虽奉严旨缉凶，大海茫茫，究竟何曾破案？嘉庆帝龙颜大怒，把御营统领办了个革职永不叙用，圆明园守门官都办了个军罪，顺天府府尹革职留任，各侍卫都各摘顶罚俸。蒙古王因在假中，从宽罚俸三月，此案才算暂时结局。

又说吕四娘回到汉口，大家接着，问事如何，吕四娘见都是自家人，遂把北京的事悄悄说了一遍。吕寿等大喜，于是即雇工匠，拆卸擂台，蒙古王既不南下，抚院也无话说。吕寿、四娘、凤池、美娘两对夫妇，辞别了朱方伯，乘坐江船，顺流而下。在路无话。

这日，到了苏州，四娘留凤池夫妇小住几天，凤池也允下了。于是先看定了房子，并各种动用器具，重做起人家来。布置才定，四娘就要到母亲坟上去瞧瞧，凤池夫妇也跟去陪祭。到得坟前，见当年所植的松柏已都有颈般粗大，翠叶森森，很是茂盛。四娘一见了母亲的坟，那泪就似断线珍珠簌簌扑地，摆出祭礼，点上香烛，夫妇两人行礼跪拜，四娘放声大哭，吕寿也在一旁陪哭。凤池、美娘劝了半天，才劝住了。回家重又举行家祭，吕四娘虔心诚意，把在西藏请来的经卷焚化了。吕寿也取出自己诵的《楞严经》卷一藏，共计五千零四十八卷，焚化了。下午恭祭年大将军，焚化《楞严经》《莲华经》各一藏。祭毕，团坐欢饮，极尽宾主之乐。

次日，吕寿发出招帖，定期开诊。招帖一出，苏州地方都知道吕寿回来了，就有两个衣冠齐整地到门求请，一个才去，一个又来。不过请他，并不为诊病，是为判案。

原来，苏州地方的医生是有门户有党派的，入主出奴，意见极深。康熙、雍正年间，苏州一地并出了三个名医，一个姓叶名天士，一个姓薛名生白，一个姓缪名宜亭。三人中，薛生白是奉特旨征召过的，是个征君，又是拔贡出身。缪宜亭是个甲榜进士，天子门生，都是很华贵的。只叶天士是白衣人，初本做幼科的，不自满足，虚心访道，历投十余师，学始大进，名掩薛、缪两公之上。薛、缪两公未免心不甘服，每因叶天士未读儒书，言辞之间颇为轻薄。礼无不答，叶天士自然也加倍奉敬，因缪宜亭于养阴方中，喜用黄鳝、鲫鱼、淡菜、牛筋、鹿筋、鸭肝、猪肾等品，遂起他一个绰号叫作缪厨子。对于薛生白，也常常不满意，一日，苏州施医局开局，延请的都是名家，叶天士、薛生白无不尽到。叶天士先至，薛生白后来。生白下轿，瞧见一个病人，从天士脉案上出来，手中不曾持有脉方，遂唤住道：

"你已诊过了吗?"

那人道：

"诊过了，叶先生说我病不可为，不肯给方。"

薛生白把那人打量一番，只见他黄胖浮肿，肌肉间隐隐现有紫红斑点，那讲话的声音却还洪亮清长，遂道：

"进来进来，我与你诊治诊治。"

薛生白的脉案恰与叶天士对面排列。薛坐下，凝神息气，先诊左手，后诊右手，诊毕问道：

"你大溲溏小溲长是吗?"

那人道：

"是的。"

薛生白道：

"肿处都觉痛痒是吗？"

那人道：

"是的。"

薛生白道：

"你当作更的是不是？"

那人道：

"是的。"

薛生白道：

"你这个病很易治，两剂药就好了，怎么叶先生不会治？你的脉象虽然涩弱，发音却甚洪亮。你的浮肿是为毒蚊子所叮咬，叶先生错认作湿毒攻心。头面脑口都肿，便溏溺长脉弱，又错认作本元不足，伤及真藏，自然不敢开方了。"

遂开一解毒消散之剂，那人欣然持方而去。过了两天求复诊，果然好了好些，不过头面上略有微肿，又为开方去讫。叶、薛两人就此存下意见。薛生白回家，就建造了一所扫叶山房，叶天士也在家中造了一所扫雪轩，为薛生白的名是个雪字，意见愈闹愈深，弄到后来，竟至宴不同席，行不避道，两家的子弟门人也就互相水火，永不调和。现在有蒋、张两医生，蒋是薛生白的弟子，张是叶天士的小门生，有个患喘症的，先请蒋医生诊治，服下药去，不觉着怎么，不见好，也不见坏。改请张医诊治，张问：

"服过药吗？"

那人道：

"已请蒋先生瞧过，服了两剂药，不见效验。"

张索阅原方，摇头不已，向那人道：

"汝命几被蒋某所误，亏得遇见了我，不然殆矣！"

那人大骇，问：

"还有法子挽回没有？"

张医道：

"我心最热，汝既来此求诊，何忍坐视汝死于非命，袖手不救？"

开与一方，不意那人服下药去，非但不好，反倒加上了鼻衄等症，持方再到蒋医那里。蒋阅方大惊道：

"汝被张某药死了，我术浅，不能挽救汝，汝仍往张某处诊治便了。"

那人便往张医家交涉，张言：

"我药不误，误在前医。"

于是蒋、张两医大闹交涉，翁说翁有理，姑说姑有理，各自推诿，各不认错。现在见吕寿回苏开诊，吕寿的识见学问，素为医林推重，于是蒋、张两人一先一后，都来赴诉。吕寿瞧两人的方案，蒋医是苏子降气汤，张医是桂枝加厚朴杏仁汤。吕寿劝了一番，两人都不肯听，约定于本月十三日，约齐六门医友在华仙宫聚会，评论是非，判断曲直。一会子接到蒋医的请帖，次日就是十三，吕寿绝早赴约，到得华仙宫，衣冠楚楚，人才济济，到的人已很不少，大半是认识的，彼此招呼，说了几句寒暄语。有几个新出道的后辈，吕、蒋也没工夫去请教贵姓台甫，不过微笑点头而已。此时蒋、张二人各取出方子，争论不已，众人有助蒋医的，有助张医的，纷呶一室，无非是各逞私见。内中有一

179

人道：

"你们都不必争闹，既然请了吕先生来，还是听吕先生秉公断一句吧！"

众人听了，都说有理，于是吕寿开言道：

"评理的事情与相骂不同。第一须要平心静气，我先要求两公不要闹意气。"

众人齐说很是。吕寿道：

"我瞧两位都是好方，都用心思，都有来历。只可惜与病症都不甚相符，是以见效极微耳。"

张医道：

"我方出处在《伤寒论》，仲景为医中之圣，伤寒为百病之宗，我方岂有错误？"

蒋医急道：

"苏子降气汤载在局方，也不是我杜撰的。"

吕寿笑道：

"两公且缓抒高论，我未尝说方无来历，不过是药未对病。须知书是死的，病是活的，用古方最要是认症。不能说方是古方，直抄即无错误。即如张君用的桂枝加厚朴杏仁汤，仲景《伤寒论》治喘既不止一方，喘症也不尽一类，内中有无汗之喘，有有汗之喘。无汗之喘，有无汗而喘者，有喘而胸满者。有汗之喘，有汗出而喘无大热者，有喘而汗出下痢脉促者。如无汗而喘，与喘而胸满，是麻黄症。若胸满而喘，发热汗出，不恶寒反恶热，身重者，麻黄就不能投。而小青龙汤之喘，且去麻黄加杏仁矣！小青龙亦无汗之喘也。汗出而喘是麻杏石甘汤，喘而汗

180

出，就是葛根黄连黄芩汤了。且承气汤症中有微喘直视症，有喘冒不得卧症，有腹满而喘症。仲景治喘，有用麻黄汤，有用小青龙去麻黄加杏仁，有用麻杏石甘汤，有用葛根黄连黄芩汤，有用栀豉汤，有用大小承气汤，何尝指熬桂枝汤加厚朴杏仁一方呢？"

众医生见吕寿伤寒条文，既这么的熟，读书手眼又这么的明锐，都不禁吐舌。吕寿道：

"即以桂枝汤加朴厚杏仁一方而论，此方之症，是有汗之喘，还是无汗之喘？"

张医见问，惊得目瞪口呆，半晌，才道：

"《伤寒论》上有汗无汗，不曾有明文，光景仲景是漏笔吗？"

吕寿笑道：

"仲景何尝有漏笔？读者粗心，自家不曾搜寻罢了。这一方的症共有二条，一条是喘家作，桂枝汤加厚朴杏仁佳，一条是太阳病，下之，危喘者，表未解故也，桂枝加厚朴杏仁汤主之。有汗无汗，虽无明文，我却知道他定是有汗的，为什么呢？仲景圣法，无汗不得用桂枝，用得桂枝汤，其必为桂枝症也无疑，桂枝症是发热恶寒脉浮弱汗自出的。"

众人听到这里，无不佩服。吕寿又问道：

"既知是有汗之喘，我要问是汗出而喘，还是喘而汗出？若说是汗出而喘，为甚不用麻杏石甘汤？若说是喘而汗出，便当用葛根黄连黄芩汤。此方之症，究竟属哪一项？"

张医又被问住，宛如没嘴的葫芦，一句话也说不出。吕寿笑道：

"可知古书是不能粗读，古方是不能妄用的。我知此症是汗出而喘，绝不是喘而汗出。因为喘而汗出，邪已下陷，必有下痢见症。此症无下痢，绝非喘而汗出也。至于汗出而喘，为甚不用麻杏石甘？麻杏石甘是无大热者，此症是有大热的。无大热是指表无大热而讲，此症表有大热，石膏绝不能投。从喘家作三字看去，喘既称家，必系旧病，必是素有喘病之人。患了太阳中风桂枝症，新病引起了旧病，新病是桂枝症，旧病是喘。仲景用桂枝汤治新病，加厚朴杏仁治旧病，如是而已。"

众人都道：

"我们读书，哪里有先生那么细腻？不但咬筋嚼骨，一个字也不肯轻易放过，并且融会贯通，以经解经，从有字处勘到无字处，恐怕不但是我们，从古到今一百三十多家注释《伤寒论》的名医，也没有先生那么明白晓畅。现在蒋、张两君的是非曲直，还求先生一言判断。"

欲知吕寿如何判法，且听下回分解。

第二十三回

姑苏台飞来剑侠家
自流井发生侦探案

话说吕寿听了众人的话，遂道：

"现在医风一天坏似一天，道中诸友不知求己之长，但知责人之短，倾轧排挤，几致势不两立。倒不如工商百业之还能够和衷共济呢！吾师洄溪先生所以有'读书不成商贾无资'的激论。我劝蒋、张两公，各自勤求古训，不必闹无谓之意见，争无足轻重之是非。至于眼前两方，苏子降气汤自然较为弊少，不过药不减病，怕也未必悉合病情。"

张医听了，自无话说，蒋医也不敢骄矜自喜，众人也都悦服。散会回家，午饭已经吃过，重又搬出吃了。

忽有两客登门求见，吕四娘一见名片，急忙出接，来客不是别人，就是曹仁父、周浔两个。周浔一见四娘，作揖称贺，随言：

"听得汉口擂台的事，不意赶到汉口，女侠已经破镜重圆，早早地回南了，因即来苏恭贺。途中遇见曹侠，问他，他竟不曾知道，可为颠顸之极。"

曹仁父也过来称贺。吕四娘道：

"我今回都亏了凤池哥与他的嫂子，现在还被我拖住了，不放走呢！"

曹仁父问：

"凤池也在此吗？"

吕四娘回言在此，迎到里面，甘凤池、陈美娘都出来相见，欢然道故，各谈起别后情形，才知曹仁父一径在江西、安徽，周浔一径在陕西。此回周浔从陕入川，在路上就闻得大因寺和尚种种不法，到了成都，借烧香为名，到寺中留心细访，倒也察访不出什么破绽。直到后来遇见了一个熟人，才知寺中禅悦大师到汉口打擂台败回，自这回倒了威风，寺中和尚倒敛了好些恶迹，周浔就问这摆擂台的是谁，那人告知是一个女台主，叫什么吕四娘，周浔惊问：

"是吕四娘吗？那是我认识的。四娘为甚摆起擂台来？"

那人道：

"最奇怪不过是寺中一个客僧，名叫悟真上人，是个会做医师的，一得着擂台的消息，欣欣然赶去了。"

周浔听得客僧果做医师，心里一动，暗忖：吕寿素擅活人之术，此僧莫非就是吕寿化身？倒要赶到汉口瞧瞧。正欲动身，遇着两个绅士家人，诉知主人率众于某月某日到大因寺烧香求子，就此一去不返。当时带去男女人众四十多名，一个都没有回来。主人去时，言明寺中罗汉种子，不无无私有弊，今回带领多人，定要办一个水落石出。不意失踪之后，家人的眷属到

184

寺探问的，一个也不回来。这许多人究竟是生是死，也没一个确实消息。告状到当官，官又偏偏不准。周浔听在耳中，知道内中定有缘故。现在急欲往汉，权时没暇管理，一俟访友回来，定当彻底清查。于是乘船而东，到了汉口，擂台拆去已有五日。询问旁人，知道四娘等都经朱璜招留的，随往拜朱方伯，打听擂台情形。朱方伯见是侠义中人，接待得万分殷勤。周浔问起四娘，朱方伯就如何长，如何短，从头至尾说了一遍。周浔方才明白，住了一日，随即动身，途中遇着曹仁父。周浔问起四娘的事，曹仁父竟是茫然，周浔笑他颟顸，遂把四娘汉口摆设擂台，悟真还欲完聚，自己由陕入川，由川抵汉的事告知了仁父，并道：

"我们都是同患过难的，现在人家破镜重圆，是天大的喜事，你我该亲往庆贺。"

曹仁父道：

"好！好！"

于是二人就同伴而行。当下周浔、曹仁父与吕四娘、甘凤池、陈美娘欢然道故，吕寿走出相见，周、曹两人又与他称贺。

周浔道：

"吕先生，跟你打听一件事。你在大因寺耽搁过，该寺共有多少和尚？"

吕寿道：

"也不很仔细，怕有三四百人呢！"

周浔道：

"众和尚行为如何？也守戒规吗？"

185

吕寿道：

"我看众僧对于戒规似还能够遵守。"

周浔道：

"方丈叫甚名字？"

吕寿道：

"方丈明华，做事十分圆到，为人很是活泼。"

周浔听了，沉吟不语。吕四娘瞧见他这副神气，就知必有事故，忙问：

"寺中和尚有甚不端事情吗？"

周浔遂把遇见两个绅士家人的事说了一遍。吕四娘道：

"四十多人，一个都没有回来，定然遭了毒手。该寺既有三四百僧众，势派必然不小。那禅悦和尚相貌何等凶恶，言语何等蛮横，他来打擂台，我已经领教过。我们吕先生不是侠义中人，哪里瞧得出谁是安分，谁是不安分？我觉得这寺的和尚断断不会是好人。"

吕寿道：

"出家人都是皈依佛的，哪里会干坏事？你们休得错疑了。"

吕四娘道：

"俗语'若要黑心人，吃素队中找'。做和尚的可未必都是好人。不见了因、慈云、净修，不都是和尚，不都是混世魔王吗？"

吕寿好生没意思，讪讪地不能答话。周浔道：

"吕先生是医家，只会识病，不会识人。你我是侠家，各有所长，这是不能责备他的。"

吕四娘道：

186

"周侠倘然回川去，我定然奉陪，稍助一臂之力。"

曹仁父、甘凤池、陈美娘也愿同去，周浔万分之喜。暂时按下。

却说山西大同府锦屏山云家庄云中燕庄主，年已衰老，不能办事，一应家务都由小庄主云杰办理。这云杰不但本领非凡，而且才干出众，况在壮年，办理诸般事务，格外的顺手。

这一年，云杰有个族兄，名叫云程，表字万里的，由举人大挑一等，选了四川富顺县知县。云万里因蜀道崎岖，拖了云杰同去，云杰应允了，于是做伴同行。到省到任，果然履险如夷，一路平安无事。云杰保送到任之后，就要告辞回大同原籍。云万里留住不肯放，无论如何，总要他住个一年半载，云杰只得住下。当下云万里查阅案子，查着了一桩奇案，万里棘手异常，亏得云杰帮忙，办到个水落石出。

原来，富顺自流井地方，有一个老贡生，姓卞，名叫方直，娶妻汉氏，生下一子一女，子名芳桂，女叫婷婷。这卞婷婷年才一十七岁，生有沉鱼落雁之容、闭月羞花之貌，自幼许字与富翁张雄才之子。张雄才素性重富嫌贫，现在不知在哪里弄来了几笔昧心钱，就居然充起富翁来，觉着卞家寒酸可厌，这头亲事便不很配，但是没缘没故，究难提议悔婚，只好权时忍耐。

这一日，张雄才不知在哪里弄了一封私情信来，说是卞婷婷写的，立刻唤了媒人来，叫她转交与卞方直，并言彼此场面攸关，务希善为处置。媒人告知卞方直，方直是个书癫子，听了一面之词，信以为真，回家不问情由，立刻逼令婷婷自尽。婷婷哭诉冤枉，方直哪里肯信？亲自动手，把婷婷绞毙。婷婷

187

咽了气，触动父子天性，倒也悲伤哭泣，成殓丧葬，倒都办得十分丰厚。

过了几天，婷婷的哥哥名叫卞芳桂的，经过一家当铺，忽见一人挟被入铺求典，触目生疑，这一条被很似婷婷入殓之物，随即跟入瞧看，认得典被的是个泼皮熊大，是向来在张雄才家走动出入的。只见朝奉把被反复一瞧，问道：

"你这被是哪里来的？怎么污有血清？"

熊大道：

"被是张老相公给我的，老相公为了猫儿偷食，躲在被上吃，掷去一根门闩，恰恰打中猫头死了，血污了被。老相公嫌秽，不要了，给了我。我为短钱使，才来求典。"

朝奉细看，果然不是人血，遂写票给了他钱一千文。芳桂见被虽似婷婷殉葬之物，一来见上面污有血渍，二来听是张姓所给，心忖：一般的物天下正多，遂也置之不问。

又隔上了六七日，卞方直与张雄才在酒店中不期而遇，一方不合，两个就争论起来。始则舌剑唇枪，继而挥拳动手，经旁人拉开劝散，张雄才愤愤而归。恰好熊大在家，问道：

"老相公受了谁的气呢？"

张雄才道：

"卞方直这老贼真可恶，你与我带领多人，赶到他家，毁掉他的灶，敲破他的锅子，尽去放胆寻衅，我预备跟他打一场官事。总要叫卞贼家败人亡，才出我心头之恨。"

熊大道：

"老相公真个要打官司吗？那很容易，不须算计。卞家小姐

188

并不曾死，前天葬的，不过是空棺一具，遮人眼目而已。现在只要把此事告官，就够他受用了。"

张雄才道：

"你怎么知道它是空棺？"

熊大道：

"入殓的时候，我的妻子在旁观看，觉着衾中不像是有尸身，回来告我。我还不很信，后来再三探听，果然不曾死。现在我妻虽然已经去世，我可以做见证。如果棺中有尸，我自甘心认罪。"

张雄才大喜，即日撰状，告的是匿生诈死，贪财图嫁。知县准了状，传集两造，开庭审问。先问原告张雄才，原告以熊大闻伊妻之言为证，硬说是空棺。官问被告，卞方直供称：

"我女之死，众目昭彰，左右邻舍无不皆知，张雄才诬我空棺伪死，请求公祖开棺检验。是真是伪，是虚是实，不辩自明。"

知县准辞，即命原、被两造都具备了结，见证熊大也具了结。随即开坟吊棺，踏去了底，哪里有什么尸身？只有一头死猴，猴的后脑破裂，两耳都饰着金环，此外并无一物，众人尽都骇诧，卞方直更惊得目瞪口呆。知县大怒，带回衙门，升堂审问，问他把女儿藏向哪里去了，快快交出来。卞方直极口呼冤，力言：

"我女之死，亲戚邻舍无一不知。我明明把她成殓入棺，如何忽地变了猴子，我也不知道。求公祖明断。"

知县道：

"尔言尔女身死入殓，现存开棺，只见猴尸，不见女尸。尔

女之死，谁能相信？尔把尔女究竟匿居何所？不交出来，我就把
尔押起来，须交出了尔女才放你。"

于是卞方直就被押了起来。欲知女尸如何忽变为猴尸，且听
下回分解。

第二十四回

新县令问案细推敲
小侠士乔装充侦探

话说富顺县知县把卞贡生押了起来，着令交出女儿。卞方直没法，只好听吃官事，领略牢狱滋味。卞方直的儿子卞芳桂见这一件事硬做见证，全由熊大一个人干成的，陡然想起那日在典当中遇见熊大典被的事，形迹很是可疑，愈想愈疑，愈疑愈想，遂动了一张禀，控告熊大窃尸栽害，即以某月某日目睹当被的事作为证据。禀词进去之后，县衙立即出票传人，熊大接到传票，大惊失色，忙到张雄才处哀求道：

"小人该死！这一条被姑请老相公认一认，说是老相公给我的，就没了事。"

张雄才道：

"你这条被到底是哪里来的？要我救你，须要从实讲来。"

熊大道：

"实不相瞒，我这条被确是卞家殇女之物，我是从掘坟开棺得来的。"

张雄才道：

"开棺见尸，罪很不小，你真大胆！"

熊大道：

"小人不开棺，尸身有无，如何会知道？我因赌极了，没有法子，想开棺偷点子东西，发一个小财。不意拍开头和，棺中哪里有什么尸身？只有一头猴尸。所以老相公要打官司，我胆敢做见证。"

张雄才道：

"奇怪得很，你句句是真言吗？"

熊大道：

"我谎了老相公，不怕天打雷霹吗？"

张雄才道：

"我见你这么着急，怪可怜见，就救你一把吧！"

于是张雄才上堂，言被是自己给予熊大的，熊大也挺身力辩。卞芳桂认定被是死妹殓葬之物，并言是某成衣工做的活，可传案一问。知县传到成衣工人，不意张雄才也交出一个成衣工人，说是替自己亲手做被的。两造各执一词，相持不下。这一桩官事缠了两年多，不能结案，被累的两个成衣工人都各押毙在外监，无辜丧命。

现在新官云程到了任，翻阅案卷，阅着卞方直一案很是怀疑，遂与云杰商议侦探之法。云杰道：

"怎么知道此案有曲折？"

云万里道：

"张雄才告的是匿生诈死，贪财图嫁。就算卞姓以生为死，

192

也必伪装衾裯，掩人耳目，断无把一死猴入棺之理。并且匿生匿在何地？贪财贪谁之财？图嫁有谁看见？一派都是空言。细按都无实据。张雄才的禀词不很有可疑吗？卞芳桂诉的是张雄才与熊大窃尸栽害，串词诬控，举出某月日，目睹熊大当被的事，作为证据，说来倒也头头是道。但是按到情理上，张雄才果然串令熊大窃尸，何难并殉葬之被一并灭迹，如何会任令熊大入市质钱，自取败露？并且窃尸尽管窃尸，又何必存一死猴在棺中？卞芳桂的诉词也无非是一面之言。据卞方直口供，伊女系羞愤自尽，当时成殓入棺，四邻尽都目睹，被乃殉葬之物，众人也都看见。传问四邻，并当时办理丧事的六色人等，都言目睹成殓，众口一词，绝无伪饰。是卞女之死，已有确据。但是下棺明是卞女，开棺已变猴尸，此中颇难悬断。熊大既然当被于前，又做证人于后，被上既现血迹，猴脑适有伤痕。两造虽各执一词，案情却不难推索。此被经卞芳桂认明，当然是棺中之物。熊大之妻业已去世，其言自难凭信。据我看来，必是熊大掘墓盗棺，才得着棺中殓物。但是卞女何往？猴尸何来？又是一个闷葫芦。"

云杰道：

"哥哥细心推究，不亚龙图包老。现在只消把熊大细细审问，就能问出案情。"

云万里点头，立命从监中提出熊大，升座花厅审问。熊大提到，云万里先问了几句姓名、籍贯，作何生理。熊大一一照实回答。云万里道：

"张雄才告卞方直匿生诈死，贪财图嫁，是你做见证的，是不是？"

熊大回称：

"是的。"

云万里道：

"匿生匿在何处？你做得见证，断无不知之理。卞女现在哪里？快快说出来！"

熊大道：

"青天大老爷，小人只做诈死的见证，不做匿生的见证。小人不过知道卞女是不曾死，至于匿藏何所，请大老爷审问卞方直，自会知道。小人不敢妄指。"

云万里道：

"你既是专做诈死见证的，你如何知道她是诈死，不是真死？你是不是瞧见她成殓入棺的？"

熊大道：

"小人虽不曾亲眼目睹，小人的老婆当时瞧得非常仔细，亲口告知小人的。"

云万里问：

"你的老婆何在？"

熊大回：

"业已去世。"

云万里道：

"尔妻当日告尔之言，除尔之外，还有他人知道没有？"

熊大道：

"夫妻私下讲话，只有小人一个知道。"

云万里道：

"尔妻之言，除尔外无人闻知，尔妻又死，无从讯问，照理已经不能作为证据，现在且不必讲。我问你，当日既知卜女伪死，为甚不立刻报知张雄才，直至十日之后才告状呢？知道在前，告发在后，这是什么缘故？"

熊大被问得顿口无言。云万里再三逼问，熊大道：

"小人当时虽然知道，怕酿口舌，不敢妄说。"

云万里道：

"既然怕酿口舌，如何又到衙做证起来？你的言语前后很不相符，是何缘故？讲来！"

熊大暗忖：

"这个官真是厉害！"

跪爬半步道：

"为了某月日卜方直与张雄才相骂，几致殴打，张雄才恨极要告状，和我商量，我才出来做见证的。"

云万里道：

"你做见证，你胆敢具结开棺，倘没有真知灼见，我知道你断不会具这一张的结。你究竟如何知道棺中没有尸身？凭你老婆一句话，断不会信得这么确切。讲来！"

熊大道：

"小人初也不敢十分相信，后来听得外面三三两两都说卜女没有死，才敢做证具结的。"

云万里道：

"外面是什么地方？三三两两是什么人？"

熊大道：

"小人在茶坊酒馆听得喝茶喝酒的人这么说。"

云万里道:

"茶坊酒馆是哪几家?开设在哪里?叫什么牌号?喝酒喝茶的人姓甚名谁?给我一一指出,以便传案质审。"

熊大被问得顿口无言。云万里把案一拍道:

"熊大,你是开过棺的,还不实供吗?你到底受谁的指使?把卞女尸身藏向哪里去了?你不实供,我就要用刑。快讲!"

熊大大惊失色。云万里道:

"大刑伺候!"

熊大慌道:

"不必用刑,我实供是了。卞女之棺,小人果然开掘过。但是开出棺材,只见一具猴尸,那女尸早已不见。那时小人大失所望。"

云万里道:

"大失所望,你开她棺,原要干点子什么?"

熊大道:

"小人为赌急了,想卞女成殓很丰富,原要偷她点子东西。不意空无所有,只取了一条被。这是小人句句实话。"

云万里道:

"可就是典钱一千文起案的那条被?"

熊大回:

"是的。"

云万里反复盘驳,熊大矢口不移。云万里叫把熊大还禁,自己退了堂,向云杰道:

"卞女变猴，是最奇怪不过的事。卞女与猴，究竟有何关系？卞女何往？猴尸何来？瞧熊大今日的情状，开棺已无女尸，当非虚语。那么熊大之前，必然已有开过棺的人。这第一个开棺的是谁？瞧棺中藏有猴尸，那第一个开棺的必是畜猴之人。但是此人为甚要开棺？为甚把心爱之猴击毙在棺中？此中颇难索解。"

云杰道：

"如何知道猴是那人心爱之物？又如何知道是击毙的？"

云万里道：

"此极易知，不爱不会畜养，耳上金环，死后不曾摘去，其为爱也可知。脑有伤痕，必系受击致死。被是卞女成殓之物，被上有血，必是在棺中击毙，不是棺外击毙的。我想猴是人家畜养之兽，猴耳饰环，尤为少之又少，这倒是很易侦查的。就烦吾弟在左近各村庄侦探侦探，曾否有畜养过猴子的人家？探着了速来报我。"

云杰应诺。

次日清晨，云杰出了衙门，就向自流井一带行去。明察暗访，访了一整日，不得要领，因见天已昏黑，不及回城，就一家饭店中打了尖，问有什么酒菜，店主人回有才煮好的童子肥鸡，杜酿的村醪。云杰要了一头鸡、一壶酒，喝了几杯，觉得寂寞，邀店主人同坐。店主人再三不肯，云杰道：

"这碍什么？出门人，四海之内，皆是兄弟。"

店主人只得坐了。喝酒闲谈，拖东扯西，随意说去，渐渐说到畜养禽鸟、畜养猴子，只听云杰说道：

"我们山西地方，养着玩儿的很多。这里四川人家，弄玩意儿的却很少。”

店主人道：

“那是各处都有，不一定的。这里谢店地方何家就是欢喜玩猴子的。何家的大官人名叫阿祚的，畜一头猴子，耳上饰着金环子，称猴子作猴美人，视同性命一般，宝贵非凡。不能说哪处人欢喜玩意儿，哪处人不欢喜玩意儿。”

云杰心中一动，遂道：

“何家的那猴子，主人这么疼爱，想必是灵动异常的。”

店主人道：

“灵得很。”

云杰道：

“此猴现在还在吗？我也很爱那东西，想去瞧瞧。”

店主人道：

“瞧瞧也不值什么，不过何大官人贩丝为业，在家的日子很少。”

云杰道：

“他那头猴子现在还在吗?”

店主人道：

“还在。”

云杰听了，不禁大失所望。次日回衙，报知云万里，遂道：

“我初闻猴子两耳饰环，总以为与此案大有关系，现在见说此猴存在，那必是另一猴，与案情不相干涉的了。”

云万里道：

“不能说完全失望，明日索性劳动老弟，谢店去一回，侦探这畜猴的何祚，有几多年纪，家中共有几人，平日做事如何，二年之前，此案发生时光，他家有无举动，曾否多过人口，这何祚的亲戚朋友在远城的有几家，在近乡的有几家，平时是否往来走动，替我逐一侦探明白。再那两耳饰环的猴子，他家共畜养几头，除他家之外，再有畜养之人否。这么侦探将去，一线到底，总能够水落石出。"

云杰应允。一宿无话。

次日，就取道望谢店进发，随步徐行，行到谢店，已经响午时候。这日，云杰乔扮作收买古董客人，沿家探问，随意攀谈。探到一家子，就是何祚的邻舍。恰好遇着一个童子，大凡是童子，最是诚实，又最是健谈。云杰遇着童子，心下很是欢喜，遂用言辞勾探道：

"隔壁那家不是姓何吗？"

童子回称是的。云杰道：

"听说何家藏有吴道子画的《观世音》《无量寿佛》两像、石门初颂本一帙、北京天圣明道本《国语》《国策》各全部，已否有人收去？"

童子回说不知。欲知后事如何，且听下回分解。

第二十五回

魔中魔借尸还魂
缘外缘凭官判合

话说云杰乔扮作收古董客人，在谢店地方和一个童子扯东拖西地攀谈，被他探了个仔细，才知这何祚，现方二十二岁，早年丧父，家中通只三人。上有老母曾氏，下有弱弟何福，母年已逾五旬，弟年亦有十八。何祚少年老成，贩丝为业，在商界中很有信用，联姻曹氏，聘而未娶。猴子是弟兄两个共畜的。云杰故意道：

"何家的猴子，我知道原畜有两头，二年前死掉过一头，才剩得这一头，是吗？"

童子道：

"畜过两头，倒不曾见过。不过二年之前，他家的猴子却有过三五天不见。起初那猴子乖觉非凡，后来却蠢了许多，活似掉包了一头似的。"

云杰道：

"几时的话？"

童子回：

"约在清明时光。"

云杰暗算，此案发生，正在三月初旬，很相符合，遂道：

"自流井开棺检验，女尸忽变猴尸，你总也去瞧过，是不是就是何家养的那猴？"

童子道：

"果然像得很，我也很疑心。"

云杰道：

"那时何家弟兄也去瞧热闹不曾？"

童子回：

"记不起了。"

云杰道：

"他家亲戚朋友往来的很多，你也认识吗？"

童子道：

"否否，何家亲戚很少，不过母舅曾元熙，现在他家福哥拜从他为师，间或来住一两日，也总在节上解馆时候，平时就不很来。此外不过是他家的大姊姊，嫁在成都王姓，也不很回来。"

云杰道：

"曾元熙是谁的母舅？"

童子道：

"自然是何家的母舅，难道是我的母舅？我也有母舅，是做泛地官的，姓王，名字叫王子良。"

云杰道：

"何家在猴子不见的当儿，增添过人口没有？"

童子道：

"没有仔细，不过他家的妈妈平时不轻出门，近来每隔一两月，必出外一次，出外必一个多月才回，好似干什么似的。"

云杰又讲了几句古董的话，就作别回城，告知万里。云万里喜道：

"辛苦了，吾弟此案已十得八九，明日烦省城去一走，侦探何祚的姊家王姓，当有好音。我料王姓近来必然增加人口。"

云杰应允。次日，起身出发，云杰行路，原很迅速，只两天就到了。

这日，到得成都，腹中已很饥饿，瞧见一家饭铺子，牌上写着"状元楼"三字，场面倒很气概。踏到门口，刀勺乱响，芬芳扑鼻，更挑逗得云杰馋涎欲滴，登门上楼，拣副座头坐下。小二过来，抹好桌子，安上杯箸，就问：

"客官，用点子什么菜？"

云杰点了芥辣鸡、醋熘鱼、白切肉、炒腰片四肴。霎时醋熘鱼送上，热腾腾的，一阵酸香扑鼻透脑刺将来。小二才欲放下，隔座有人唤道：

"小二过来，快快过来，端了菜过来！"

小二连应：

"来了！来了！"

走到隔座，那人道：

"我要瞧瞧你们这里的醋熘鱼做得好不好。"

遂举筷尝了一块，自语道：

"还好，还好，留着是了。"

小二赔笑道：

"客官要，再做一碗就是。这是那位客官要定的。"

那人瞪着眼道：

"我敢是没有钱的吗？"

云杰回头，只见那人年有三十左右，身长七尺以外，环眼深目，广额隆准，双睛不定，肤色粗糙，满脸都是痘瘢，一身尽系横肉，恶狠狠向着店小二，活似一口吞得下似的。云杰大怒，喝道：

"你这个人如何这么不讲理？人家要来的菜，你就要截去。"

看官，此人不是别个，就是采花贼窦祖敦。当下窦祖敦见云杰矮小瘦削，宛如一头猴子，如何放在眼里？遂喝道：

"我与小二讲话，要你硬出头，你是什么人？不给你点子厉害，你也不知道！"

说着，兜头就是一掌。云杰闪开，用猴拳直取他脐海，窦祖敦也让过了，两个人就在酒楼上厮打起来，一长一短，一胖一瘦，来来往往，打成一对。窦祖敦见云杰身段玲珑，手脚活泼，轻如飞燕，捷若猿猴，知道不是好惹的，立刻变换架势，缩步收拳，紧守门户，但求无过，不望有功。云杰见他门户守得异常紧密，楼上地位又小，未便出奇制胜，战到二十多个回合，窦祖敦说一声："朋友！我少陪你了。"从楼窗跳下街心，飞步去了。云杰也不追赶，归了座，依旧叫小二喊下去，把做的菜送上，举壶自酌。

他们相打的时光，掀翻过一只桌子，碎掉过三五个碗，因衅非云杰所开，只得店主人自认晦气，不能责令赔偿。当下云杰吃了个酒足饭饱，算账下楼，先去借定了下处，然后细心侦探。直侦探了六七日，方才探得王姓家中不知何方来的一个女子，每夜必诵经，日间则刺绣，做出的活计鲜明生动，人人称赞，二年前是没有的。云杰探听明白，就取道回富顺报知云万里。云万里道：

"是了，我料卜女没有死，今果然矣！"

于是立即行文关提，不一日，卜女关提到案。云万里升堂审问，问道：

"你是卜婷婷吗？"

答称：

"女子是卜婷婷。"

问道：

"你十几岁了？你父亲叫甚名字？卜芳桂是你何人？"

答称：

"女子今年十九岁了，父亲叫卜方直，卜芳桂是女子的胞兄。"

云万里道：

"你父亲供你已经羞愤自尽，怎么你还存留在世？怎么不住在家中，倒远居在成都王姓家里？不必惊骇，仔细讲来。"

卜婷婷道：

"女子本已许聘与张姓，不意张姓轻信浮言，竟议退婚，女子的父亲气极，不容我置辩，竟动手把我活活绞死。我虽死去，一缕冤魂欲赴冥王处哭求申雪。无奈漠沙漫漫，无路可寻，又无人可问，只好随步走去。自不知走了多少路，为绊了一件东西，跌仆倒地，醒来却已变成了猴子，见有两个青年男子在我身旁，面上也露出惊异的样子。”

云万里道：

“且住，这两个男子是不是就是何祚、何福？”

卞婷婷道：

“是的，女子平日是个不出闺门之女。现在突有面生男子在一间中跟我讲话，女子很不愿意。恰好何母曾氏到来，问我情由，女子才一一告知她。曾氏人极热心，很替女子叫屈，并立派何福到自流井打听。何福回来，言事极不诬，并知棺木已经葬入坟中。何祚怜女子无辜屈死，谋乘夜携猴至墓发冢破棺，救女子回生。女子因他们都是男子，夤夜同行，很不愿意，甘心为畜，不愿做人。何母许我做伴。这夜，月明如昼，何氏兄弟畚插齐施，开去了棺。曾氏问我：‘你认识棺中人吗？’我回：‘不认识。’曾氏告我：‘这是你的本身，快快用力扑去，可以回生。不然终身做畜生了。’我依言向棺中拼命扑去，但觉脑后大痛，张眼瞧时，却已恢复故我了，见一死猴在身旁。何祚告知我，当我力扑时候，即用锄乘势在猴子脑后一击，鲜血淋漓，应手而死，猴死我才得生。女子当时拜谢何氏母子再生之恩。那曾氏就要送我回家，女子因父亲生性刚直，极难挽回，回家怕再遭不测，甘愿觅一清静尼庵，长斋绣佛，了此一生。曾氏留我且到她家，再图良计。于是把死猴放入棺中，依然用土掩筑如故。到了何家，曾氏言他家与我家相离太近，恐招物议，要把我送到成都城内打铜街王姓家里去。王姓是她女儿的家，通只婆媳两人，她女婿是处馆在外的，女子应允了。次日就雇轿子陪送到成都，王家的妈妈魏氏、她的媳妇何氏待我都很好。曾氏也隔一两月总来瞧我一次，待我都很亲热。女子不愿无端扰人家，日间做点子针刺活计，贴还饭食，到晚讽经叩佛，忏悔忏悔冤孽，免得来生受苦。不意一年之后，魏氏忽来做媒，替何福向女子求亲。女子告诉他，我为抱不白之冤，冤枉而死，蒙何姓再生之恩，得以不坠异类。但是所以隐忍偷生，要忏悔佛前，望来生得免沉沦呢。现在倘从了尊命，那么与淫奔之人何异？再生也是多事了。何氏也来劝我，我道：'姊姊非不爱我，但此心终难自白，从今而后，请以一蒲团地，为我终身之局。'我遂持剪剪发，何氏急夺我剪，已剪落一绺了。魏氏也向我道：'此后诸事听娘子自主，亲家闻之，只道老身逼娘子落发呢！'从此之后，女子遂得安心刺绣诵经，度那安闲日子。"

云万里命提何祚、何福到案，询问一过。何祚供称：

"家畜一猴，颇解人意，因戏穿两耳，饰以金环，呼为猴美人。一日失手杖毙，正在抚摩惋惜，猴子忽苏，竟作人言。"

以后的供词便与卞婷婷相同。云万里道：

"你一猴既毙，为甚又畜一猴？"

何福道：

"一因素性爱猴，二因怕起人疑。"

云万里命从狱中提出卞方直，令与婷婷相见。婷婷一见方直，天性发现，直扑父怀。方直只道是冤魂出现，唬得倒退不迭，口中连呼：

"女儿，原是为父的不是。"

206

万里喝住，告知他：

"尔女没有死。"

并言：

"你有了这么好女儿，不知爱惜，实属糊涂透顶！"

遂命站在一旁，听候判决。立刻提上张雄才，问道：

"此案的曲折，本县都已审明。卞婷婷剪发明志，诵经供佛，其为幽贞可知。尔淫词从何而来？"

张雄才初犹狡赖，后经用了刑，才招认道：

"因在白衣庵中，见着《金刚经》一部，是婷婷手笔，遂模仿她笔迹，写了一封情书，作为退婚之据。"

云万里大怒，喝令把张雄才重责四十板，枷号三个月，熊大问了一个发冢罪。见何福温文尔雅，婷婷秀慧幽娴，遂把婷婷断配与何福，卞方直与何祚俱免议。断毕，随即撰出判书。其辞是：

勘得张雄才，豺狼之性，鬼蜮之心，爱富嫌贫，良缘变为仇敌，积怨成怒，平地起以风波。摹来锦字数行，竟是混珠鱼目。装就淫词片纸，遂成中媾墙茨。依盗跖作用心，构讼三载，认赃衾为己物，累毙二人。诬家人以不白之冤，害衰老以难言之苦。退婚有议，岂得再附乔松？枷杖立施，允宜严做习恶。

熊大放邪讼棍，穿窬凶徒，习惯害良欺弱之心，生成覆雨翻云之手。入赌场而全军尽没，盗胆顿张，破狸首而一被仅成，疑心旋起。谬谓内人亲睹，死者无可推

207

求。因而凶恶借词，生者何从置辩？开棺无物，姑不料以见尸之条；劫墓有凭，难再宽以发冢之罪。

卞方直治家严肃，行己端方。唯短于精明，遂邻于粗率。谩信子虚之纸，指为女德之愆。按无辜杀儿孙，罪无可贷。幸贞魂还弱女，法外从宽。

何祚爱才心切，怜玉情长。久闻女为闺秀之尤，何期猴为芳魂所借。虽听闻之可骇，实拯救之维殷。既禀慈帏，复商幼弟。惧其长暮，凿破孤坟。以杀为生，竟尔魂还故宅；舍猴得女，俨然仙下瑶池。大有造于佳人，洵堪传为美举。

卞氏女书追卫管，禅悟声尘。欲种善根，写就连篇贝叶；顿成祸本，描来依样葫芦。恨满胸中，冤沉海底。唯一灵不昧，假异类以栖魂；幸四大犹存，借人谋而起死。入坎出坎，居然紫玉重来。前身后身，何待金环做证。梵呗顿忘漏永，女学士竟是优婆夷；刺工追计昼长，薛针神曾留玉壶血。一握冀云尚在，三年苦志难堪。维彼淑媛，宜配君子。何福青年正妙，才学素优。既是规行矩步之儒，定为金马玉堂之客。山公化去，无端附脉脉之魂。女儿归来，胡尔栖毵毵之魄。天缘所在，人事适符。当年月老书中，峡山寺前注定。此日姻缘谱上，渭南路侧修来。宜结丝萝，永偕伉俪。

此判。

欲知后事如何，且听下回分解。

第二十六回

强化缘难为施主
闻异香陡失新娘

话说判书发下之后，何福捧判感激，当堂叩谢。云万里勉励了一番用功上进的话，叫他择日完姻，卞方直也很感激。一个是失女得女，一个是无妻有妻，欢喜自不必说，于是即日成婚，夫妇郎才女貌，翁婿玉洁冰清，极人生之幸事。

无如天心忌满，好月难圆，一波乍平，一波又起。何郎、卞女成婚不过匝月，忽又掀起滔天大浪。论起这头公案呢，还魂的情节奇一点，卞婷婷的容貌美一点，云万里的判词丽一点，自然远近腾布，无人不知，没个不晓了。大因寺中的禅悦和尚原是个色中饿鬼，闻知此事，心里就奇痒起来，想出一个计较，就暗暗地摆布。

却说何福新婚燕尔，小夫妻两个缠绵恩爱，终日寸步不离，有一个月来不曾到馆。母舅曾元熙几次派人来叫，何福总推托身上不大好，赖着不肯去。这日，正欲午饭，忽闻客堂中爆雷也似一声阿弥陀佛，随闻木鱼之声，铮铮震动屋瓦，内眷们都吃一惊。何祚恰已出门行贩去了，只剩何福在家，丢下饭走出瞧看，只听得："南无阿弥陀佛，南无阿弥陀佛。"回声震荡，宛若洪钟。踏出屏风，见客堂中高高站着一个和尚，宛如金刚似的一尊，好生怕人。只见他身高一丈，腰大十围，狮鼻虎腮，鸮头燕颔，两条板刷眉，一双三角眼，目光如闪电，睫毛如角刺，脑后青筋虬结，腮边须根渗渗，满脸横肉，一团杀气。左手持着很大一个大木鱼，右手执一金瓜锤似的木鱼槌，把木鱼击得震天价响，口中宣着佛号。一见何福，就打一个问讯道：

"大施主，阿弥陀佛！"

何福道：

"和尚何来？"

那和尚道：

"敝寺是成都大因寺，现为重修观音阁，缺了经费，特地出来劝化善缘，请施主大发善心，捐助一点。"

说着，送上缘簿，何福见是化缘的，便就不放在心上，遂道：

"大和尚，你空劳枉顾了。我这里是僧道无缘的，请你还是别家去吧！"

那和尚见何福回得这么决绝，立刻翻脸道：

"不捐不行！你肯捐，要你捐，不肯捐，也要你捐！我和尚缘簿取出了，从不曾空手收回过。"

何福道：

"你这和尚竟恃强硬化吗？王法都没有了？"

那和尚道：

"我们做和尚的，只知有佛法，不知有王法！说我硬化，我就硬化你。"

两个人争论起来。那和尚出手只一把，将何福夹背脊提了起来，唬得他极声连喊救命，里面曾氏与卞婷婷听得，三步改作两步，急急奔出。曾氏气急败坏，一句话也说不出。卞婷婷也唬得花容失色，月貌改姿。那和尚见了，才笑吟吟地放了何福下来。卞婷婷含嗔带惊地道：

"哪里来的野和尚？这么无礼！唬坏了人家，不当耍的，我可是不依呢！"

那和尚赔笑道：

"女菩萨，和尚不过来结一个善缘，施主说我硬化，还拿出王法来压人，和尚是不敢无礼，现在求女菩萨随意布施，随缘乐助吧！"

当下卞婷婷取出五百文钱，捐给那和尚。和尚收了缘簿，再三称谢而去。卞婷婷携了何福的手，轻言悄语地问道：

"你唬坏了不曾？背脊上痛吗？脱开来我瞧瞧。这种野和尚，不理他也罢，花掉几个钱不值什么，人最要紧，下回切不可如此。"

小夫妇喁喁私语，说不尽缠绵恩爱。

这夜，三更过后，万籁无声，何福夫妇两人却还在帐中情话，不意一阵奇香透鼻刺脑，两个人闻着，全都晕去。

次日，红日上窗，曾氏已干了一朝的事，还不见小夫妇出房，心下奇诧。往常卞婷婷日高也必起身，帮同办理井臼，这日从辰到巳，声息全无。直到巳末午初，突闻何福在房中哭喊起

211

来，大呼：

"丢了人！丢了人！"

曾氏同了仆妇打进新房，只见何福一个人睡在床上，新娘卞婷婷早不知哪里去了。曾氏问：

"我儿何故惊喊？"

何福哭道：

"媳妇丢了。"

曾氏道：

"好端端，如何会丢掉？"

何福道：

"必是精灵摄去的。昨夜三更时分，还好端端睡着讲话，忽然闻着异香一阵，孩儿就失了知觉，迷迷糊糊，直到此刻醒来，不见了媳妇。房门又闩好着，房内又没有，遍呼又不见应，楼窗却开着一扇，不是丢了吗？"

曾氏听说，也着慌起来。何福道：

"孩儿现在四肢无力，动弹不得，必是被精灵治的。母亲，哥哥偏又不在家，没个商量处，可怎么样？"

此时，左右邻舍也得了信，也都过来探问。两家邻舍倒都很热心，纷纷地献计，有主张求神问课的，有主张测字圆光的，有主张贴榜访寻的，也有主张报官请缉的。曾氏已经六神无主，听说什么好，就什么。还是何福有主意，叫把岳父卞方直、舅兄卞芳桂请来，商议办法。一时卞家父子请到，何福把夜来的事说了一遍。卞家父子也都束手无策，搔首嗟叹而已。自有坏人挑拨弄怂，撺掇卞家告状，也有人当了面假慈悲、假热心、看去十分关切，转了背，却说着风凉话儿嘲笑的。更有一班幸灾乐祸之人，捏造谣言，到处传布的。偏偏卜方直是个忠厚人，听了勾搭之言，疑心已起，闻到造谣之语，益信为真，遂在富顺县告了一状，告的是何福杀妻谋命，毁尸灭迹，恰好何福报官请缉的禀也到。原来，何福见泰山一筹莫展地去了，没奈何，只好依照各高邻妙计，分头进行。一时求神的回来交出签句，是有"合浦珠还"字样；问课的报说不必惊慌，半月后自会回家；测字的说防有口舌；圆光的说现下人在西南方。那张榜访寻与报官访缉的也都尽力办去，所以富顺县一时连接了两家的禀。云万里暗忖：何福那么温文，卜女那么婉淑，况是新婚，何等恩爱，断不会有谋命杀妻的事。但是照何福呈报，三更时光，夫妻还同床共话，忽闻异香，陡失知觉，醒来肢软力乏，房门未启，新娘无迹，案情又极离奇怪诞。卜女这么婉淑，在理断不会私逃。况逃走总由门户而出，房门既然未启，私逃从何出走？晕去由于异香，醒来犹觉力乏，这异香是本案最要关键，香是何香？来自何处？都是很该研究的。既然称得异香，绝非寻常香味可知。当下就命请二老爷。一时云杰请到，万里把案情讲了一遍。云杰道：

"这异香定然是江湖上闷香，所以闻着就晕去，醒来还肢软。卜女定被江湖上采花贼卷了去。只是这采花贼是谁呢？从前窦祖敦黑夜卷盗女子，清晨必样送回。现在不知是谁？"

云万里道：

"就请老弟把何福传来，待为兄的问他一个究竟。"

云杰应允，这日午后，果然把何福传了来。云万里就在签押房里询问，并不叫他下跪，温颜问话，问他晚上可曾闻着过异样声息，何福回称不曾闻过。问他可有异样可疑之人到家寻人问路过，回称没有。问他尔妻可曾入庙烧香还愿过吗，回言从未出门一步。问他异香的气味究竟如何，何福道：

"这一种香从来没有闻过。非兰非麝，非檀非降，闻着脑中就昏沉沉的，心里就迷迷糊糊。要话口不能开，要动手不能举，不知是什么妖香。"

云杰道：

"这明明是闷香。何福，我问你话，这几天中有面生的人到过你家没有？我知道一定有人来过。不然，这异香你断不会闻着，你老婆断不会丢掉。你仔细想想，有过不曾？"

何福沉吟半晌，才想起化缘和尚的事来，遂道：

"有的，来过一个化缘和尚，恃强硬化，跟他争论，竟把我夹背脊一把提起有六七尺之高，我狂呼救命，母亲与妻子闻声奔出，才放了下来。后来被我妻子说了他几句，给了他五百文钱才去。"

云杰点头道：

"是了！这和尚有几多年纪？生得怎生模样？"

何福道：

"有三十来岁，模样儿宛似一尊金刚。"

遂把和尚的状貌仔细说了一遍。云万里道：

"既有缘簿化缘，是哪一家寺院？在什么地方？想必是写明的。"

何福道：

"写明的，是成都大因寺。"

214

云万里点头，遂命何福退去。云万里道：

"查阅旧卷，大因寺僧徒不法，在前任手里，屡有人控告。一因事无佐证，二因关系隔县，都没有准的。现在看来，虽是查无实据，定然事出有因。"

云杰道：

"从前有人告过什么案？"

云万里道：

"入寺烧香，失踪无迹的，居其多数。现在就请老弟到成都一走。"

云杰道：

"此种事情，我是很喜欢干的。"

好云杰，真热心，立刻登程，向成都进发。在路无话。

这日，到得成都，先借定了店，然后备齐香烛，到大因寺拈香。行抵山门，望进去，琳宫绀宇，重重叠叠，好一所深沉梵院。山门之外，森森树木，列队似的整齐。山门上蟠龙竖额，是"敕建大因讲寺"六个大字。云杰大踏步闯进山门去。欲知后事如何，且听下回分解。

第二十七回

云杰独探大因寺
禅悦双送小卞娘

　　话说云杰踏进山门，见一尊很大的弥勒佛坐像，金光耀眼，喜气迎人。弥勒佛的莲台是独块大石斫成的。两旁是四天王，法身足有二丈开外，金甲怒目，十分威武。那房屋之高大，地位之宽广，更与别处寺院不同。弥勒佛背后塑的是韦陀菩萨，向北而立，金盔金甲，庄严异常。过了山门，却是一道壕沟，倒也有三丈开外。河面建有三座石桥，交通南北。云杰渡过石桥，见两旁都是禅房，内中住的都是苦志修行的和尚，有坐关的，有立关的，也有断臂化缘的，刺血写经的，种种苦修，其状不一。禅房之后，一道赭墙，墙上平写着"南无阿弥陀佛"六个大字，每个字有丈余大小。中间一座大门，进门却是一道甬道，两行遍植梧桐，绿叶参天，浓荫匝地，一对对相峙。走有一箭多路，才到丹墀，见中间是正殿，左右是配殿，两旁廊房就是知客寮等职事僧人所在。正殿之外，悬有一牌，上写斗大四个字道"明春传戒"，云杰跨进殿门，见供奉的是三世如来，慈容满面，金光照人。法身之在，竟至不可比拟。正在瞻仰，早有知客僧过来接待，云杰一边讲话，一边留神，把知客僧瞧得几眼。那知客僧二十五六年纪，油头滑脑，举动很是轻浮，知道绝非安分之辈。知客僧请教姓名，云杰道：

"我姓云，单名杰，山西大同人氏。"

知客僧问：

"烧哪几炷香？"

云杰道：

"拣佛烧香，我生平最不喜欢。我是要遍叩诸佛，遍处瞻仰，有几尊佛就烧几炷香。"

知客僧道：

"本寺香烛都有现成。"

云杰道：

"很好，就烦先点用着，我偿还香资是了。"

于是知客僧引着，从大雄宝殿起，罗汉堂、观音阁、地藏殿、伽蓝殿、文殊殿、普贤殿、药王殿、光明殿、送子殿、千手千眼殿等种种殿阁，都游遍了。又到东西两禅院，见壁上写着戒规，架上竖着戒板。戒律很是森严。云杰步步留神，处处注意，绝无丝毫破绽可见。请见方丈，方丈明华一团和气，讲几句话十分轻圆流利。知客僧留云杰素斋。云杰是精细人，怕酒饭菜中有蒙汗药，瞧了又瞧，嗅了又嗅，且要知客僧吃了才动筷，知客僧很为动疑。

正这当儿，忽见走过两个人，一客一俗，云杰立刻投箸而起，知客僧大惊失色。原来走过的两人，一个是状元楼会过的窦祖敦，一个正是案中要犯化缘和尚禅悦。云杰瞧见，自然惕目心惊，动色而起了。知客僧忙道：

"云施主，请坐用饭。"

云杰坐下道：

"走过的那位大和尚是不是宝寺的？叫甚法号？"

知客僧道：

"施主为甚问及？"

云杰道：

"我是精参麻衣，颇知相法，因见这位上人步法形容，宛似生龙活虎，确是不凡之士，很不该屈身佛门，才随便问一句。"

知客僧道：

"这是小僧的师叔，法名叫禅悦。"

云杰记在心头。斋毕，送了十两银子，随即辞出。回到下处，解衣睡觉，直到店小二送进晚饭来，才唤醒了。夜饭之后，又调神息气。

三更过后，穿上夜行衣靠，藏好暗器，带上倭刀，推开窗格，蹿身出外，随手把窗带上，腾身上屋，施展飞檐走脊之术，轻如穿帘春燕，踏瓦无声，一道青烟，飞一般驶去，霎时已到大因寺墙外。日间已经来过，虚实半已探明，从东首围墙飞腾而入，脚踏屋瓦，推测方向，知道在东禅院的东偏小屋上，侧耳静听，远近鸦雀无声。云杰循屋脊走去，只拣日间见了心疑知客僧不许行走的所在走去，到过两三处，不见什么动静。跳下入内，用火扇照看，也绝无异状触眼，弄得云杰自己都不信起来，心里怀疑，脚下飞快。行至一处，忽闻腥臭触鼻，知道有疑，跳下屋，见双门反锁着。云杰夜行家伙是全备的，取出铜丝，退去了锁，推进门，打开火扇，向四面一瞧。只见壁上挂有十多张人皮，一壁角一大堆的人骨，一壁角黑茸茸一大堆的发辫。云杰虽是英雄，倒也毛发悚然。此时腥气熏人，不能久待，才欲退出，不防火光一亮，有人大喊：

"不好了！剥人房有贼子窥探。"

云杰急忙蹿身出外，一阵凉风，就有钢刀当面剁来。闪过刀，飞起一腿，正踢在那人腰际，扑塌，跌倒在地，才待结果他性命，铃声起处，早有三五十个和尚提灯执仗，蜂拥而来。云杰一见，知道人多手杂，不易抵敌，腾身飞上了屋。众和尚围住那屋，仰着面大喊，云杰就屋顶揭了几片瓦，咣当当摔下去，下面和尚的光头早打碎了六七个，鲜血直流，哎哟之声不绝。云杰得了手，索性揭瓦飞掷。此时瓦片乱飞，宛如降了一阵瓦雨，把下面的和尚都掷得抱头鼠窜而逃。云杰在屋面上哈哈大笑，不提防黑光一闪，有两个人跳上屋来，左右两路进攻，双刀并举。云杰奋刀力战，只听得屋瓦震裂之声，宛如猫儿打雄，轧辣不已。战到二十来个回合，云杰一举腿，踢了一个下去。下面齐声大喊，却又跳了三个上来。云杰暗忖：我此来为探案，不为浪战。遂飞步退走。屋面上四个和尚亡命追赶。云杰取出袖箭，一反手，嗖地射中一人，骨碌碌直滚下去，啪嗒，跌倒在地。三个人还是追赶，嗖嗖又是两袖箭，又射中了两人，骨碌碌滚了下去，剩下一人不敢追来。云杰跳出大因寺，飞步回店。次日，算给了房饭账，自回富顺县报告去了。

却说大因寺方丈明华，检点僧众，见头破血流的五十三人，摔坏的一人，身中袖箭的三人，共是五十七人，忙都给予伤药，叫他们静养调治。布置完毕，已经晨鸡四唱，天色微明了。当下禅悟、禅悦、禅怡、禅拙，并禅悟的徒弟松林、杏林都到方丈处议事。松林就是当知客僧的。禅悦又把好友窦祖敦邀来共议。松林道：

"今夜这贼子，瞧他的身段，很像日中烧香的云某。这姓云的本来也古怪，瞧他步步留意，处处注意那样子，原似侦查什么似的。吃斋时光，酒饭菜都十分地起疑，瞧见二师叔与窦祖老走过，投箸而起，大有寻事厮打神气。这姓云的到底是为了什么到本寺来寻事？"

窦祖敦道：

"此人是我在状元楼上会过的，好本领，我断然不是他的对手。既来找事，倒不能不防他一二。"

禅悦道：

"哎呀！我知道了，这是为了何家那雌儿来的。富顺县县官姓云，山西人，此人也是山西人，姓云。何姓夫妇是云知县断就的，必是为那雌儿失了踪，报了官。好事的知县就派人来本寺侦查了，我估的定不会错。姓云的上代原是天下闻名的血滴子首领，自然总有几记祖传的看家拳，所以这么厉害。"

窦祖敦道：

"这件事本是你的不是。我原叫你当夜就送还，休坏了我们采花家规则，是你恋着不舍，要留个十天半月。现在果然惹出事来了。"

禅悦道：

220

"过往的事不必提，埋怨也没用。现在且讲眼前如何办理？"

松林道：

"我看只有三条办法。第一，索性把这雌儿留住，玩她个一辈子；第二，把她一刀杀死，免了许多是非口舌；第三，把雌儿立刻送还富顺去，免得他再来。"

禅悦道：

"第一个法子果然好，可惜这孩子倔强得很，从没有和顺过一回，要跟她玩耍，总少不了闷香，宛如伴着个死人，有甚趣味？第二个法子，花朵儿似的人，我也舍不得下刀，冤家宜解不宜结，还是第三个法子最为妥当。只是仍旧要窦贤弟帮我的忙。"

原来，当日禅悦瞧见了卞婷婷，失魂落魄，拖住了窦祖敦，软言央告，苦苦哀求，要他帮忙，同往卷取。窦祖敦言采花家规矩，当夜卷取，当夜送还。肯照规矩，就帮一回忙，不照规矩，便就不敢相助。禅悦要他帮忙，一口应允遵照规矩。于是窦祖敦用了闷香，两人趁夜里动手，先熏倒了何福夫妇，然后入屋，将卞婷婷连衾卷出。婷婷一到了手，禅悦立刻变卦，不肯当夜送还了，带回寺中，恣意取乐。窦祖敦屡以为言，禅悦总托词延宕。现在云杰两探大因寺，打伤了五十七个和尚，阖寺恐慌，禅悦央求窦祖敦帮忙送还，窦祖敦允下了。于是隔不到五日，何福在房中一觉醒来，身旁睡有一人，脂香粉气，熏人欲醉，定睛细看，不是别人，正是口口声声心心念念失踪的妻子卞婷婷，大喜之下，反疑现境是梦境，直至探指入口，咬着觉疼痛，才信确是真事。只是卞婷婷睡得迷迷糊糊，再也唤不醒，何福又纳罕起来，告知曾氏。曾氏惊喜交集，立命人往卞家报信。卞方直父子闻信赶来，瞧见了婷婷，喜溢眉宇，见她沉沉睡去，却又忧从中来。此时邻舍也都赶来瞧视，问起情形，便就荐卜荐医，忙乱异常。直到午刻，婷婷方始醒来，瞧见父兄夫婿都在目前，大哭道：

"我在梦中吗？"

何福喜道：

"好了！醒了，醒了！"

遂告诉她不是梦。问她饥饿不饥饿，卞氏嚷口渴。何福授上茶壶，卞氏接壶，喝了个畅。遂言：

"做了个噩梦，梦见在一处，不知是什么地方。只见日间那化缘恶僧缠住了百般调戏，我抵死不从，哭嚷要家去。恶僧告诉我，此间就是家，还哪里找家去？忽而迷迷糊糊，忽而清清醒醒的时候，总瞧见那恶僧万分地纠缠。我求死不得，欲归不能，真是其苦万状。我道是真事，今日醒来才知是一场噩梦。"

何福听了，不过用好言抚慰，并不去说穿，却悄悄到县衙，密禀县尊。县尊也戒他，不必说穿，妇女廉耻为重，说穿了怕有性命之虞。

其实自从云杰那日回衙报告之后，心下早已了然，立命马快头儿王德、步快头儿李全，各挑眼明手快捕役二十名，各带了暗器，跟随云杰，到大因寺拿人。另备一角咨文，一俟恶僧拿到，立投该管衙门，请即帮同押解。云杰等已于昨日登程出发。欲知后事如何，且听下回分解。

第二十八回

吕四娘名言醒烈妇
小侠士率众战淫僧

却说何福回家，见卞家父子已经回去。卞方直因误信人言，诬告了何福一状，现在女儿无恙，深悔一时鲁莽，实在愧对女婿，所以趁女婿不在，就向曾氏告别，回家去了。

何福待到婷婷比前恩爱，问起梦中情形，格外地怜惜。婷婷才回家时，花容颇为憔悴，将息了三五天，却就轻颦浅笑，妩媚如故了。邻家女子有来探望闲谈的，无意中透露了几句失踪的话，婷婷何等灵心慧性，立即根究。邻女不能隐瞒，婷婷恍然大悟，知道夫婿哀怜，深恐自己羞耻，不忍道破，一时羞愤交进，不禁放声大哭起来，邻女唬得逃了去。一时何福回家，瞧见婷婷这个样子，大惊失色，低言询问。婷婷道：

"我到今日才知噩梦是真事，你虽然疼我，不肯说破，我自己以心问心，如何还能够做人？总之，我自己知道，不合长得太美，性又太慧，夫妻太要好，婆婆太慈悲，你又太疼我，种种都是遭天所忌。现在我已不能做人了，以后求你不要念我，只当没有我那么一个人，娶一个温婉淑女，好好地侍奉婆婆。"

何福听了，宛如利刃刺心，异常哀痛，抱住婷婷，竟然大哭起来。哭了一会儿，迸出两句话来道：

"你放心，活着咱们一同活着，死咱们一同死，咱们两个人是绝不能分离的！你如爱我，依然好好地过日子。这件事真也罢梦也罢，就是真的，我也只当它是梦，横竖不是你自己愿意的。"

婷婷哪里劝得听？背着人就图自尽。何福解救了两回，百计劝慰，终劝不醒，于是邀了亲戚，昼夜防备，轮流看护。卞婷婷见无从下手，心生一计，向何福道：

"我如今醒悟了，不用人防护。此事只当一场噩梦，现在醒了，尽干醒的事，梦中的事何足计较？更谈不到荣辱廉耻。"

何福见她神气，已经大彻大悟，讲出的话又很磊落，遂也坦然不疑。不意人静之后，婷婷一个儿把房门掩上，掇一只凳垫了脚，解汗巾悬梁自尽，才把结子结好，套入颈中，正欲把凳子踢倒。

看官，大凡上吊，先须掇一只凳子垫了脚，把绳子套入颈中，钩住在下颏之下，然后一脚踢翻凳子，身子沉下，两脚悬空，这便是上吊一定之手续，万万不能减省的。当下卞婷婷套上了汗巾，才欲踢翻凳子，陡见一道白光从窗棂射入，向汗巾只一绕，汗巾立刻变为两段，宛如苍鹰扑地似的飞进一个人来。婷婷惊视，见是一个二十多岁的美貌女子，只见那女子道：

"为甚要自尽？有甚奇冤积愤，连生命都不要？请讲给我听听。"

卞婷婷道：

224

"你是何人？是人是仙？怎么凭空会进我的屋？"

那女子道：

"我是浙江吕四娘，你不就是卜婷婷吗？"

原来，吕四娘同了周浔、曹仁甫、甘凤池夫妇一行五人，取道往成都，路过富顺。偏偏富顺地方已把卜婷婷的事当作了新闻，到处讲说，到处谈论，如何借尸还魂，如何断成夫妇，如何失踪，如何回来，装头凑脚讲来比众闹热。一时触动了四娘好奇之心，问明了地址，借剑术飞腾而来，要瞧瞧卜婷婷究竟如何一个人物。四娘恰恰飞到，婷婷恰恰上吊，正是间不容发，慧剑一挥，冤结立解。当下吕四娘诘问婷婷，婷婷见她一般是个女子，遂不隐瞒，把自己所遭之难从头至尾说了一遍。吕四娘道：

"我问你，你受了人家的亏，要报仇不要？"

卜婷婷道：

"恨不把恶僧碎尸万段，但是我一个怯弱女身，哪里有这能力？"

吕四娘道：

"要报仇不难，须先听我一句话，不能寻死。报仇的事交给我办是了，你眼睁睁地瞧着。再者寻死的事，是没志气女子干的。像你这么聪明，很不该寻死，辱没了你的聪明。你这件事，我也知道，别说没什么，就使有什么，又不是你愿意。论到你的心志，依然是清清白白，明可以对天地，幽可以质鬼神。你一死，倒使人家怀疑，多所议论，那不是求清反浊了吗？"卜婷婷闻言大悟，跪地道：

"姊姊一席话使我茅塞顿开，今后当谨遵台命，不敢再萌短

225

见。报仇的事情遵命拜托，只是我心中很过意不去。"

吕四娘笑道：

"快起来，再休过意不去。我是女，你也是女，辱你就是辱我。报仇雪恨都是我分内之事。"

说一声："我去了。"转瞬就没了影踪。这里卞婷婷果然不再寻死。

吕四娘回去，告知周浔等，甘凤池道：

"天因寺僧众如此作恶多端，一刻也不能容忍他。"

于是众剑侠兼程趱赶，径向成都进发。暂时按下。

却说小侠云杰带了马快头儿王德、步快头儿李全，并二十名马快、二十名步快，行抵成都，先下了店。云杰道：

"咱们四十三个人，可以分作三班，叫王德带十五名马快作一班，李全带十五名步快作一班，我带马步快十名作一班，分头前进，免得寺僧动疑。"

于是王德带了十五人，扮作客商模样，暗藏了兵器先发。李全第二队，云杰第三队，进山门，过石桥，抵大殿。知客僧松林瞧见了，满面春风地过来接待。此时王德、李全已经禅怡、禅拙分头招接，陪到东西各殿随喜去了。云杰道：

"今日同了一班朋友来礼佛吃斋，并拟进谒方丈。"

知客僧异常欢喜，陪了云杰等见佛烧香，一殿殿游了个遍。到午饭时光，陪到西禅院吃斋，云杰向知客僧道：

"我们香已经烧过，大可不必吃素，烦大和尚关照厨房，备两席荤菜吧！香资自当加倍奉上。"

知客僧道：

"云施主，本寺戒律很严，荤腥不能入门，没处备办，请施主原谅。"

云杰道：

"我不信偌大一座大因寺，连这点子荤菜都不能办！"

知客僧道：

"本寺是佛门重地，从来没有荤菜。"

云杰道：

"这么说来，大和尚们吃的荤腥哪里来的？"

知客僧道：

"本寺僧众都吃的是净素。"

云杰道：

"当了人自然吃素，背了人也吃素吗？"

知客僧道：

"那个自然。"

云杰道：

"我要问和尚，人肉是净素不是？宝寺和尚都吃人肉，如何还说是净素？"

知客僧道：

"云施主休开玩笑，清平世界，哪里来的人肉？"

云杰道：

"宝寺剥人房中，现有着人皮、人骨并一大堆的发辫，都是哪里来的？"

知客僧变色道：

"这么说来，前晚来的贼子就是你了？"

云杰怪啸一声，这一声啸，便是动手的暗号。王德、李全听得暗号，回啸了一声，各取兵器在手，顷刻东、西、中三路一齐动起手来。方丈明华立命把山门关上，撞钟聚集僧众，起家伙抵御。此时云杰舞刀如雪，腾跃如猴，僧众当着的，不伤便死。王德在东禅院把扑刀泼风似的飞舞，李全使的是三棱峨眉钢刺，锋利无比，手腕又很敏捷，反复刺扎，受伤倒地的不知凡几。那四十名快役手段也很来得，铁尺的铁尺，短刀的短刀，奋呼厮杀，顿时血花四溅，杀气冲霄，佛地变成杀地。究竟和尚众多，分班轮流战斗，斗到夕阳西下，四十名快役一半受伤，一半被获，看看只剩得王德、李全并云杰三个了。此时斗王德的是禅悟，斗李全的是禅怡、禅拙，云杰却与禅悦、窦祖敦两个战成一个丁字式。众僧徒各执了兵器，围成一团子人墙，喊呐助威。战到上灯，王德的腿上中一棍，仆翻在地，被僧众擒住，横拖倒拽而去。李全心下一急，右臂膊上着了一刀背，三棱峨眉钢刺跌落在地，众僧一窝蜂涌上，宛如蚂蚁攒螳螂，拥了进去。云杰一见，怒得眼中出火，怪叫连天，大喊：

"恶僧！我与你拼了命吧！"

禅悦见云杰已经怒极，遂向窦祖敦打一个招呼，回身就走，窦祖敦也飞步奔逃。云杰狂呼追赶，追到转角所在，禅悦回身接战，战有十余合，反身又走，返到一个转角，见窦祖敦早已等候在那里，接住又战，又战了十多合，弃下又走，重又追赶。话休絮烦，追了战，战了追，一总追赶了六七个转角。只见禅悦、窦祖敦到一个所在，挑门帘进去了。云杰如何肯舍？一个健步，腾跃到门口，挑开门帘，纵身向里只一跃，听得铃声乱鸣。云杰口呼："不好了！"但觉脚下都在浮动，身子顿被束缚。只听禅悦大笑道：

"牢了！牢了！"

看官，这一间是皮网室，满间都是牛皮绳结成的网，无论是何等英雄，何等豪杰，一入皮网，用总绳一收，浑身束缚，恁有钻天入地的本领，也不能施展。现在云杰落了皮网，网上的铜铃一鸣，管皮网的和尚立把总绳用力只一收，可怜英雄无敌的云杰顿时成了个自缚春蚕，一些儿力也不能施展。禅悦哈哈大笑。方丈明华听说来人全伙被擒，云杰收在皮网，欢喜异常，叫把云杰、王德、李全都推上来。小和尚在云杰身上搜出一角公文，是富顺县发出的，呈于方丈。方丈笑道：

"原来都是衙门中发来的。"

此时，众和尚已把东禅院打扫干净，方丈与众和尚坐定，推上云杰、王德、李全。明华笑道：

"云施主，你那么本领，如何也会遭擒？方才施主要吃荤菜，我这里是清净所在，没处备办，简慢得很。现在我老和尚馋涎欲滴，却要求施主布施几颗人心，赐和尚们喝一口人心汤，想施主们总肯大发慈悲的。"

说毕，即道：

"禅拙呢？"

禅拙应声而起：

"徒弟在此。"

明华道：

"禅拙，着你好好伺候这位云施主，取出他的人心来。松林、

229

杏林，你们两人即伺候王、李两位施主，做得干净点子。"

三人应诺。这所东禅院，廊下共有八根大柱，柱上都钉有铁环，摘人心是极配用的。当下禅拙即把云杰拖到柱下，反接两手在柱上缚了个结实，遂把他的辫子穿入铁环中，扣了个结实。王德、李全也被松林、杏林如法炮制，在靠东两柱上缚好了。才待动手，忽见禅悦起身道：

"且慢，且慢，我有一言。"

欲知云杰等三人性命如何，且听下回分解。

第二十九回

云侠士小受惊惶
三剑客大破僧寺

却说禅拙等正欲动手，禅悦起身叫且慢且慢，方丈明华问他何故，禅悦道：

"挖取人心，很非易事，手法不精，滋味就要减掉。前儿那两个很好的人叫松林、杏林做了就不适口，喝着终觉血腥气。本寺挖取人心的手段，要算着拙师弟，今儿这三个，就偏劳了拙师弟好吗?"

明华道：

"还是禅悦想得周到，禅拙，就你一个儿做了吧!"

禅拙答应一声，随向松林、杏林道：

"你们两个快来做下手，帮帮我的忙。"

二人应诺，松林就过去，把王德的衣服解开来，露出白雪雪胸脯。杏林接着松李全、云杰两人的纽扣，解开衣襟，都露出了胸脯。王德瞧这情形，早吓得魂不附体，忙哀求道：

"大和尚慈悲，可怜我上有老母，下有娇妻，一家子都靠我一个养活。此番从上差遣不关我事，求大和尚饶我一命，求大和尚饶我一命！"

禅拙冷笑道：

"谁耐烦听你的闲话？"

松林道：

"师叔，我肚肠最软，听他说得怪可怜的，就替他念几卷往生咒吧！"

此时，明华已叫小和尚掇了一个风炉来，放在当地，生了一满炉火炭，炉上安了一个铜锅子，半锅清水，煮得沸将起来，预备取出人心，立刻下锅煮吃，尝一个新鲜味儿。桌上安好碟子，葱姜酱油都备，壶内满贮高粱烧酒，众多恶僧一个个馋涎欲滴地候吃。只见禅拙取出一柄一尺来长的牛耳尖刀，明晃晃耀人眼目，弯起左腿，在鞋底上披了几披，松林提来一桶冷水。大凡挖取人心，下刀的当儿，须先把那人劈头浇下一桶冷水，使那人一凛，急忙下刀，那颗心就在外面，一来没有热血回护，二来容易挖取。杏林捧上一个铜盆，是预备挖出之后盛放人心的。当下禅拙衔刀在口，左手大拇指在王德心口点了一点，杏林张上铜盆，禅拙执刀在手，喝一声："浇水！"松林掇起水桶，只一泼，兜胸疾进一刀，王德大喊："哎呀！"禅拙刀柄只一挖，拨出热腾腾一颗心，盛于铜盆之内，杏林立把人心下锅，盖上了锅盖。禅拙就王德衣襟上揩抹刀上的血，不防腔子里热血直浇出来，禅拙身上溅着了好些。李全见了，知道不妙，索性破口大骂。禅拙道：

"这厮骂人，待我挖了他人心，再凿取他脑浆冲酒喝。"

遂命小和尚取脑凿和碗子来，一时取到。禅拙如法炮制，张盆浇水下刀，一般地挖出了人心，下入锅中，叫小和尚张好碗子，丢刀在地，左手执了脑凿，右手执一小锤，按定李全天门盖，轻轻两三下，早凿成一个窟穴，把脑凿只一扰，脑浆流溢，顷刻张了半碗，取酒壶倒了半碗的酒，搅得均匀，放向口，咕嘟咕嘟喝了个尽。小和尚接去了碗，禅拙拾起刀，抹净了血渍。松林提了桶冷水，杏林捧上铜盆。禅拙笑道：

"挨着这姓云的了。"

走到云杰面前，把刀一指道：

"我问你英雄何在？"

云杰叹一口气道：

"不意我云杰死在此间。妈，我的妈，孩儿不孝，你白疼我一辈子。"也闭住双目只待死。

禅拙衔刀在口，用大拇指点准了云杰心口，捺了一捺，杏林蹭身，张上铜盆，松林双手掇起那桶冷水，三个人，六只眼，精神全注在云杰身上。此时，云杰其苦万状，发辫穿在铁环中，紧紧吊住，双手反剪在柱上，脚上又绕了三道的绳，凭是通天本领，休想摆脱。只听禅拙喝一声："浇水！"一桶冷水兜头倒下，身上一凉，打了一个寒噤。说时迟，禅拙执定尖刀，觑得真切，兜心就刺。那时快，一道白光陡地飞来，鲜血直迸，扑通四个人中倒了一个。

且住，四个中倒了哪一个？是不是死了小侠云杰？

看官休慌，云杰是不会死的，如果杀死云杰，他的身子牢牢被缚在柱，如何会倒？如何会有扑通之声？现在倒地的正是那位挖心老手禅拙大和尚。此时方丈明华等专候人心下锅煮吃，喝令管炉的小和尚把炉火扇得焰腾腾的，只煮得锅水腾沸如潮，锅盖冲动欲起。忽见闪电似的一道白光，不知怎么，禅拙的脑袋忽然堕地，身子也就仆倒。众僧正在诧异，扑扑扑，男男女女，飞进了五个人来。座中禅悦和尚与窦祖敦瞧见了那一班人，吓得手足无措，悄悄退出后院，飞身上屋，一溜烟不知逃向哪里去了。

你道进来五个是什么人？原来，打头的正是女侠吕四娘，后继的是周浔、曹仁父、甘凤池、陈美娘四个。

却说吕四娘自从解救卜婷婷之后，回向曹仁父道：

"陆地腾云，究竟没有挟剑飞行得快速，咱们五人中只凤池哥、凤嫂子没有剑，累死了人。好在此去成都路已不多，现在这么着吧，烦曹侠挈了凤哥，我挈了凤嫂子，用剑术行走，快一点儿。"

曹仁父也很赞成。于是曹仁父带了凤池，吕四娘带了美娘，挟剑飞行，不异腾云驾雾，霎时已抵成都。击柝相闻，恰值初更时候。飞进大因寺，禅拙正欲动手挖云杰心，吕四娘瞧见大惊，急忙放剑，把禅拙杀掉，收回剑，遂腾身跳入东禅院，周浔等跟着跃入。窦祖敦与禅悦在汉口擂台上已经领教过吕四娘拳脚，知道万万不能抵敌，望影而逃，溜之大吉。禅悟、禅怡、松林、杏林还不知利害，都起来喝问：

"你们都是哪里来的？"

吕四娘也不暇回答，回头把柱上缚的云杰松了绑。云杰一松绑，宛如鱼入大江，顿时活泼起来，一个虎跳，纵到明华身旁。明华才待动手，云杰一把擒拿手，已把他提在手中，鹞鹰抓小鸡似的提出来，提到风炉跟前，见锅盖被沸得冲动欲起，一阵阵白汽水腾出来，笑道：

"和尚，你要喝人心汤，我就请你喝。"

说着，将明华头向下，脚向上，倒提起来，右手提了人，左手开去锅盖，即把明华向百沸汤中直浸下去。痛得这和尚两手乱抓，两脚乱蹬，嘴里宰猪般极叫起来。云杰见他极叫，知道口还不曾浸着，把他的脸横浸下去，好一会子，才见不动了。此时，吕四娘、周浔、曹仁父、甘凤池、陈美娘已与众和尚动手，东西两禅院顿时都大战起来。云杰丢下明华尸身，过来助战，就和尚手中夺了一件兵器，战到天明，杀死凶恶僧人七八十个。此时，明华已经烫死，禅悦已经逃走，禅悟、禅怡都各身负重伤，卧在地上呻吟不绝，松林被甘凤池踢碎肾囊，死于非命，杏林被云杰抓住，执住两足，撕作了两片，五脏六腑倒了个满地，禅拙伤于吕四娘剑下，这几个头等恶僧，差不多断送了个完结。那一班二等恶僧，战死有七八十人之众，也差不多十中去九，现在剩下的都是无庸无俗之辈，可与为善，可与为恶，一来是蛇无头而不行，二来是见吕四娘等英雄无敌，哪里还敢抵抗？齐伙跪下求饶。云杰喝问：

"你们要性命时，须说实话，不要性命，尽可不说实话。"

众和尚都道：

"阿弥陀佛，我们都是安分守己的，一切不端事情都是方丈和监寺等干的，佛菩萨在上，不敢说半句谎话。"

云杰道：

"你们寺中藏有妇女，藏在哪里？"

内有一僧跪爬半步道：

"藏在窟室中。"

云杰道：

"共有多少妇女？"

那和尚道：

"新来的，旧有的，合并算来，也只一百三十多口。"

吕四娘插口问：

"地窟在哪里？快引我们去。"

那和尚爬起身，在前引导，吕四娘、陈美娘、云杰跟随着抹角转弯，从禅院向北，穿过地藏殿、伽蓝殿、观音阁，到谈经处就住了步，这一所广厦，足可容一千多人，粉壁上是名手绘就的五百尊罗汉过海，那五百尊罗汉画得法相庄严，态度生动，都如活的一般，山海的风景也很夺目。这一间屋中，除讲经台之外，空洞洞的，不有一几一椅。只见那和尚道：

"地窟就打从此间出入。"

吕四娘道：

"四处无门，从何出入？"

那和尚道：

"门是有的。"

只见他走到壁间，把降龙尊者的那条龙向西一推，壁上果然就活动起来，罗汉移动，露出七尺长短一个蛋圆形门来。吕四娘等跟步跨进，却是一座石梯，一级一级地下去，走了十三级，方才到地。又是一重门，那僧举手叩门，里面女人声音问：

"谁？"

那僧回言：

"是我，快开快开！"

呀然门开，火光直射出来，吕四娘、陈美娘、云杰紧行跟入，那开门的女人见了生人，陡吃一惊，忙问那僧道：

"小师父，谁叫你引他们来？"

吕四娘接口道：

"谁叫你住此间来？你乐呀？"

打量那妇人，满脸脂粉，通体油滑，绝是下流贱骨。只见那妇人道：

"我是师父派定掌管窟门的，你是谁呀？"

吕四娘道：

"我是你师父请来查点人数的，你不放我进去吗？"

那妇人道：

"哎呀呀！大水冲塌龙王庙，一家人不认一家人了。你是新来的吗？"

吕四娘道：

"我公事在身，没暇跟你讲话，过会子你自会明白，快开门！"

那妇人指着美娘、云杰道：

"这两个是谁？"

吕四娘道：

"那是我的帮手，不必多问。"

妇人又问那僧：

"他们是师父请来的吗？"

那和尚道：

237

"快开门就是，凡事有我承当。"

那妇人道：

"我为管了这重门，不得不问个仔细。记得那天禅悦师父带了那姓窦的人来，师父因我放了他进内，狠狠骂了我一顿，还罚我十夜不得陪宿。吃一回亏，学一回乖觉。"

那和尚道：

"不庸唠叨，你开门吧！"

那妇人一边讲话，一边取钥匙开去了锁，把里窟门开了。这两扇门才一开，就听得妇女笑话之声，跨进门，灯火通明，见中间是一条夹弄，两旁千门万户，蜂房似的排列着，都是各妇女的卧房，夹弄竟有一箭多路长，顶上开列着不少的井口，是为窟室中通气用的。上面就是伽蓝殿后的菜园，终年锁闭，无人出入。吕四娘见各间窟室门口都贴有号数，宛如乡试场中的号房。吕四娘就向元号房中奔去。欲知后事如何，且听下回分解。

第三十回

开地窟解放众难女
假文凭顶替抵江南

话说吕四娘跨入元号房间，只见灯火通明，一个女子正在那里禀烛梳妆，房中牙床罗帐、玉枕锦衾、妆台椅凳箱橱，布置得都很精美。四娘道：

"你那女子，梳妆了吗？在这儿乐呀！还想家去吗？"

这女子正在绾发髻，听得背后有人讲话，回头见是四娘，忙起身道：

"你这位奶奶，面生得很，是新落圈套的吗？"

吕四娘道：

"我问你，在这儿好，还是在家好？"

那女子道：

"自然在家好。"

吕四娘道：

"愿意家去不愿？"

那女子道：

"很愿意家去，只是如何能够?"

吕四娘道:

"你们地窟中一百三十多人，都愿意家去的吗?"

那女子道:

"我虽没有仔细，知道愿意家去的，十人而九。"

吕四娘道:

"既然大家都愿家去，我就立刻送你们回家。"

那女子大喜，跪地叩谢，感激异常。吕四娘立叫那女子去知照各妇女，愿意回家的赶速收拾细软，走出窟门，齐集谈经处，听候发落。那女子欢然而起，自去传话。此时陈美娘、云杰也已走入。云杰见吕四娘要解放众妇女，忙道:

"此事且缓举办，窟中各妇女，大半是有案在官，还该交送到官，由官发落得好。"

吕四娘问云杰如何来此，怎么在这里受难，云杰遂把保护族兄到任侦查案子，以及卞女失踪，来此办案的事从头至尾仔细说了一遍，并言:

"今回不遇女侠，我命休矣!"

吕四娘道:

"原来有这么一回事，怪道你动口就说交送到官，由官发落。但是我的主张，不是这么。卞女现已回去，不在窟中，其余各妇女不管她有案没案，都是遭难之人。你也知道遭难人的家里盼望她们回去，都是望眼欲穿的，早一刻回去，家里人就早一刻安心。何况这一件案子是我们破的，又不是官府破的。我们不会处分，倒要叫官府处分?"

云杰是小辈，见吕四娘这么坚决爽利，自然不敢争论。

此时，那女子已把众女子传齐，夹弄中顿时挤了一弄的人。吕四娘道：

"你们不见天日已久，我引你们重见天日去。"

窟室中顷刻欢声雷动，于是吕四娘引头，唤开了内窟室门。那管门妇人瞧见众妇女涌出来，赶忙拦住道：

"你们都到哪里去？"

陈美娘再也捺不住，抢步上前，照准那妇人的脸，扬手打去，啪哧啪哧两记耳光，打得那妇人直跌了过去，一口鲜血吐出两枚牙齿来。陈美娘两手本有五百斤的力，这粉头自然支持不住，当下躲在一旁，不敢再行阻拦，一任开直了外窟门，潮一般涌出去，霎时走尽。一百三十多名妇女都到了谈经处，连那吃耳光的粉头也跑了出来。吕四娘走上讲经台向众人道：

"我有一句话告知你们。你们的欢喜冤家恶淫和尚，现已被铲削了个净尽，我知道你们中，瞧和尚做冤家的，还不致怪我多事。瞧和尚做欢喜的，就未免怪我多事了。我到了现在，也不能管你们见怪不见怪，须照我的意思而行。"

遂命那僧人宣告大众：

"方丈、监寺、监院、监斋、知客、司经、司香、司律各位大师，都已毙命，这位女菩萨大发慈悲，特地身入地窟，救你们重见天日。"

吕四娘吩咐大众：

"你们娘家姓什么，婆家姓什么，丈夫叫甚名字，家中还有何人，住在何府何县，各人自己报上来。"

众妇女逐一报告。四娘传了四个和尚上来，叫他们登录记册，问一个，写一个，一时写毕，四娘瞧过，又叫开出单子，叫请甘凤池、云杰、周浔上来，笑道：

"特有一事相烦，这些难妇，要送她们回去，没这许多送的人，路上怕又不很稳当。我想还是叫她们家属自来接去，较为便利。现在凡在二百里路内的，东路烦凤池去，西路烦云杰去，三百里之外，烦周侠去，都知照她们家属，限五天内，来寺认领。烦你们三位速去速回。"

甘、云、周三人接了单子，分头自去。吕四娘又命众和尚打扫血渍，收拾尸身，赶速备棺殓葬。一面叫把地窟中各物尽数搬移出外，把东禅院收拾了，安顿各难妇。即把各淫僧尸棺扛入地窟安放，使他们长眠地下，各得其所，处理得井井有条。曹仁父见了，万分钦佩。四娘笑道：

"我是忧患余生，此种知识，都是从阅历中得来的。"

过不到三天，周浔等都已回来，百里外的难妇家属已有来寺认领的，认着了都各感激叩头，欢然而去。四娘又叫把金珠细软，凡好携带的，都叫难妇携带去，难妇愈益感激。第四日上，来寺认领的更多了。到第五日，寺中只剩得十多个妇女，又领去了七八个，剩下三四个，都是无家可归的。吕四娘向云杰道：

"你可以去投文书报官，你带来的两个快班头儿被淫僧挖心，死于非命，这几个无家可归的妇女也应交给官府。大因寺善后，该如何办理，我都不管了。"

云杰应诺，即往成都县投文报告。成都县亲自坐轿来寺踏勘，把受伤的和尚禅悟、禅怡问了话，取具口供，又把各僧提案，问了口供。那无家可归的妇女，发与官媒择配。大因寺系敕建之寺，未便发封，另招住持，重振禅林。

云杰带来四十二人，现在只剩得四十个，内中健全的只三十二人，受伤的八人，那三十二个人不过当时被绑，推入剥人房受了一夜的虚惊，直到天明，经曹仁父解下。当时要紧叙述战斗，没暇兼叙。现在云杰领了文书，叫健全的扛抬了受伤的，取道自回富顺县去。王德、李全两人的柩暂寄在大因寺，候他家属自来搬运。

却说吕四娘、甘凤池、陈美娘、周浔、曹仁父男女五人，见此案已了结，也就起身分散。周浔道：

"你们都南下吗？"

吕四娘、甘凤池都言要回家一趟。周浔道：

"我可不送你们了。"

吕、甘、陈、曹四侠顺流下江，取道回江南来。哪里知道，吕四娘才抵家门，又出了一桩惊人奇案。

看官记得吗？《七剑八侠》上叙述过四娘的丈夫吕寿从常熟看症回家，谈起常熟县汪大令出签捕妻，严究赌案一节事。这位汪大令是谁，说话的要紧叙述海盗，不曾仔细交代，现在又出了惊人奇案，偏偏这件案子与汪大令很有关系，不得不详细补叙一番。

却说这位汪大令并不姓汪，是京东的著名大骗子贾五。彼时京骗子是天下闻名的，靠骗营生，总也有六七十人，却是各自为谋，各行其术，虽然争奇斗智，并不整齐划一。这贾五才智出众，识见超人，主张设党团结，聚会研究。众骗子见他年轻望浅，都不很理会他。独有老骗子胡达夫深然其说，就此赏识，招他为婿。贾五入赘之后，见胡女精于赌术，很欲见景生情，发展一二。这时候，南北交通，要算附载粮艘最为稳妥，粮艘却去了米，是空船，每每招载商货，不过要附粮艘，要等候的。因此通州等处，客馆林立，商官辐辏，市面很是热闹。胡达夫的家离通州只有四五里光景，差不多是半村半郭，往返极便利。骗子原是倚市为生的，因此，通州市上无日不有他翁婿两人踪迹。

　　这日，贾五绝早上通州，到午后还不曾做着生意，心下闷闷，正欲回家。忽有一人低头叹息而来，劈面一撞，撞了个满怀。贾五发言道：

"你这人走路撞到我身上来，没有生眼珠子吗？"

那人连忙赔罪道：

"因急事在身，不及留意，误撞了尊驾，万望恕罪。"

贾五见那人赔着小心，气就平了，遂问：

"你身有何事，这么地忙迫？"

那人道：

"我是跟官的，时运不济，花了一大注钱，投到主人，满望将本求利，挣几个省力钱。偏偏主人急病死了，我的钱也落了空。因此，心慌意急，误撞了您老人家。"

贾五问：

"是怎么一回事？"

那人道：

"我姓古，叫高升，我主人姓汪，是个大挑知县，分发在江南。前儿求得某中堂亲笔书信，领凭出京，为短了川资，要招一个带肚子跟班，我就托人荐去，借给主人一百五十两银子，跟随到此候船。不意主人昨夜急病死了，现在替他找朋友张罗银子去。"

说着，匆匆要走。贾五心中一动，遂问：

"你主人哪里人氏？多大年纪？客店中还有何人？"

古高升道：

"主人是汉阳人氏，通只三十多岁，客店中还有主人的兄弟二老爷。"

贾五道：

"管家休慌，我与你主人是乡榜同年，很要好的。我本来要资助他，既然遭了不幸，也不必去别求朋友。住在哪一家客店？引我去瞧瞧。只是你那二老爷我极少会，他叫什么名字？"

古高升道：

"原来老爷是主人的朋友，小的不知，放肆得很。"

贾五道：

"不知不罪，你二老爷叫什么名字？"

古高升道：

"我们二老爷叫子超。"

贾五同了高升到客店，高升先进去报信，汪子超迎出，询问姓名。贾五随意捏造了一个，即言：

"子超兄，我与令兄至交，不异通家兄弟。今儿正要来瞧他，途遇管家，得知令兄不幸，很是伤感。我知道令兄一介寒儒，身后必然萧条，况在客中。现在到底怎么样？"

汪子超大为感激，遂言身后一事无成，吾兄既与先兄要好，尚望相助一二。贾五道：

"朋友有无相通，况是末一回的事，自然竭力相助。"

遂问：

"令兄去世，不曾报官吗？"

子超回说：

"不曾。"

贾五道：

"那就有法子想了。现在且不要报官，请把令兄的官照咨凭以及中堂书信都交给我。他的身后衣衾棺椁都由我包办，不用费子兄一个钱。"

汪子超是个商人，不知利害，听了大喜。古高升是跟官跟老了的，见这情形，顿时动疑，遂阻止道：

"二老爷，且慢，此事还该从长计议。"

贾五道：

"斟酌斟酌也好，眼前最要紧是办理后事。管家随我来，先去瞧瞧棺材。"

拖了高升到外面，附耳谈了好一会儿话，只见高升眉开眼笑，也不说什么了。一时子超问他，高升也竭力撺掇，于是隐瞒不报。贾五代办丧事，花去了百数十两银子，骗到官照文凭书信，就带着上省，冒名禀到，骗术通天，竟然署任着常熟县知县。欲知后事如何，且听下回分解。

第三十一回

做官弃官权谋可喜
失顶还顶骗术通神

话说常熟县知县汪大令，谋到了署任，立即带眷上任。那古高升也跟随到任，派了个稿案优差，那是当日附耳密谈订定的。这汪大令很有干才，办理刑名、钱债各案，听断如神，一清如水。不过纵妻赌钱，稍为盛德之累。但是拘妻重办，颇有古人大义灭亲风尚，阖邑士绅倒也闻风凛凛。一年署任期满，官声极好，调补了华亭县知县。恰值圣驾南巡，华亭是松江首县，汪大令承办皇差，松属六县都把摊派的银钱解来，汪大令收下，就付出回文。为了皇差的事，阖署人员都忙到个茶饭无心，坐卧不宁。汪大令与古高升分虽主仆，谊犹骨肉，没人的时候总是同桌共饭。

这日，汪大令与古高升同坐喝酒，彼此尽了几壶。汪大令说有两瓶家藏药酒，最足祛风化湿，取出来尝尝。说着，亲自入内，取出瓶，开去塞，斟了一满杯，递与高升，遂道：

"此酒须得一饮而尽，才有力。"

古高升接来，一饮而尽，徒觉天旋地转，一阵晕，就晕倒了。汪大令大喜。

原来，汪大令衙门中请来的师爷，用着的二爷，都是同党骗子，办皇差的钱早已秘密陆续运去，现在把古高升用蒙汗药麻倒，更把高升历年积蓄的钱搜刮了个尽，不别而行，就此挂印逃走。

古高升迷迷糊糊，直到次日旁午方才醒来，四肢无力，不敢动弹，眼睁睁地盼着，不见一人进来。正在诧怪，恰好娄县知县为了件什么公事来拜华亭县，宅门上没人接帖，入内一瞧，只剩一所空屋，搜到下房中，搜着了个稿案家丁古高升，问他主人何往，瞠目不能回答。娄县立命把他带回衙门看管了，自己立刻上府衙，禀知府尊。松江府大惊，即着娄县严行究办。可怜这古高升，白当了几年稿案，只落得吃一场屈官事，收禁在县监，要他交出主人来。这古高升就此瘐毙在娄县监中，一言交代。

却说华亭县汪大令逃出松江，早已变更姓名，恁他海捕文书遍地缉拿。他总舒徐暇预地回乡。回到通州原籍，岳父胡达夫、妻子胡氏相见之下，无不笑逐颜开。贾五讲起对付古高升的手段，达夫很是欢喜，连声夸赞。当下胡达夫遍发请帖，邀齐大小各骗友到家叙话。帖子上写着："月之十二日申刻，洁樽候光，胡达夫率婿贾五拜。"下注小字一行道："席设本宅。"各骗友接到请帖，陆续赴席。胡达夫、贾五翁婿两人殷勤招待。大骗、小骗、老骗，群骗毕集。胡达夫向众骗友夸说贾五本领如何高妙，手腕如何敏捷，今回做着大宗买卖，把常熟、松江两处的事加倍渲染说了一遍，众骗友凑趣，自然赞不绝口。胡达夫道：

248

"前年吾婿主张设计联络声气，众位意思之间，都不很为然，现在也知道他不是童稚之见了。我今儿邀众位到此，一是叙叙，二要众位见见吾婿成绩，知道他的本领，三则旧案重提，团结一个社，彼此可以联络，彼此可以互助。"

达夫说毕，赞成结社的就有一大半，内中只几个前辈老骗子不发一语。达夫问他，一个老骗掀髯笑道：

"新出野猫强似虎，我虽老眼昏花，瞧见过已经不少，新出道谁不是本领通天？令婿人极聪明，做事也很漂亮，但是老弟终不该这么纵他。你我旧交，莫怪直言。"

胡达夫见他老气横秋，倒也不便把他怎样。贾五心中早也不自在，遂道：

"照老前辈意思该如何？晚辈倒要请教请教！"

那老骗笑道：

"兴一利总有一弊，多一事不如少一事，立什么社呢？"

贾五道：

"俗语一人没有两人智，不过聚首聚首，讨论研究，彼此互相帮助罢了。"

老骗掀髯道：

"不必多言。老弟，北京前门关王庙中那个测字的，你倘然能够在他身上骗到十万银子，我就服了你。别说由你立社，我还愿招你做头领，听从你的将令呢！"

胡达夫接口道：

"好好！贾五你尽应允他，烦在席诸位做一个见证。"

那老骗子道：

"很好，贾五弟果然在那测字的身上弄到手十万银子，我就设盛筵贺他。就烦在席诸位老弟作陪，当众推他坐首位，抬举他做头领，我第一个先听从他将令。"

众骗子齐声答应，于是坐了席。胡达夫、贾五分席敬酒，众骗就席间结了个社，提名叫作同义社，公请胡达夫做社首，贾五做社副，只有几个老骗子不入社。席散之后，胡达夫就知照社员，明日上京去，并邀请了四五个帮手。

一到次日，五个帮手都来。胡达夫、贾五同了，共是七人，取道望北京进发，抵京卸装，下了店，贾五先到关王庙瞧看。偏偏这日那测字的病了，没有摆摊。贾五心中就不大高兴，一步懒一步地走回来，经过一处，忽见车马塞途，把偌大一条胡同挤满了。贾五询问旁人，才知是当朝首相和珅，皇上念他参赞军务之功，特旨赏给宝石顶戴，王公卿相因此都来趋贺。贾五暗忖：这厮如此矜张，不妨小小玩他一玩。回到客店，即向胡达夫商议，秘密进行。

却说和珅，于次日特设盛筵，遍邀朝贵答谢。酒至半酣，食供两套，和珅向众称述，本朝除王公之外，得赏宝石顶的共有几人，屈指算来，挨着自己年纪最轻，蒙恩最早，真乃意想不到之事。众宾异口同声，都言：

"致斋相国功德巍巍，自应叨蒙异数。"

和珅正在得意，忽报圣旨下，和珅大惊，赶忙撤去筵席，摆香案接旨。见钦使是个内监，也不负救赍诏直到中门下马，笑吟吟进来，南面而立。和珅跪下，听候宣读。只听那内监道：

"奉上谕，有人参奏和珅于边事多所掩饰，于军饷多所侵冒，姑念前功，不与深究，前赐之宝石顶着即追还。钦此。"

和珅叩头谢恩，立即遵旨把钦赏的宝石顶双手捧与天使。天使收了宝石顶，立即乘马驰去，并不稍坐待茶。众宾客见了，便就渐渐散去。和珅素来骄贵，荣华无比，威权无上，现在骤然遭此屈辱，万分的羞惭，遂请了个病假。不意皇帝一闻到和珅有病，即遣太医来家视病，接着赐药、赐参、赐食物，络绎不绝。和珅本来没什么病，瞧见恩礼优渥，帝眷隆崇，遂也销假入朝。在便殿召见，谈论既毕，皇帝笑问：

"前日赐尔的宝石顶，为什么不戴？"

和珅当是天子戏言，碰头道：

"奴才辜负圣恩，既蒙追取，安敢再戴？"

皇帝诧问道：

"谁来追取？几时的话？"

和珅照实回奏。皇帝道：

"朕并未发过此旨。"

查问军机处、内阁及吏、礼二部，都回不知，天子龙颜大怒，立命严查假传圣旨的人，务获严办。和珅退朝回家，叫家人把步军统领某尚书、巡城各御史都请来。一时请前，和珅怒道：

"皇上钦赐物品，在我家中犹且被骗子窃去，辇毂之下，骗棍如此横行，要尔等来何用？现在限你们于三日内查还原物，查不着，莫怪有大处分呢！"

众官诺诺连声而出。当夜，步军统领衙门又接到一道严旨，于是雷厉风行，京城中顿时沸将起来，客店、茶坊、酒馆，挨户查搜，逢人盘诘，翻笼倒箱，骚扰异常。贾五向胡达夫道：

"区区一个宝石顶，我原不稀罕它，现在累及了众人，赶快送还了他吧！我们还有正事呢！"

于是唤一个骗友，附耳授计，其人欣然而去。

这日，和珅朝罢回家，才欲歇息，门上忽报步军统领某尚书派家人求见，说：

"宝石顶已经查着，人赃并获，特来请中堂的示下。"

和珅大喜，忙叫快唤他进来。一时唤入，那家人见和珅请安，呈上某尚书名片，口称：

"家爷叫多多拜上中堂，今日在大蒋家胡同，获住一个形迹可疑的人，在他袜子中搜得血红宝石顶一个。但不知这个顶子是不是中堂钦赐之物，叫家人送来，请中堂过目。"

说着，双手呈上。和珅接来一瞧，果然是赐件，遂问：

"贼子呢？顶子不错，果然是所失原物。"

那家人道：

"家爷叫回明中堂，这贼子还是按律严办，还是送到中堂府上，也要请中堂的示。"

和珅道：

"这么大胆的贼子，到底是何等样人，我倒要瞧瞧他，请你们老爷把贼子送来，待我问过了再交官严办不迟。"

那家人应了两个是，又请一安道：

"求中堂赏一张回片，家人好回禀家爷。"

和珅遂命给了他一张回片，那家人接片自去。忽报步军统领某尚书求见，和珅立叫快请，见面之下，和珅再三称谢，并言：

"老哥究竟有能耐，办事认真，案破得这么快，现在贼子可曾带来?"

某尚书听了一怔,遂言:

"哪里有此事?我正为搜查未得,特来中堂处求展限呢!"

和珅取出他的名片,遂把方才的事说了一遍,某尚书大怒道:

"鼠辈鬼蜮至此,我誓必破获此案。"

和珅道:

"此辈类多亡命,逼得紧了,倒要生出他变来,我的顶子已获,便宜他们,不与深究吧!"

某尚书遵谕而退。自从和珅失顶还顶的事出了之后,官场中说到骗子,无不谈虎色变。不意恼起了一位出将入相带兵多年的英雄,此人名叫阿桂,满洲人氏,就是《儿女英雄传》中的安公子,以经略大臣,入觐在京。这日在宴会场中,有说起和珅遇骗事的,并言近日的骗子其术之巧,令人不可捉摸,吾辈很宜谨慎。阿桂掀髯笑道:

"致斋官居极品,未出都门一步,被鼠辈目为纨绔子,自然乘间施术了。即如我,久历戎行,饱尝风雨,什么事不干过,什么人不见过,鼠辈哪敢施伎俩?"

说着,向项下指道:

"我这颗明珠也是皇上钦赐的,有本领取了去,我才服他。"

原来阿桂这颗赐珠约有龙眼大小,为了君恩高厚,缩着金丝,戴在项下,一刻都不离身,所以他才敢大言炎炎。不意此语传入贾五耳中,又挑出一场事故来。欲知后事如何,且听下回分解。

第三十二回

胡达夫巧使美人计
窦祖敦陡遇摄魂花

却说经略大臣大学士阿桂次日早朝，乘坐两人肩舆，入紫禁城。禁城地很空阔，一望可以数里，阿桂于晨光熹微中，见有一辇远来，一出一入，须臾已近。辇中人须眉轩爽，似曾相识，瞧他气派，不知是哪一个亲王、贝勒。阿桂连忙出轿步行，那贵人也下辇步行，忽朗声道：

"来的不是云岩吗?"

阿桂见那人呼自己表字，连应是是，站住了思索。那贵人已经抢步至前，向阿桂道：

"光阴真快，记得二十年前，某月某日，同在朝房中，与云岩一会。当时云岩并无髭须，我也是少年。今儿相会，云岩的须已经这么斑白，我也于思于思，彼此都各老了。"

一边说，一边以指自将其须，并引手与阿桂之须相比，既而大笑，拱手而别，阿桂也乘轿入朝。一时朝罢回家，才欲解衣，项下明珠已经不翼而飞了，遍找不得，始悟在禁城中遇见的是京骗子，自觉羞惭，秘不宣布。

隔了几日，阿桂应某侍郎之约，赴戏园听戏，听毕回家，觉靴中很是不适，脱下瞧时，有物堕地，拾起一瞧，正是所失的钦赐明珠呢！

看官，这都是贾五闹的玄虚，那贵人就是胡达夫乔扮的。这时光贾五进京，一戏和珅，再戏阿桂，声名洋溢，骗界中除几个老骗之外，已没一个不心悦诚服的了。

贾五要制服老骗子，天天派人到关王庙去瞧那测字的。这日得报，测字的摊设了。贾五亲自去瞧看，见是三十来岁一个穷儒，却鼻直口方，眉开眼朗，生得好一副相貌。贾五见了，眉头一皱，计上心来，回到客店，与岳父胡达夫商议了一会子，说出计划，胡达夫也大赞妙计。这日饭后，胡达夫穿扮整齐，带了家人四名，坐骡车到关王庙来。看官记清，骗子做事，原同演戏一般，父子王仆良贱，都是同伙乔扮，逢场作戏，不能认真的。一言交代，不再细表。

当下胡达夫乘骡车，四名家人也都鲜衣怒马，阔绰非凡，一行人直入关王庙庙场，方才下车。先上殿拈过了香，然后徐步缓行，走向回廊闲逛，到那测字台前，住了步。那测字的见了达夫，忙道：

"请坐，可要谈谈？晚生游学来京，卖卜访友，一笔如刀，劈破昆仑分玉石，双瞳如水，照清湖水辨鱼龙。"

胡达夫道：

"正要请教。"

说着，坐下，拣了两个字。测字的问明用场，就照字拆说了一遍。达夫且不给钱，问道：

"瞧尊驾人品，很不该流落江湖，贵姓台甫？贵处哪里？本来是做什么的？"

测字的道：

"说也惭愧，晚生陕西人氏，姓李，名礼约，来京投亲不遇，没法奈何，只得卖卜糊口。"

胡达夫道：

"尊驾本来是做什么的？"

李礼约道：

"晚生也曾身入鲎门，本来是做教读的。"

胡达夫道：

"流落江湖，很是可惜，何不整理旧业，依旧授徒教书呢？"

李礼约道：

"京中是人海，谋事很不易，晚生又没熟人，叫谁引荐呢？"

达夫道：

"舍间正欲延请一位师父，教授儿辈，礼翁倘不见弃，就请奉屈如何？"

李礼约大喜过望，于是送过聘书，约定日子，延请礼约到家，即命儿子胡莲舫、女儿胡藕香叩拜师父，一般地设筵把酒，十分敬礼。这胡莲舫就是贾五充的，胡藕香就是胡氏充的，夫妻权为兄妹，翁婿暂作父子。拜了师，到馆听讲，两个学生。莲舫朋友甚多，时常出外访友，在馆的时候很少。那藕香虽是个女学生，倒很巴结向上，执经问字，深夜还不入内，礼约是个孤男，藕香是个独女，论名分虽属师生，论年岁相差无几，耳鬓厮磨，

256

成日成夜在一块儿，未免有情，谁能遣此？不过一个多月光景，却就勾搭上了。也是合当有事，这日，胡达夫闯进来，恰恰撞了个着，勃然大怒道：

"我好意请你来教书，谁知你竟是个衣冠禽兽，引坏我的闺女！"

喝令家人，把李礼约捆缚起来，拨片子送官究办。礼约羞惭无地，再三作揖认罪，请求宽宥。达夫不依，定欲捆缚。正这当儿，恰值莲舫回来，入问缘故。达夫气吼吼诉知其事，并言：

"我把这禽兽先送了官，再把那贱婢活活处死。"

莲舫先喝了藕香进去，然后拖住他老子道：

"父亲，犯不着这么气恼，先生不成才，慢慢再想法子处置吧！"

说着，把达夫拖了进去。此时，礼约心头小鹿不异十五个吊桶，七上八下，撞个不住。忽儿莲舫出来，问：

"先生成过家没有？"

礼约道：

"我是孑然一身，从未成过家。"

莲舫道：

"那就好了，舍妹也未有婆婆，家事已如此，张扬开去，彼此白丢脸面，都不能做人，有何利益？照我意思，不如将错就错。先生呢未娶，舍妹呢未字，索性爽爽快快，把先生招赘了。宾主化为骨肉，岂不两全其美？"

李礼约听了，感彻肺腑，不禁跪地称谢，碰头道：

"老弟真是我第一恩人，定当铭心镂骨，永远不忘。"

莲舫笑道：

"先生请起，容与家君婉商，家君极爱弟子女，弟子的话或不致痛遭摈斥。"

次日，莲舫进来，回称：

"家严已经勉强应允，不过吾家向无白衣女婿，总要先生争个一官半职，才不辱没门楣。"

李礼约道：

"我自当奋志用功，但等秋闱一捷，才不负丈人期望。"

莲舫道：

"考试的事情哪里算得定？就使中一个举人，也不能算是官职。"

李礼约道：

"除此别无进身之阶，奈何？"

莲舫道：

"我替先生算计，现在国家河工开捐，只消兑上几千银子，就可以捐到一个实缺，河工州县，走马上任，容易非凡。若说手头一时不便，这几千银子的事，既然做了亲戚，我也可以帮忙。"

李礼约大喜，再三称谢，莲舫向他要了三代履历。过不多几天，果然就送了一张河工知县官照来，莲舫又替他办了个引见，于是择日成婚，带眷到省，舅爷胡莲舫陪送到省，又替他上下运动，河督悬出牌来，委了他为收科委员。谢委到差，莲舫道：

"妹丈，你虽老于江湖，于官场一切事情却不很明白。现在这么着，你只消做个现成官儿，一应事情，外面的由我替你去办，里面的由舍妹代你办理，你一概不必问信。"

李礼约自然万分愿意。这位舅爷人极能干，孝敬上司，应酬同寅，驾驭仆役，无不恰得其分，因此李礼约官声极好，河工上、中、下三等人没一个不称赞他的。不到一年，就保升到记名知府，委为监督委员。莲舫又叫他上了一个治河条陈，河台大为嘉许，传入衙门，问了半天的话，立命他办理考成仪封阳武一段工程。这一段工程，他员估计总要二十四五万两，还不能全用石坝，他只消十六万八千银子，全用的是石坝，并且甘限三个月竣工。河台大喜，立叫他具状领银，克日兴工赶办。领到了银子，莲舫又叫他出示招工，分头估价。那谋充工头的，见了告示，便都纷纷来衙接洽，都与舅爷讲价，莲舫乘势便收了不少的运动费。就这夜里，里应外合，动起手来，一面胡氏下蒙汗药把李礼约蒙倒，一面叫骗伙把银子搬运出去，银子多了，足足运了三个全夜，这李礼约却就此蒙醉不醒，舅爷胡莲舫依然恢复他的原名贾五，奶奶胡藕香随同回籍，取消假兄妹，重做旧夫妻。这里李礼约虽然一醉不醒，河台具折奏闻，公款丝毫为重，少不得究办具保的同乡官，奉旨严追，一文也不得少。从此之后，骗子界中，不论老骗、少骗、大骗、小骗、新骗、旧骗、男骗、女骗，对于贾五，无不诚心悦服，一致推崇，公举他为同义社首领。贾五定出章程，声明号令，同社各骗友无不奉令唯谨。骗众既联为一气，又时相研究，因此骗子之术益工，受害之人愈众。

　　一日，有一个骗伙报称，夜来其妻无端失踪，遍觅不见，到天色黎明，忽来一个大汉，推楼窗飞入，掷下一个大被囊，瞥然不见，解开正是所失之人，双目紧合，睡得正熟。这大汉是何等的人，把吾妻盗了去又送回，是何主意？贾五道：

"这必是采花大贼，想来尊夫人总长得不差的。"

骗伙道：

"过去的事倒也不必谈论，防的是后患无穷。"

贾五道：

"请放心，花既采得，绝不再来，很不必贼出关门。"

那人去后，贾五向胡氏道：

"我又要跟你商量一件事。"

胡氏笑道：

"你两次借我之力，弄到二十多万银子，不曾谢过我，现在又有什么事来了？"

贾五道：

"我也无非为的是大局，现在同义社人虽不少，会拳技的却不曾有，我们的事是说不定的，万一经官犯法，到不能脱身时光，不有武艺超等的人，何能解脱？现在有一采花贼，既能黑夜入人家卷取妇人，他那飞檐走壁的本领不问可知。我想跟你商量，请你炫妆耀服，将那采花贼引来，却用蒙汗药把他蒙倒，捆缚了个结实，再用解药救醒，跟他拉交情，结为朋友，你道此计如何？"

胡氏道：

"你叫我炫妆耀服，却到哪里去炫耀？知道那贼子在哪里呢？再者，此人既有飞檐走脊之能，就算引得到家，一时之际，也难骤下蒙汗药。"

贾五道：

"采花贼物色妇女，总不离庵观寺院，今日恰是观音诞日，白衣庵有佛会的，你就那边烧香去。蒙汗药的事，我来预备。我想把蒙汗药、返魂香匀和了，包在手帕里，做成一个球，候他来家盗人时，给他个冷不防，照准他口鼻拍去。那时，他精神全注在妇女身上，必然不防，拍中口鼻，必然晕倒。"

胡氏允诺。这日，果然盛装而出，烧香回来，就见有一个环眼麻脸的大汉跟随到门，站住了，盯了好几眼才走开，告知贾五。贾五道：

"此人今夜必来。"

夫妇两人晚饭之后就暗暗预备，贾五取出蒙汗药、返魂香兑合和匀，包在一个手帕中，做成圆球的样子，再取解药，叫胡氏口含了一块，又搽抹了鼻管。贾五自己也这么弄了，解衣安寝。胡氏睡在里床，贾五睡在外床，亮也不灭，息气静心地等候。欲知采花贼来与不来，且听下回分解。

第三十三回

淫贼穷途投骗匪
名医妙手起沉疴

却说贾五夫妻两口子静悄悄睡在床上，专候那采花贼大驾光临。三更之后，万籁无声忽闻屋上哗啦作响，一会子，窗格呀然洞开，一个大汉探身而入，浑身上下一黑如墨，踏到地望着床，腾扑而来。走到床前，站住身，举手把台上点的油灯剔了个明亮，回身就揭罗帐。此时，床上两口子并不作声。那人揭开帐子，就灯光下一步瞧见胡氏的媚姿睡态，愈益娇艳动人，因外床有一汉子挡着，须得登床动手卷取。那人踏上床沿，俯身下来，左手扳住胡氏香肩，右臂正欲勾抱，贾五的药球早已捏在手中，是那人入屋时光捏好的。瞧见时机已迫，陡向那人口鼻轻轻地只一拍，说也奇怪，那圆眼麻脸七尺来长的大汉竟然会站立不住，咕咚直跌下来。贾五喜道：

"着了！着了！"

只见那大汉头搁在床沿，脚横在里床，斜躺在两人身上。贾五抽身而起，胡氏也爬了起来，急忙取绳子把那人两手两足都缚了个结实。贾五要了解药，立把那人救醒。那人睁开眼，见身子被缚，只见贾五笑嘻嘻问道：

"朋友，你贵姓台甫呀？到我这里来有什么贵干？"

那人道：

"我一世英雄，再不道会着了你的道儿。我姓窦，名祖敦，乃北霸天窦尔敦的孙儿。"

贾五听了，顿时做出惊骇的样子，连连赔罪，急忙松去了他上下的缚，请他房中坐下，开言道：

"兄弟生平最爱交朋友，窦兄的英名渴慕久了，一向无从拜识，今宵天赐机缘，窦兄会光临寒舍，不胜之幸，不胜之喜！"

看官，窦祖敦原是来采花的，现在见贾五这么恭敬，倒弄得他不好意思起来。贾五道：

"窦兄，你是磊落英雄，我也是风流浪子，很不必拘泥形迹。"

窦祖敦见他这么真心结交，才敢请问姓名，贾五说出姓名，窦祖敦大惊道：

"原来是贾五兄，怪不得我着了你的道儿，名不虚传，佩服！佩服！"

胡氏当下也过来相见了。此时窦、贾二人，一文一武，一智一勇，谈谈讲讲，很是投机。贾五起意，要与窦祖敦结义，窦祖敦也很愿意，天色黎明，窦祖敦始去。到晌午时光，祖敦已穿得衣冠齐整，徐步而来。二人见面谈话，更是莫逆。这日，就神前结拜为兄弟，祖敦为兄，贾五为弟，从此二人不异至亲骨肉，立誓有福同享，有难同当。

这日，吕四娘飞入大因寺，窦祖敦知道不妙，向禅悦打了一个暗号，腾身上屋，逃出了寺，躲在左近，探听消息。后得信，地窟已破，禅悦道：

"我已无家可归，现在到哪里去？"

窦祖敦道：

"我有一个义弟贾五，住在通州。其人智足谋多，跟我又十分要好，不如且投奔他去，不但可以安身，并可以商量报仇的法子。"

禅悦大喜，两人取道望通州来，昼夜兼程。不意到得通州，贾五已为了一件骗案被人告发，收拾细软，阖室南迁，正欲动身。窦祖敦、禅悦投到，贾五喜道：

"窦哥来得真巧，我正虑路上不稳。窦哥与我做伴，就不要紧了。"

窦祖敦问：

"老弟到哪里去？"

贾五道：

"拟到江南常州去，我有一个朋友，在横林镇设有酒坊，且到那里，再作道理。"

窦祖敦替禅悦介绍过了，于是立刻动身。窦祖敦、禅悦做了镖师，一路上自然平安无事。窦祖敦在路中，遂把所遭的事从头至尾说了一遍。贾五道：

"吕四娘究竟是何等样人，这么厉害？"

窦祖敦道：

"那是八大剑中的女侠，最刁钻，最厉害。她那剑术神出鬼

264

没，来无踪，去无迹，我受她的亏已经不止一次。"

遂把汉口打擂台的事说了一遍。贾五道：

"吕四娘家中，不知还有什么人？"

窦祖敦道：

"我知道她是有丈夫的，此外更有何人，却不很仔细。"

禅悦道：

"吕四娘的丈夫却是个还俗和尚。"

贾五道：

"师父如何知道？"

禅悦遂把医僧南下的事备细说了一遍。贾五道：

"吕四娘家住哪里？"

窦祖敦道：

"只晓得她在江南，不知在江南什么地方。"

贾五道：

"吕四娘的本领，你们断不能力敌，但是要制服她，我却还有法子。"

祖敦、禅悦齐声问计。贾五道：

"她虽然是剑侠，夫妻的要好，谅与常人无异。现在只要把她的丈夫诳了来，藏起来，凭她有通天本领，总要六神无主。咱们趁她慌乱当儿，就可以要挟她，她为了自己丈夫，总不能够不答应，那不就被咱们制服了吗？"

窦祖敦、禅悦听了大喜，即问：

"计将安出？"

贾五道：

"他既是做大夫的，更容易了，只消如此如此，这般这般。现在最要紧就是打听他的住址。"

窦祖敦道：

"且到了常州，再行打听。"

不则一日，已到常州横林镇，找着胡元昌酒坊。贾五这朋友，名叫胡友芝，原也是个京骗子，为了北方人才济济，发愿南下别树一帜，于去秋到常的，盘得酒坊一家，遮人耳目，总算是商人，其实是志不在此。

这日，贾五夫妇及窦祖敦、禅悦到了，胡友芝异常欢迎，立刻替他们收拾房屋，安顿行李，一面备酒接风。贾五道：

"我跟你打听一个人，江南有一个做大夫的吕寿，住在哪里？"

胡友芝道：

"此间没有，仿佛听得苏州地方，有这么一个人，不知是不是。"

贾五道：

"想来总不会错的。"

窦祖敦道：

"既然在苏州，我今晚就动身去请。"

贾五道：

"何必如此要紧？"

窦祖敦道：

"你还不知，吕四娘是个剑侠，空中来去，很是迅速，万一她已经回家，可就难弄了。"

于是窦祖敦、禅悦席散之后，立刻动身，望苏州进发，昼夜兼程地赶路。暂时按下。

却说吕寿自从还俗回苏，医道大行，所治疑难杂症无不得心应手。一日，齐门王姓延治其妻怪病，吕寿乘舆而往，登楼见病人年才三十多岁，动作如常，不过肌体素来瘦小，容色略现憔悴罢了。诊脉既毕，吕寿向王某道：

"尊夫人脉来濡弱，为恙必系日久。舌色嫩红，光而无苔，阴液必已亏耗。"

王某道：

"先生脉理，果然精深得很。贱内还是三月初头起的病，初时还不觉着。这两个月来，渐渐饮食少进，肌体瘦削了。自从三月到今，二便都从前阴而出，延医服药，总不见效。不知此病还能治不能治？究竟是什么病？"

吕寿道：

"此病名叫交肠，男女都有，不过女子患得较多罢了。"

王某道：

"从前几位先生也说是交肠症，怎么药总不很验？"

说着，取出方子来。吕寿接来一瞧，见开的是五苓散，遂道：

"交肠一症，有大小二便易位而出的，有二便都从前阴出的。暴病无虚症，久病必伤阴，五苓散专通前阴，专利小便。现症大小便同出前阴，并非是小便不利，何必再用五苓散？本症为日已久，血液不无枯耗，五苓散劫阴，又为亡血家所大忌，宜其服而无功。依脉论症，此病由于忧思伤脾，脾伤则不能统血，热情错

267

出下行，有若崩漏。问一问，令正初起，必是血崩过的，如其不然，我就不敢领教矣！"

王某道：

"先生神见，洞烛幽微。贱内在二月中，陡患崩漏，血下得很多，请了好几位郎中诊治，服了十多剂药，才慢慢地好了。哪里知道，旧病才去，新病又来，就得了此症。"

吕寿道：

"那就是了，这不是崩漏，实是脱营，乃脾伤不能统血所致，很该大补急固。必是彼时的各位误用了凉血清热之法，脱出转多，自然阳明之血亦渐渐地消亡，血尽然后气乱，气乱然后水谷，舍故趋新并归一路，大肠枯槁，幽门骤闭，饮食至此，毋庸泌别，遂致清浊并走前阴。令正平时必是多忧多虑之人，病中必多哭泣，是不是？"

王某道：

"得病之初，可不是时时哭泣？先生高见极是。现在唯有仰仗大力，转危为安。"

吕寿道：

"识病容易用药难，病到如此地位，也只好瞧罢了。"

说着，提笔蘸墨，写了集灵膏一料，日服三匙，夜服两匙，温开水冲服。王某大喜，恭送登舆。行不多路，忽有人拦舆邀住道：

"轿中不是吕先生吗？"

轿夫回说是的。那人道：

"我到过先生府上相请，知道先生已经出门，所以候在门口相邀。"

吕寿立命住轿，出轿相见，彼此一恭，遂问那人贵姓。那人回，姓刘，叫杏楼，也是做郎中的。接到里面，病者是杏楼的胞弟。杏楼道：

"舍弟的病已经三年了，奇怪得很。每日到晚上子刻，必然偃仆，手足僵硬，两目直视，不能出声。瞧他样子竟似死的一般，直僵到次日午后方苏。苏来则言动依然，饮食如故，别无他病。天天如是，首尾已阅三年。镇心豁痰各药业已遍尝，终无效验。"

吕寿道：

"现在总还醒着，且请出来瞧瞧。"

杏楼陪出病人，吕寿留心诊察，只见他气色晦滞，口眼呆瞪，面若失神，上下眼泡墨晕。坐下按脉，右手关脉虚大而滑，右寸若有散意，左手寸关尺三部脉皆细弱。再瞧舌苔，光红如无皮的一般，遂道：

"令弟平素必是用心过度，心营衰弱之人，又必是骤遭大不得意之事，惊及心君，病由骤遭失意，心胞气散，君火受伤，以致脾土不生，中州亏损，不能摄水，因而生痰。那痰是随气升降之物，天地之气，生于子，降于午，人身亦然。当子时一阳生，其气上升，痰亦与之俱升，逢虚则入，迷于包络之中，所以不省人事，僵仆若死。到午时一阴生，其气下降，痰亦与之俱降，包络得清虚，而天君泰然，百体从令了。"

杏楼道：

"舍弟合人股开一家南货店，生涯颇好，被邻舍失火烧掉，

269

惊忧几死，就此得了此病。"

吕寿道：

"病虽在痰，治却不能治痰。就为痰因损致，镇惊消痰，都是不中用的。只有补其心火，养其包络，俾其气不散，则痰不能侵扰而为害。并且君火渐旺，则能生土以摄水，其痰不消而自消。"

杏楼道：

"高见极是，但是痰既这么的多，骤进补药，不妨事吗?"

吕寿道：

"不妨。"

说着，写方，却是人参养荣汤，去远志、枣仁、五味、白芍。有人问在下：

"陆士谔，你也是做郎中的，平日总说误补留邪，总不大肯用补药。现在对于吕寿，独独据事直书，不插半句议论，不是曲笔回护吗?"

士谔笑道：

"治病最要紧辨表里虚实，补药何能独废? 我读《伤寒论》二十年，始悟出仲景治病，最重的是顾里。凡表里俱实，必是先解其表，后攻其里。表实里虚，必是先补其里，后治其表。总之，表里俱实，则里必缓攻，表实里虚，则里必先补。我说误补留邪，是指邪实而正不虚之人。现在吕寿对症发药，自然不能多所指摘。"

欲知后事如何，且听下回分解。

第三十四回

医惊病猛击茶几
毙妖狐秘合毒药

话说吕寿所治两症，王姓的交肠症，服完一料集灵膏，就渐渐地好了。刘姓服下药，这夜即不发，原方服了十剂，从此帖然安卧，永不再发。这都是后话。

却说吕寿这日共诊了七八家的病，大半是时邪温症，无足记录，回家已经是上灯时候。却有两个远道来的病人，等候已久。吕寿略一招呼，即入内晚膳。膳毕，再出看症。先诊一个，是嘉善来的，姓卜，年已二十八岁，烛光之下望去，面色苍白，行动举止大有弱不胜衣之概。坐下候脉，左三部的脉都细小而弱。卜某自述，病已在年，四肢无力，左肋下身侧上下高起如臂状，其色常青，每发则疼痛异常。吕寿问他饮食大小便，回称饮食大减，小便如常，不过小便微黄，已有三年之久。问他服过药不曾，回称遍历名医，总不见效。吕寿道：

"贵恙胀痛之部位，乃足厥阴肝经，兼足少阳胆经也。名叫甲胆乙肝，所以其色是青的。小便微黄者，脾也，诊胆脉独见细

271

小，此因惊也。惊则胆受邪，腹中当有惊涎绿水。"

卜某道：

"昔年店中被火，我正在房中熟睡，经人大声唤醒，见火已塞门，我吓得不能言语。我父亲拽住我，从火中奔出，到今已经四年了。"

吕寿点头，立方与舟车丸一百五十丸，浚川散五钱，加生姜自然汁两匙。遂问：

"宝舟是停在这里？"

卜某回：

"是的，想服了药，明日再请复诊。"

说毕，持方称谢而去。

第二个是个女娘，姓沈，无锡来的。自言病已一年，因去年独宿在房，陡闻邻家盗劫，惊堕床下，从此之后，每闻声响，就惊倒不知人事。陪来的两个仆妇都言我们家中人都蹑足而行，没一个敢冒触有声的。吕寿道：

"吾师徐灵胎，曾治过淮安大商程某之母，与此症似同而实异。此病由惊吓而起，程母病不由惊，故程病为怔忡，此病为惊也。"

沈妇道：

"就诊过好多位先生，人参、珠粉及定志丸，不知服过多少，总不见效。"

吕寿道：

"惊骇与恐惧不同。惊骇为阳，是从外入的。恐惧为阴，是从内出的。蓦然而来才惊骇，心有所畏才恐惧，一是自不知其

272

故，一是自知其故。足少阳胆，经属肝木，胆者敢也，惊骇则胆伤矣。"

遂命取一高椅来，放在地中，叫沈妇坐在椅中，又叫她同来的两个仆妇执住了她两只手。吕寿亲自动手，掇一茶几，放在沈妇面前，随手托一门闩在手，向病人道：

"娘娘请瞧此茶几。"

说毕，举起闩猛击一下，其声砰然。沈妇惊得直跳起来。吕寿笑道：

"我击茶几，吓什么？"

一会子，又击一下，瞧病人时，虽然受惊，已不跳起来了。隔一会子又击，惊得又好些。如此连击三五次，已不很惊骇了。吕寿又把闩击门，又密叫人在病人背后猛把窗击一下，此时沈妇已不很惊骇了，笑问：

"先生这是什么治法呢，不给我药方？"

吕寿道：

"我这个就是治法，就是药。《内经》上说，惊者平之。平者，常也。平常见之，必无惊骇，并且惊者，神必上越，从下击几，使其下亮，所以收神也。"

这夜，沈妇回船，吕寿密嘱舟人，叫他砰砰砰砰，做一夜声响。次日，沈妇果然就好了，凭是鸣锣放炮，都不惧怕。

那姓卜的上来复诊，言服药后，泻过四五遍绿水，现在痛势已经稍减。吕寿道：

"病还未尽。"

再令服舟车丸五十丸、浚川散一钱五分，仍调入姜汁大半匙。姓卜的去后，忽来一人，见了吕寿，喜道：

"大幸！大幸！今日先生恰好不曾出门。"

吕寿见是荡口王子明，忙问：

"有效验没有？才到吗？"

王子明道：

"昨夜赶了一夜的路，偏是风不顺，才到呢！"

吕寿请他坐下，问道：

"我给你的药，灵验不灵验？"

王子明道：

"灵得很，那东西果然中毒死了。先生，你道是什么东西？却是狗一般大的一头青毛狐。"

吕寿道：

"竟是狐妖吗？"

子明道：

"真是一头大狐。"

原来这王子明是荡口巡检司的书役，他的老婆患劳怯症已有三年，遍延名医，服药无效，已经卧床不起了，闻吕寿名，延去诊治。吕寿到他家中，见房间极暗，点烛望色，瞧见病人形色苍脱，诊她两手，脉来沉大中见滑数，十至中一鼓，或隐或现，不能一定，遂道：

"此非劳怯，乃阴邪之证，但不知名，非药可治，嘱令移房明舍，再延道士禳解。"

更叫其母以好言婉问见何鬼祟，问明当再替她想法子。期限家遵言问妇，妇只不答。及至迁移房间，才瞧见褥上有数茎毛，寸半多长，大有似乎狐妖迷人。于是忙延道士禳解，并挂起天师符印。到了夜里，房中多人围绕，不意邪祟来得更烦。王子明逼问其妇，其妇始言但觉冷风吹面，身即寒噤，胸前如压巨石，却就昏去不知人事。王子明又到吕寿家求救，吕寿道：

"我只会治病，不会治妖。"

王子明哀求再四，吕寿推辞不得，苦思良久，猛悟人交是阳交，狐交是舌交，因翻阅《本草纲目》见载着：

> 狐之迷人，先用口向女子阴户一吷，其人即昏迷不省。或男子，则向阳物一吷，亦令昏迷。方用真桐油抹于阴户、阳物上，其狐即大呕而去。妙不可言，秘之。

吕寿暗忖：此狐迷人几死，非用药毒毙，总有后患。于是即以甘草、甘遂、大戟、莞花、海藻、白密、葱头等相反之药，合成毒药，叫王子明取回去涂在其妻下身，须当秘密，万万不可闻知六耳。王子明欣然取药而去，狐来果然中毒而死。王子明异常欢喜，立即上苏州报知吕寿，吕寿见方法灵验，也很欣然，遂替他立了一张气血双补之方，叫他把狐剥了，肉煮吃，骨煅灰和入药中，研细为丸，令病人早晚吞服。王子明持方称谢。去后，踵门求诊的已有了四五个，逐一诊治，逐一开方，都不过时邪感症，无足深论。将次诊毕，姓卜的又进来道：

"先生真是神药！我今朝服下药，又下了绿水三四次，现在已经不痛了，夙恙顿然若失，四肢顿然有力。请先生再赐一方，就要回去了。"

吕寿即为候脉，候了半天，开言道：

"我知尊夫人在家，也该有病。"

卜某道：

"先生不曾见过拙荆，怎么知她有病？"

吕寿道：

"贵恙因惊骇而起，病已四年，此四年中，尊驾决然没有生过女子，是不是？"

卜某道：

"是的。"

吕寿道：

"尊夫人必病手足心热，四肢无力，经血不时，是不是？"

卜某道：

"是的，先生何以知道呢？"

吕寿道：

"尊驾胆伏大惊，甲乙乘脾土，是少阳相火乘脾，中有热，故能食而杀谷。热虽能化谷，其精气则已不完，败精能损妇人，故我知尊夫人有病也。"

某卜叹服。吕寿立一调理方，卜某称谢而去。

午饭之后，吕寿才欲出诊，忽一人匆匆奔入，向吕寿兜头一揖道：

"即请劳驾援救则个！"

定睛瞧时，认得是东邻李孝廉，问他何事，李孝廉急得满头大汗，黄豆大的汗珠子一颗颗淌下来，急言：

"所狎之妓，忽得急症，势已垂危，命在顷刻，倘遭不测，

276

祸不可解。恳求瞧邻居分上，即随去救治。"

吕寿应允，问明了地址，遂道：

"李兄先请，兄弟随后就来。"

送出李孝廉，即登舆出诊。第一家就到那妓家，李孝廉迎出，执手道：

"吕兄一到，我的胆气就壮了许多。"

迎入房中，瞧见病人口吐白沫，僵仆于地，鼻口四肢俱冷，双足僵直，两手撒开，气息如绝，瞧样子很是骇人。吕寿坐地为之候脉，气口如平，不像有病之人，倒弄得不懂起来。诊了再诊，确是无病之脉。寸尺来去长而有神，不速不迟，不浮不沉，如何会有病？忽见病人的手，忽然覆转，暗忖：前已撒手，今能反手，脉又无病，内中决然有诈。乃出其不意，猛拽其手，顿脱有声，力强有劲。暗忖：治诈病之法，莫妙于仲景《伤寒论》。遂向李孝廉道：

"此病大危，非用大艾火炙，绝不可活。并且周身三百六十五穴，穴穴非炙五十壮，绝不能回其将绝之阳。人中、眉心、小腹数处，最为要紧，最要先炙。我家中藏有陈艾，快叫人去取，这么大炙非得艾二三斤绝难济事。"

李孝廉道：

"这么大炙，不要有炙疮吗？"

吕寿道：

"炙疮是断不能免的，命却保住了，照目前样子，不炙定有性命之虞。"

李孝廉恳求另想别法。吕寿道：

"姑先与一药，服后稍有声息，那时生意已复，即不炙也无不可。如果药入不咽，或咽后无声，那就不能不炙了。"

说着，遂取出两粒药，先叫她用温水化下，服药后如何情形，快来报我，我在外面坐等。这妓女为了吃醋的事，诈病吓人，吕寿却就用大艾猛炙之法还吓病人，病人果然闻言惊惧，深恐艾火著体，药到即咽，不多会子，即有哼声，徐动徐起了。李孝廉大喜，再三称谢，恭送登舆。吕寿这日又诊了七八家的症，方始回家。

看官，这部《七剑三奇》尽记吕寿诊病，连篇累牍地写下去，看官们定然要生厌，定然要说陆士谔做了医，动不动谈医说病，三句不离本行。但是士谔是个记实的，不会说谎，可又怎么样？恰巧救星到了，这救星不是别人，就是窦祖敦、禅悦两个淫贼。祖敦、惮悦这日行抵苏州，窦祖敦扮作家人模样，手捧纹银百两，就到吕寿家相请，说是松江王进士专舟来苏迎请，因病势危急，恳求连夜下舱，预备早开早到。吕寿不知是计，欣然下船。欲知后事如何，且听下回分解。

第三十五回

四娘黉夜访翁戚
吕寿中途救舟子

却说吕寿被诳下船，船上人立刻拔篙开行，一因天已黑夜，二因伏居舱中，自然分不出东西南北，辨不出常镇苏松，英雄已入彀中，金蝉何能脱壳？看官，当吕寿被诳之日，正四娘归里之时，这里头真是间不容发。吕四娘要是早到一步，窦祖敦的鬼蜮定遭觑破，绝不会有种种波浪发生。

却说吕四娘回到家中，见只有一个挂号先生，两个轿夫在家守门，问吕寿时，已赴松江过诊，昨夜动身的。吕四娘问：

"有人跟随不曾？"

回称轿夫秋生随了先生去。四娘听得有人跟去，也就罢了，很不介意。过了三日，杳无音信，只道是病家留住了。到六七日，还不回来，又没有信，家中病家探问消息的户限为穿，四娘才着急起来。暗忖：苏松一衣带水，眨眨眼就到了，不如亲自去一探。当下交代家人：

"倘然先生回来，关照他远地出诊且慢赴，我已经回来，正找他呢!"

　　家人应诺。吕四娘当下挟剑飞行，排云驭气，戴月披星，径向松江进发，山河城镇，过眼宛如展画，一转瞬就到了。收剑落地，知道凤池、美娘还未回家，遂径投翁咸家来。

　　原来，吕四娘因凤池夫妇归心如箭，并不曾留住，知道他陆地飞行不及挟剑飞行得快速，断然没有到家。当下四娘身轻如叶，跃入翁咸家中，蹿房越脊，直到书房之外。见窗纸上透出灯光，屋中有淅淅磨墨之声，伏身窗隙望进去，见翁咸正在那里磨墨。四娘举手叩窗道：

　　"翁先生没有睡吗?"

　　翁咸不做防备，陡吃一惊，忙问是谁，吕四娘道：

　　"是我!"

　　翁咸道：

　　"你是谁?"

　　四娘道：

　　"我是吕四娘。"

　　翁咸开窗道：

　　"女侠怎么黄夜来此? 请进来吧!"

　　吕四娘走入，笑道：

　　"深夜惊动先生，很是抱歉。"

　　遂向旁边椅上随便坐下。翁咸口衔长旱烟管，一口一口地吸，不发一语，两个眼珠子却向吕四娘直上直下地打量。吕四娘道：

　　"前回亏了先生妙计，果得破镜重圆，人事碌碌，到今才得

280

抽身，来此面谢。"

翁咸道：

"女侠从哪里来？"

吕四娘道：

"从苏州来。"

翁咸道：

"几时动身的？"

吕四娘道：

"是今儿午后动身的。"

翁咸道：

"何其迅速？"

吕四娘道：

"说也惭愧，我是挟剑飞行的。"

翁咸道：

"哎哟！挟剑飞行二百里，巴巴地谢我，那是很不敢当的。"

吕四娘暗忖：讼师的言语果然厉害。遂道：

"我一来是面谢，二来还要跟先生打听一件事。松江王进士家有病人，到苏州请吕先生诊病，先生知道吗？"

翁咸道：

"松江地方不全没有王进士，并且也没有病人到苏州请郎中过。"

吕四娘惊道：

"松江竟没有王进士的吗？"

翁咸道：

"没有。"

吕四娘道：

"哎哟！我们吕寿定吃了人家骗也。"

遂把吕寿应聘的事说了一遍。翁咸问：

"几时的话？"

吕四娘回：

"已有六七日了。"

翁咸道：

"来请的人是何等样人？穿什么衣服？操哪里口音？"

吕四娘道：

"我恰不在家，没有仔细。"

翁咸道：

"女侠在哪里来？"

吕四娘道：

"在四川。"

遂把大破大因寺的事说了一遍。翁咸道：

"我问女侠，尊夫吕先生人缘如何？苏州地方冤家多不多？"

吕四娘道：

"拙夫人极和易，人缘极好，苏州地方并没有冤家。"

翁咸道：

"尊夫既然没有冤家，女侠在外行侠仗义，善良果然感激，奸恶能无怀怨？冤家既已众多，就难保不有乘间报复的事。"

吕四娘道：

"这可难了，我辈做事，唯知快意，冤家结多结少，谁有工夫去记他？这报复的不知是谁。"

翁咸道：

"女侠此番西行侦探，大破大因寺，救出地窟中难妇，杀死百余淫僧，但不知那主要的禅悦、窦祖敦可曾捕获？"

吕四娘道：

"翁先生，你真细心，这两个人，我初跳入寺瞧见的，后来忽然不见了。"

翁咸道：

"不曾交手过吗?"

吕四娘道：

"不曾交手过。"

翁咸道：

"窦祖敦、禅悦到过汉口，打过擂台，女侠的本领他们早都知道，自知非敌，自然望影而逃，所以跳入寺时光还瞧见，一动手就不见了。尊夫被诓，恰在大因寺大破之后，或与窦祖敦、禅悦不无有关。"

吕四娘道：

"哎呀！如果是此两贼，我们吕寿定遭不幸了呢！"

翁咸道：

"说他定遭不幸，倒也未必，不过饱受虚惊是不能免的。"

吕四娘道：

"先生神算，怎么知道我夫是饱受虚惊?"

翁咸道：

"这个极易知道。女侠的拳技，他们已经见而知之，女侠的

283

剑术，他们总也闻而知之，谅他们何敢轻捋虎须，自寻苦吃？我料他们诳尊夫去，或者想借此挟制，要女侠从此不与他们为难。女侠此刻回府，怕已有消息到家了呢！"

吕四娘道：

"先生何由知之？"

翁咸道：

"女侠不是说吕先生有一个轿夫随去的吗？他们要挟制女侠，必先把轿夫放回，叫他送信。"

吕四娘听说有理，遂道：

"蒙先生指示，感激得很，就此告辞，改日再来请教。"

说着，推窗而出。翁咸站起身送时，早没了踪迹。

却说吕四娘出了翁咸家，并不耽搁，挟剑飞行，径回苏州来。行抵苏城，天犹未晓，轻如落叶，悄然回家，家中的人都还没有觉着呢。

次日，曹仁父来访，四娘接入，诉知吕寿被诳的事。曹仁父也代为愁闷，仁父热心，便要出去代为查访。吕四娘道：

"大海中捞针，从何处着手呢？我已问过翁咸，翁先生叫我候着，总有消息到家。有了消息，再想法子。"

曹仁父也只得罢了。又隔了两日，轿夫秋生果然放回来了，持着吕寿亲笔书信。四娘急忙拆看，只见上写着：

四娘贤内助妆次：

余于某日，受王进士百金之聘，赴诊松江。不意所谓王进士者子虚乌有，同舟突现赳赳桓桓者二人，一系

284

故人大因寺僧禅悦，一系豪杰窦祖敦。渠等因吾妻任意而行，开罪彼党不少，欲余婉商吾妻，少抑豪气，使渠等得以笑傲江湖，两不相碍。如获金诺，即放余归。倘然意气用事，吾行吾素，渠辈必挟余为质，偶有伤损，报复立加。

嗟乎！吾妻，吾命悬于妻手，务希念结发之情，设法挽救。延颈翘盼，望眼欲穿，即候近安。

吕寿手启

吕四娘瞧毕，即问秋生：

"先生现在哪里？"

秋生道：

"我动身时光是在黎里，现在又不知到什么地方了。"

吕四娘道：

"住的地方没有一定的吗？"

秋生道：

"光福、木渎、陈墓、陆墓、陆泽都到过，哪里有一定地方？"

吕四娘道：

"居无一定，倒很费事。"

秋生道：

"窦英雄叫寄声娘子，倘然被逼过甚，定要把我们先生载到大湖中种荷花呢！"

吕四娘闻言大惊。原来这种荷花是江湖中最惨的惨剧。其法把人载到湖荡深处，用细麻索反剪两手，缚了个紧，把双足也缚住了，却取一中坛，将那人两足插进坛口，向水中一抛，直沉到湖底。两足被坛套住，坛中浸满了水，怎是会水性的，也难浮身，足骨格住坛口，怎慢年深月久，尸身也难氽起，不比缚石投江，绳子腐烂，尸身就要上浮。四娘久闯江湖，深知其惨，如何不要惊骇？且暂按下。

　　却说吕寿被诳入船之日，正霍乱流行最剧之时。船到木渎宿夜，邻船一舟子夜半忽患霍乱，吐泻交作，四肢抽搐转筋，目陷纹瘪，势极危险。上岸延医，医至，言病已不可救药，姑与参术姜附，希冀万一挽回。吕寿不禁技痒，向窦祖敦道：

　　"邻舟之病，服此医方必死，我愿前往救治。"

　　窦祖敦倒也强盗发善心，慨然应允，生怕吕寿借此脱身，陪他过船，向舟人说知。邻舟之人大喜，那延来的郎中见吕寿毛遂自荐，颇存藐视之思。吕寿诊毕，叫先打生姜自然汁止呕，写出方子，是晚蚕砂一两，六一散一两，丝瓜络、生竹茹各三钱，生薏仁四两，宣木瓜一钱半，生香附二钱，陈皮一钱，青木香一钱，加带梗鲜荷叶一全张而已。那郎中冷笑道：

　　"此种方子，如何会愈病？"

　　此时舟人已把姜汁打好，用匙喂下，呕吐立止，见有奇效，大为信服。吕寿又叫用烧酒调姜汁，擦病人四肢及转筋处。一时药来，急火煎煮，药未煎好，四肢已渐还暖，服下药，泻亦渐止，转筋亦定，舟人感激称谢。那郎中也大为叹服，请教吕寿姓名。吕寿邀他过船谈谈，那郎中道：

"惭愧做医半生，才疏学浅，遗误很多，极愿恳求指教呢！"

过船坐定，开言道：

"仲景治霍乱，寒多以理中汤为生方，热多以五苓散为主方。今先生事不师古，倒有奇效，这是什么缘故？"

吕寿道：

"《伤寒论》云，头痛身疼发热恶寒吐痢，名曰霍乱。那么仲景之霍乱，也是伤寒转为霍乱之霍乱，所以外证有头痛身疼发热恶寒种种见证，与目下流行之暑热霍乱有何关涉？即以今日舟人之症而言，既不头痛身疼，又不恶寒发热，理中汤下咽，知必无幸。所以兄弟才敢越俎，尚乞海涵。"

那郎中道：

"先生侠骨柔肠，灵心慧眼，不胜钦佩。但不知暑热霍乱，从何而起？"

吕寿道：

"大凡春分以后，秋分以前，是少阳相火，少阴君火，太阳湿土，三气合行其政，故天之热气下降，地之湿气上升。人在气交之中，受其蒸淫之气，由口鼻而扰其中，遂致升降失司，清浊不分。所泻所呕，都是五脏之津液，若不急为分清宣化，必致液竭身亡。此症起必呕吐泄渲，继必转筋，泻吐病在胃，泄泻病在脾，是乃湿土之变。转筋病在肝，是乃风木之变。风自火生，火随风转，乘入阳明则呕，贼及太阴则泻，窜入筋中则转筋。吐泻既多，脏腑之液不能养筋，肌肉之液反来救脏，所以转筋之后，必致肌肉暴削，指绞皆瘪。病到如此地步，再投温药，是助火烁液也，安得不毙？"（陆士谔君精于医，治病有奇效，每喜假小说发挥所

287

学，如此段脏液养筋，肌液救脏，千古未经人道，嘉惠医林不浅。德珍识。)

那郎中道：

"脏腑之液，不能养筋，才转筋。肌肉之液，反来救脏，才瘪纹。卓识名言，使人茅塞顿开。佩服！佩服！"

遂告别上岸而去。欲知后事如何，且听下回分解。

第三十六回

九个字解除奇厄
两兄妹喜遇名师

话说窦祖敦与禅悦，见吕寿大讲霍乱，满口的湿土西木，太阴厥阴，听得大不耐烦起来。窦祖敦冷笑道：

"先生倒自在，在患难之中，还高兴大背药书！"

吕寿知道他是讥刺，笑不与辩，手执一卷仲景《伤寒时病论》，独自瞧看。原来吕寿出门，医书是随身带的。他的《伤寒论》宛如吕四娘的神剑，不可须臾离也。从木渎开陈墓，陈墓开黎里，窦祖敦打发秋生回苏，逼令吕寿写信。吕寿却于收束时光，写上设法挽救一句话，祖敦、禅悦都是粗人，如何瞧得出？窦祖敦关照秋生：

"你一动身，我们就要开珠街阁了。"

秋生取信去后，窦祖敦命船折向北行，从无锡一路向北，直到东横林镇，见了贾五，执手称谢，遂把吕寿交与贾五看管。骗子胡友芝知道禅悦、窦祖敦都是武艺超群的英雄，接待得万分殷勤。这夜，办酒接风，吕寿身不能自主，也被拉入席。席间谈吐风生，贾五、胡友芝讲说的是如何设计、如何骗人种种鬼蜮伎俩，窦祖敦、禅悦却讲掳掠、行劫、采花各种手段，大言炎炎，旁若无人，把个吕寿听得目骇心惊，坐立不安起来。看官，吕寿在骗子家里，起居饮食，一切待情还好，只不过举动不能自由。窦祖敦、禅悦因为付托得人，依然出外干那强盗营生、采花勾当。按下慢表。

却说吕四娘接着吕寿的信，听了秋生的话，不禁慌张起来。俗语事不关心，关心则乱。吕四娘阅历何等老练，识见何等精深？倘是人家的事情，她一语就可来判断到底。现在事犯到自己身上，竟也会慌乱起来。跟曹仁父商议，曹仁父道：

"既然说开往珠街阁，总不离西南一路，我就替你侦查去。元和县属的章练塘镇却是青浦、元和、娄县三县交界处，我现在先到章练塘，再折入青浦查去。"

吕四娘大喜，于是曹仁父立刻动身，向西南一路进发。四娘自己也就动身，向松江进发，挟剑飞行，真是快速，一转瞬就到了。到了松江，竟投翁咸家。偏偏翁咸被松江府知府请了去，不在家。

原来，松江府知府丁太守近来遇了一件很难的难事，没法处置，特请翁咸到衙门商议。这件事由提督军门与提督学院各闹意见，各不相下，恰值丁祭，军门上阶谒圣，误踏了一块石子，几乎跌仆。学院就小题大做，动折纠参，说军门不恭祭典，藐视至圣。朝廷降旨，着松江府知府据实查复。丁太守奉到廷寄，可就难了。提台、学台都是上官，都很要好，这件事侧了提台一边，学台就要坐诬告之罪，何以对学台？侧了学台一边，提台就要坏掉，何以对提台？绕室彷徨，筹思无计，与幕友们商议，要想一个两全之道。众幕友瞠目相顾，一筹莫展，只得卑礼厚币，邀请翁咸到衙。翁咸翩然入署，拱手道：

"宪公祖，府中人才济济，岂为了这一点子小事竟没一个谋划的吗？大奇大奇！治晚是草野鄙夫，何足谋大事？"

众幕友听了，老羞成怒，都不禁怒形于色。丁太守却和颜悦色，再三请教，遂把谕旨取出，给翁咸瞧看。翁咸笑道：

"宪公祖必要治晚设法，也很容易，只消九个字能了。不过治晚境况艰窘，谅已早邀明鉴，这九个字却不能贱卖，每个字须白银一百两，倘若原谅，当效微劳。"

丁太守道：

"这个不值什么，遵命是了。"

立命账房付出九百两银票一纸，翁咸接来藏好，笑道：

"宪公祖恕我小介，治晚竟不客气了。"

此时，众幕友围了一桌子，瞧翁咸写字。翁咸执笔，先写了一个"臣"字，众人见了，都不觉着什么。只见他落笔簌簌地写下去，却是：

臣礼宜先行，不遑后顾。

丁太守佩服道：

"亏得先生深民密虑，心思周到，否则我亦不能免罪矣。祭圣之时，我在前面，背后的事如何会知道？倘然复称瞧见，那么瞧见时必须回首，回首就先犯了不恭祭典貌视至圣之罪，九百两银子真不贵。"

翁咸大喜，手持银票而回。踏进家门，吕四娘已在客室中等候多时了，听得脚步声响，迎出来道：

"翁先生才回吗？贵忙呀！"

翁咸忙道：

"哎呀！女侠几时来的？"

吕四娘道：

"也不多会子。"

翁咸坐下，吕四娘道：

"先生真是神见。"

遂把秋生放回的话仔细说了一遍，把吕寿的信给翁咸瞧了。

翁咸道：

"此信是尊夫亲笔？"

吕四娘回：

"是的。"

翁咸道：

"现在女侠的意思要怎样？"

吕四娘道：

"先设一个法子，救拙夫回来。"

翁咸道：

"那很容易，只消先应允了他的请，且俟吕先生放了回家，再慢慢布置他就不妨事了。"

吕四娘道：

"此计果好，但是我们侠家最重的是信义，言一出口，绝无

292

反悔，断然不能行。"

翁咸道：

"那么只有用剑力索回人质了，但恐行之过于操切，反与质人大有不利。"

吕四娘道：

"秋生回来说，船已开往珠街阁，现在曹侠已到那边侦探去了。"

翁咸道：

"盗贼狡诈，惯喜指东话西，迷惑方向，其言断难作凭。"

吕四娘道：

"那么不走西南，反走东北了？"

翁咸道：

"有一个凭据，十中有八九可靠。只消问那跟去的轿夫，他在船上好多天，摇船人是哪里口音，就可以知道是哪里的船。虽不见得哪里的船，就会藏在哪里，但查着了摇船人，就可知道船在哪里雇到，过几处码头，从何来，从何去，查起来有个线索了。"

吕四娘闻言有理，遂起身告辞，称谢而出，径投高家弄甘凤池家。

凤池夫妇也已回家，凤池的儿子甘虎儿已长了一十四岁，女儿甘小蝶也长了一十三岁，甘小蝶活似陈美娘小时光模样。凤池自服异草，已经返老为童，与虎儿站在一处，宛似大哥幼弟。兄妹两人跟着他妈陈美娘学得一身拳技。小蝶更是干练，九岁上，她妈保镖出外，她就在家料理门户，厨灶针黹，件件亲操。十二岁上，应聘出门保镖，一是仗着老子娘声望，二是仗着自己本领，闯走江湖，倒也不曾丢过脸。前年她老子西藏回来，兄妹两人正保镖南行远出。做书的要紧叙述讼师翁咸，不曾说及，现在他们夫妻父子母女恰都在家，顺便补叙一笔。

当下吕四娘到了，甘凤池就命虎儿、小蝶上前叩见。吕四娘瞧见粉装玉琢一对小儿女，不禁爱从心起，一手一个，挽住了手，细细打量，赞不绝口，遂问：

"十几岁了？念过什么书？会了几路拳脚？"

陈美娘道：

"说也惭愧，自从他老子被乌龙摄去之后，我一个妇人家支撑门户，哪里供得起师父？虎儿才念到《礼记》，小蝶《诗经》还没有念完，就此废了学。我胡乱教几路拳脚，带着他们闯走江湖保镖，到十二三岁，小兄妹两个就独当一面保镖了，浙江、福建、湖南、广东倒也走过三五趟，总算没有失事。"

吕四娘一手一个抱在膝上，不住地抚摩，笑道：

"咱们侠家的孩子，只消略认得几个字就是，又不要去充举子应考，博古通今是用不着的。倒是武艺却不能不精，说不得是将门将种。我瞧他们模样儿、性情都好，我倒愿意收他们做徒弟，教给他们剑术，不知凤哥和嫂子舍得吗？"

甘凤池道：

"那就是他们的造化了，好极！好极！"

四娘欢喜。陈美娘立刻就去办了香烛，叫虎儿、小蝶叩拜师父。这夜就设盛筵请师父，凤池亲行敬酒。席间吕四娘才把吕寿被窦祖敦、禅悦诓去的事备细说了一遍，并言两次访问翁咸，翁咸叫访寻摇船人，抓着了线索，就好寻根究底。甘凤池道：

"此事愚夫妇应当帮忙，两个孩子为了师父的事也该少尽微劳。"

吕四娘道：

"惭愧得很，师父不曾教他们本领，倒先烦起徒弟来。"

甘凤池道：

"这碍什么？一日为师，终身做父，师父就是老子。"

过了一宵，次日，凤池夫妇、虎儿兄妹跟随了吕四娘，取道往苏州来。欲知到了苏州，盘问起轿夫秋生来，是否寻出线索，且听下回书中再行分解。

第三十七回

无锡城兄妹双卖艺
采花贼仇敌巧相逢

却说甘凤池、陈美娘率同儿子虎儿、女儿小蝶，陪了吕四娘直达苏州，一路无话。四娘到得家中，第一件公事就是盘诘轿夫秋生。吕四娘唤秋生上来，问道：

"秋生，你跟先生下船，东西南北，走了这许多日子，跟船上人总伴熟的了。"

秋生道：

"日子虽多，却不曾伴熟。因为他们的船并不是雇定一艘，逢码头停泊，就逢码头换船，这几天换了有五六只船。上船落船，有时一日中连换两船，如何伴得熟？"

吕四娘道：

"来请先生的那船，船上人是操何方口音，你总还记得。"

秋生道：

"记得的，是望亭口音。"

吕四娘道：

"现在遇见时，你还认得吗？"

秋生道：

"认得，我不但认得，还叫得出他们名字，一个叫金海，一个叫小老虎。为的是这日摇至半途，两个摇船人拌起嘴来，彼此呼名大骂，所以我都知道。"

吕四娘道：

"这么好极了！现在给你十两银子，趁天色还早，立刻到望亭去，把这一只船唤来。倘然有人雇了去，你也不必回来，就在那里等候，候他回来，唤同一齐回苏。无论如何，总要把这一只船唤到。镇上没有，就在望亭左近问问，摇船人既是望亭口音，我知道这一只船总不离望亭左右。唤到了，我还重重有赏。"

秋生应了两个是，出门去了。

四娘留凤池夫妻父子在家，每日商议侦查吕寿的事。到第三日，曹仁父回来，报说章练塘、珠街阁、葑澳塘、青浦都查过，都没有眉目，都不见踪迹。曹仁父见凤池夫妻都在，就问：

"你们也为这件事情来的吗？"

凤池道：

"我们还有别的事，带送小儿、小女学业。"

遂命虎儿、小蝶出拜曹仁父，说明缘故。曹仁父是懂相法的，拖住虎儿相了一会子，又把小蝶相过，称赞道：

"形如猛虎，气若游龙，秀而不佻，慧而不黠，真是剑侠材料。长江后浪推前浪，一代新人换旧人，我辈老朽无能，理该卸肩。这座花花世界，让他们小剑侠管理了。"

甘凤池喜道：

"谢你金口，但愿他们能够如此。"

吕四娘也笑道：

"仁父老前辈的眼力很高，瞧我这两个徒弟，收得还算不错吗？"

曹仁父道：

"名师必出高徒，我平日是不轻易誉人的。"

当下四娘把往松访翁及已命人到望亭查那舟子的事说了一遍。曹仁父道：

"有了线索，就容易侦查了。"

次日，大家正在午饭，忽见秋生带了两个人进来，见过四娘，回道：

"船已经唤到，金海、小老虎恰好都在。"

四娘大喜，遂问：

"这两个就是摇船人吗？"

两人应是的。一个道：

"我名金海，他叫小老虎。"

四娘道：

"秋生，快陪他们厨房中吃饭去，吃过饭，我有话要问。"

秋生应了一个是，带着两人自去。饭毕之后，吕四娘就在吕寿诊脉室中问话，曹仁父与凤池夫妇、虎儿兄妹都在旁陪坐旁听，真所谓群贤毕至，少长咸集。吕四娘道：

"你在望亭镇摇船的是不是？"

金海道：

"是的，我向在镇上摇码头船，预备人家雇的。"

吕四娘道：

"那日载我们先生去，是你来摇的?"

金海道：

"是我来载的。"

吕四娘道：

"他们在什么地方雇你们的?"

金海道：

"在常熟城外，载了先生到木渎，就换船了。"

吕四娘道：

"一僧一俗是同来的不是?"

金海道：

"是同来的。"

吕四娘不禁大失所望，回向众人道：

"依然是茫无头绪，再不料恶贼淫僧，心思竟有这么周密。"

遂赏了金海、小老虎几两银子，命他们自去。甘凤池创议道：

"整日空言，何补事实? 不如大家切实做去，分头候探，究竟人多，撒下天罗地网，不怕他逃了天外去。"

曹仁父道：

"似这么守株待兔，终无破案之日，只消细心侦探，总有蛛丝马迹可寻。"

于是六个人分头干事。曹仁父认了东路一带，甘凤池认了西路一带，陈美娘认了南路一带，虎儿、小蝶合认了北路一带。吕四娘挟剑飞行，居中策应。即日出发，各奔前程而去。

却说甘虎儿、小蝶兄妹二人年纪虽小，心思却很精细，手段却很灵敏，扮作江湖卖艺之流，逢着城镇市集，开场炫技，总要停留一两天，暗访明查，处处留心，在在注意。

　　一日，行到无锡，摆开场子，行路的人便就住步围观，人愈聚愈多，圈愈围愈厚，为的是兄妹两人年岁过于幼小，长得过于漂亮，江湖上此种人物实是稀有少见。甘虎儿站立场中，向众人打了一个圆拱，开言道：

　　"小子甘虎儿，松江人氏，带同妹子甘小蝶北上投亲，路经贵地，短了盘川。自小学得几路拳脚，胡乱化几个钱。自知年幼技浅，不足动人，不过望各位大发仁心，原谅一二。倘有不到之处，幸勿笑话。"

　　说毕，就打起拳来，先开了个四门，向众道：

　　"我来打一套宋太祖长拳三十二势，这套拳是大宋太祖皇帝赵匡胤所传出。当时太祖靠着这套拳，打成天下四百座军州都姓赵，开出大宋三百年江山。"

　　说完话，把左手捏拳向下弯后，右手拼指向上一托，做成个懒扎势，遂旋身左手托起，右手放下弯向心前，右足盘起，成了个金鸡独立势。旋又变了个控马势，再变为拗鞭势。从第一势到三十二势，逐式演打，变化活泼，起落敏疾，围观的人无不喝彩。虎儿演毕，面不红，气不喘，笑向众人道：

　　"献丑！献丑！"

　　接着，小蝶试演。此时众人争着飞掷金钱，满场上金钱掷地之声铮钹不已。忽见一个麻脸汉子，生得额阔鼻高，圆眼深目，三十左右年纪，七尺以外身躯，闯入场中，一扬手，当地丢下七百文一串大钱来。虎儿猛吃一惊，暗忖：瞧那人状貌，好似师父说话的那淫贼。假作称谢道：

"蒙爷台重赏，请教贵姓台甫？"

那人冷然道：

"那又何必？你不过偶然卖艺，我也不过偶然经过，偶然高兴，很不必通名道姓。"

说着，头也不回地去了。这里虎儿也就知照小蝶，赶紧收场。回到下处，虎儿道：

"妹子瞧见吗？师父的仇人遇见了。"

小蝶道：

"敢就是给我们七百文钱的那人不是？"

甘虎儿道：

"妹子原来也瞧见的。"

小蝶道：

"我因师父说的形状很像那人，才这么说呢！"

虎儿道：

"既然遇见了，今夜倒不能不出去，侦查他一个明白。"

小蝶道：

"哥哥，师父和爹妈嘱咐的话，你忘记了吗？"

虎儿道：

"这也是师父太小心，爹妈太疼爱。其实妹子与我都不是三两岁小孩子，怕什么？你我闯江湖保镖，山南海北，遇着过多少英雄好汉。谅这和尚与姓窦的有多大能耐？既然遇着了，就把他设法擒住，也显显你我兄妹两人的本领。"

小蝶道：

"师父与爹妈何等叮嘱？可以违背得吗？"

虎儿道：

"妹子如果胆小，我一个儿去办是了。"

原来吕四娘与凤池、美娘为虎儿、小蝶年幼识浅，临另嘱咐他们遇着了窦祖敦、禅悦，万万不可交手。兄妹两人一个暗度着贼人，一个回来报信，总要待大人到了，才好动手。二人应允了，才许上道。所以，现在甘小蝶这么讲。哪里知道甘虎儿新出野猫强似虎，心高气傲，完全不把窦祖敦放在眼里。

这夜，一更之后，万籁无声，甘虎儿打开行囊，取出夜行衣服，穿扮起来。小蝶悄声问道：

"哥哥真个要去吗？"

虎儿道：

"妹子胆怯，尽安睡是了。"

小蝶道：

"去自然同去。"

遂也穿上夜行衣服，各带上了倭刀，推窗蹿出。兄妹两人宛如两头猴子，扑扑都蹿上了屋。抬头见满天星斗，静荡荡，无片云遮蔽。虎儿道：

"好天气，真凉快！"

两人一先一后，越脊蹿房，走了两箭多路，才落地飞行，往东落北，随意探去。忽闻梆声朴然，自远而近，知道更夫来了，忙蹿身上屋，平卧檐际。灯光亮处，更夫鸣锣击柝而来。一时更夫过去，才欲跳下，邻巷中狗吠唠唠，忽见一条黑影从邻巷中扑出，其行如风，迅疾异常，望去身影高大，仿佛就是日间所遇之人。扑扑，兄妹两人随即跳下，跟住那人紧紧追随，相离只有一箭来路。转了两个弯，见一所高大门墙，世家阀阅的样子。那人一蹲身，扑地跳了上墙，蹿房越脊，一道黑烟向内去了。星光之下，瞧见粉垣缭绕，知道是后门。甘虎儿道：

"妹子，此贼的身量很像日间所遇的那人。你我真不虚此行！"

甘小蝶道：

"瞧他夜行步法，不在你我之下，遇见了倒要小心。"

甘虎儿道：

"怕什么？他现在飞入那家去，总是做贼。我们守在这里，以静制动，以逸待劳。贼人进去是轻身，出来是重负。东西偷得之后，定然归心如箭，我就可以制服他了。怕什么？妹子精的是弹弓，我精的是金钱镖。我们有明器，又有暗器，怕什么？"

小蝶听说有理，也就不再言语。当下兄妹两人潜心静候，候到个不耐烦。小蝶道：

"哥哥，怕贼子不出来了吗？"

虎儿还未回言，听得墙内汪汪汪狗吠不已。虎儿道：

"不要响，贼人来了。"

一语未了，扑扑，一条黑影从墙内飞出，星光之下，觑得清切，只见那贼人背负一个大包，飞扑而出。甘虎儿早摸取一枚小青铜钱在手，一扬手，正中那人的左眼眼眶子内，多得这么一枚青钱，哎哟一声，背上的大包就丢掉。兄妹两人拔刀上前，那人忍了痛，还刀相敌。三个人丁字式相杀，刀来刀去，迅疾如风。

此时墙内那人家呼噪之声大起，灯笼棍杖，蜂拥而出。虎儿见墙内有人开门，与小蝶打了个招呼，丢下那人就走。那人也就逃去。

　　看官，你道此人是谁？原来就是采花贼窦祖敦。窦祖敦既把吕寿诳来为质，以为吕四娘有了忌惮，断不敢再与自己为难，遂与禅悦两个狼狈为奸，在苏常一带采花盗物，无恶不作。现在禅悦往常熟去了，窦祖敦却来无锡，已有十日开外。这日，他在惠泉山遇见了冯孝廉的妹子，瞧上了眼，跟随冯小姐轿子到家，做了暗记回来。途中瞧见甘虎儿兄妹卖艺，一时高兴，给了他们七百文钱。不意虎儿日间受领，晚上奉还他一文。他竟当不起，赔瞎了一只眼睛。欲知后事如何，且听下回分解。

第三十八回

甘虎儿飞钱打淫贼
吕四娘挟剑觅门徒

却说冯家原是大族，这位小姐曾经许字过人家，未嫁而婿氏夭亡。冯小姐立志守贞，不再字人，乃兄冯孝廉也难夺其志。不意今日今时，险遭淫贼所辱，倘没有虎儿、小蝶，早已不堪设想矣！当下冯孝廉听得狗叫，喝令家人提灯持杖，追出后门，见地下遗一个大被囊，解开照看，却说是同胞妹子，已被闷香闷倒，人事不知了，连忙扶进解救。瞧小姐房中两个丫头，也都是沉迷不醒。救醒之后，从此贼出开门，防备更为严密。一言表过。

且说窦祖敦掩了一目，忍痛飞奔，回到下处。他的下处是一所枯庙，没有人的。当下独自一人把衣襟揩拭，拭了一襟的鲜血，遂换下夜行衣服，倒身便睡。眼睛痛得厉害，休想睡得稳。心想：今晚遇见的那两个，身量不高，很像是孩子。谁呢，有这么本领？打我的究竟是什么暗器？总要查着了，拿住报仇，才出我心头之恨。转念来此已将十日，采花也非一次，怎么到了今晚才遇劲敌？这两个人从哪里来的呢？怎么前几天不见，今晚才见？想到日间遇见两个卖艺的孩子，不无形迹可疑。不然没有那么巧，日间遇见卖艺的，晚上就受了敌。只是这两个孩子我与他往日无冤，近日无仇，为甚来找我？或者适逢其会，事出偶然，也未可知。但是我可不能管他是无心，是有意，这个仇是要报定的。又想到冯小姐何等标致，食在口头，被人夺去，真是仇深如海。这么翻来覆去，一只坏眼不必说，一只好眼也一夜何曾闭合？到天色微明，爬起身，急到溪边，临流照看。但见左眼中血水还不住地涌出来，连呼不好，即去找寻眼科宋先生。时候还早，街上很少行人。到得宋眼科门口，双门紧闭，叩了好一会子，才叩开了，回说先生还没有起床，只得耐心等候。好一会子，宋眼科出来，把他上下眼泡撑开一瞧，道：

"这一个眼是没用的了，瞳子已破，里面还有一个铜器，现在只好想法子把那铜器取出，上点子药。"

窦祖敦道：

"就这么费心吧！"

宋眼科当下一手执钳，一手撑开两眼泡，用心钳取，钳了好半天，方才取出，却是一枚嘉庆通宝的青铜钱。窦祖敦一瞧，才知是金钱镖。当下上好了药，痛势顷刻松了许多，称谢而出，就去探听卖艺的两个孩子。偏偏这日甘虎儿、甘小蝶并不设场卖艺。

原来，小兄妹两个这日也在找寻窦祖敦，你找我，我找你，恰恰找了个错路，彼此都不相值，找了一整天。

次日，在城隍庙不期而遇，仇人相见，分外眼红，窦祖敦正欲问话，甘虎儿突问：

"来者可是窦祖敦？"

窦祖敦道：

"然也，你这小辈是谁？"

甘虎儿道：

"你家小爷找你多时了。"

说着，就要动手。窦祖敦道：

"且慢！你姓甚名谁？"

甘虎儿说了姓名，窦祖敦道：

"我与你往日无冤，近日无仇，你找我为的是什么？"

甘虎儿道：

"苏州吕先生不是你诳去的吗？"

窦祖敦道：

"不错，有这么一回事。我诳吕寿，与你何涉，却要你插身多事？"

甘虎儿道：

"吕四娘是我的师父，我奉师命来此拿你。省事的，快快受缚，免得小爷动手！"

窦祖敦道：

"昨晚打我一金钱镖，也是你吗？"

甘虎儿道：

"不错，是我奉敬的。"

窦祖敦大怒，举手一拳，向虎儿顶门打下，打了个乌云盖雪。虎儿让过，还了他一记黑虎偷心。窦祖敦变了格式，格去来

307

拳，伸出直中两指，向虎儿眼眶子抉来。这一记《掌经》上交代，叫作双龙抢珠，厉害无比，打着了瞳子，就要抉出。虎儿见窦祖敦拳脚敏疾，知道不是寻常之辈，急忙使出十八字诀，处处留神，步步严防，先为不可胜，以求可胜。来来往往，斗到二十多合，不分胜负。甘小蝶见虎儿不能取胜，奋臂加入，帮助战斗。兄妹两人双战窦祖敦，祖敦还是全无惧意。战到五十合光景，地方上的地保出来干涉，瞧热闹的众人也都派窦祖敦不是，说你是个成人，很不该跟小孩子打架，是非曲直，我们且不问，大人打孩子，世界上没有这个理。窦祖敦屈于舆论，只得住了手，怏怏而去。虎儿、小蝶也就回庐。虎儿道：

"此贼果然厉害，妹子，我和你未见得能够制服他。现在这么着吧，我留在这里盯那恶贼，他到哪里，我也到哪里。你回去报信，叫爹妈和师父赶快前来。那位曹太老伯倘然遇见，也请他就来。"

甘小蝶道：

"哥哥一个儿留此，妹子很不放心。"

虎儿道：

"这又碍了什么？我总不跟此贼交手是了。妹子不去，师父如何会知道？"

甘小蝶无奈，只得再三叮嘱而别。不意小蝶一去，这里就生出大乱子来。虎儿落了单，诸事不大高兴，这日也并不曾出门游览。晚饭之后，就早早地上床安睡。虽是睡在床上，思潮起落，并没有睡去。到三更之后，忽来一股异香，刺鼻透脑，闻着了身子就软绵绵起来，欲语，口舌不能应命，欲动，手足不能为力，心里却很明白。暗说：不好了，我中了人家闷香了。只见窗格动处，一大汉探身而入，灯下瞧时，来者不是别人，正是日间城隍庙中相会的窦祖敦。暗说：哎呀！我今番着了人家道儿也！中了闷香，有力没处使，只好听天由命，任人家摆布。

原来窦祖敦见虎儿、小蝶活泼灵捷，明斗断难取胜，舆论都助幼小，又不敢浪用暗器，遂想出闷香的毒计。穿上夜行衣服，带齐应用各物，黑夜飞行，蹿房越脊，直奔虎儿住的客店，想把兄妹两人一齐闷倒。哪知小蝶已经回去，只闷倒虎儿一人。当下窦祖敦探身入屋，剔亮了油灯一照，见甘虎儿眼乌溜溜地躺在床上，不能动弹，大喜道：

"娃娃，你怎么不狠了？待爷爷来收拾你！"

回头瞧那一只床时，见却是空的，惊道：

"那小姑娘呢？走了吗？她走由她，俺不管，且把这小娃娃卷回家去再讲。"

遂动手把甘虎儿轻轻抱起，走到天井，纵身上屋，蹿房越脊，跳下后街，回向枯庙来。

次日清晨，雇了一只船，说是孩子病重，送他家去。橹声欸乃，摇向横林镇去。将到横林，只见一只小船，张帆乘风，如飞而来，船头站立一个和尚，新剃的光头，映在太阳中，耀眼争光，发出一种异样光彩来。窦祖敦认得是禅悦，高声喊道：

"禅悦师，出去吗？几时回来的？"

禅悦见是窦祖敦，忙叫下篷，停船相见。禅悦道：

"老弟，你怎么瞎了一只眼睛？"

窦祖敦叹了一口气，遂道：

“我一世英雄，不料竟伤于孺子之手。”

遂把经过的事仔细说了一遍。禅悦道：

“这孩子已经拿住了吗？真爽快的事，人在哪里？待俺瞧瞧。”

说着，一脚踏上船头来。窦祖敦道：

“睡在舱中呢，瞧见吗？”

禅悦进舱一瞧，喝彩道：

“好个孩子，瞧他相貌，将来必是不错的。老弟，这个孩子别斫掉，把他关闭起来，不放他出来就是。”

窦祖敦道：

“我也这么想，胡元昌后屋中有一个现成的木阱，正好安置他。”

禅悦道：

“这孩子既是甘凤池的儿子，咱们拿住了，正好制服甘凤池。”

窦祖敦道：

“此言正合我意。”

于是禅悦也回船，陪窦祖敦到横林，把虎儿抱入了阱，才用解药救醒。虎儿张目，见自己身落阱中，大吼道：

“你们要把小爷怎样？还是拿刀子来斫了爽快！”

窦祖敦笑道：

“娃娃，你安静点子吧，你要我斫，我很疼你不舍呢！你爷爷再出去采花，我问你，可再有本领打我金钱镖吗？”

甘虎儿此时宛如猛虎入了槛阱，有威没处使，只得任人戏

310

弄。祖敦、禅悦非常欢喜，随即动身，分头前去干他们的恶事。暂时按下。

却说小蝶日夜兼程，赶到苏州，恰好吕四娘才回，师徒相见，甘小蝶就道：

"师父，窦祖敦找着了。"

吕四娘喜问：

"找着了吗？好孩子，在哪里找见的？"

甘小蝶道：

"在无锡。"

遂把兄妹两个日间如何卖艺，夜间如何侦探，如何动手，次日找了一天没有遇见，后来在城隍庙碰见，通名交手的事，从头至尾说了个备细。吕四娘失声道：

"哎哟！好孩子，坏了事了。你们只应暗中侦探，很不该露面通名，跟他交手。你们孩子爱一块儿天真，哪里识得世路上的崎岖、人情中的鬼蜮？姓窦的是著名采花淫贼，惯使闷香的，他明里头不能取胜，难保不暗使奸计，晚上来算计你们。好孩子，我很不放心。你向西这一条路，自去找你爹妈，我挟着剑术飞行，先到无锡去了。遇见了你爹妈，请他们快来。"

说完话，一道白光腾空而起，吕四娘就不见了。甘小蝶见了，艳羡不已，暗忖：我们兄妹投得这么的师父，异日本领总和师父一般无二，那才心满意足呢！小蝶在苏州只住得一宿，遂向西一路找寻爹妈而去。

却说吕四娘挟剑飞行，疾如风雨，不过半个时辰，早已到了无锡甘虎儿的寓所。小蝶已经说明，不庸找得。当下吕四娘下落尘埃，轻身着地，径投这家客店而来。行抵店门，见双门紧闭，深夜未便叩门，一蹿身，飞腾而入，按照小蝶所说，找到那一间。只见窗格洞开，至内绝无灯光，蹿身入屋，打开火扇，揭帐却是空床。照床下时，那双小鞋儿依然放着，知道虎儿总着了人家道儿，急忙蹿身出外，使出剑气，飞腾空际，却在半空里环了无锡城，盘旋环绕，走成了个螺形，察看下界，有无举动。盘旋了八九个周围，由小而大，由大而小，没见有动静，只得收剑下降，候到天明。到客店敲门而入，询问甘虎儿呢，店主人道：

"这位小客官真也奇怪，来时原是兄妹两人，那一天忽同一只眼麻脸汉子在城隍庙打架，经保正和众人劝开。回来之后，那小姑娘却就去了。不意次日午饭时光，还不见开房门，我们唤他，也不见答应，知道必有事故。掘门进内，见窗格一扇开着，剩着空床，人不知哪里去了，到今没有回来。小老儿怕事，忙唤保正来瞧过。我们这客店，到小老儿已经开了三世，旅客睡在房中会丢掉，倒是头回儿的事。"

欲知后事如何，且听下回分解。

第三十九回

绣阁生擒窦祖敦
花厅会审采花贼

话说吕四娘听了店主人的话，即问：

"保正住在哪里？我要见他。"

店主人即派小二陪送四娘到保正家，见了面，四娘就问：

"麻脸汉子跟咱们家孩子打架，听说多亏你劝开的，是不是？"

保正回说：

"是的。"

吕四娘道：

"我很感谢你，这麻脸汉子住在哪里，你可知道？"

保正道：

"倒不很明白，我只知道他不是本地人。"

吕四娘又问了几句别的话，随即辞出。回到客店，就甘虎儿房中安歇下，翻来覆去没有着手的方法。直到半夜过后，才想出一个计较来。暗忖：此贼既然看中了冯小姐，卷取到手，横被吾徒救下，他心总不死。此回卷去了虎儿，定以为阻碍全除，必然再来采花。我明日投到冯家，就可设法擒住此贼。心下大喜。

次日，吃过早饭，问明地址，径投冯宅来。只见高大门楣，很是气概。吕四娘通名请见，门上入报之后，出问有何事干，吕四娘道：

"有很要紧的事，须见了主人面谈。"

家人回过，冯孝廉才命请入。吕四娘跟了家人到书房，冯孝廉迎着叫请坐，遂问：

"娘子何来？贵姓呀？"

吕四娘道：

"从苏州到此，我姓吕。"

冯孝廉道：

"吕娘子见我，有何贵干？"

吕四娘道：

"听说孝廉有位令妹，某日晚间，曾被贼人用闷香闷去，连被囊卷在墙外，可曾有过这件事？"

冯孝廉大惊道：

"吕娘子怎么会知道？敢就是你干的吗？"

吕四娘笑道：

"我干了再来见你做什么？冯孝廉，你知道你令妹怎么会在墙外，不被人家卷了去？没有人救下，贼子有这么客气的吗？"

冯孝廉道：

"敢就是娘子救下的吗？"

吕四娘道：

"不是我，是我的小徒救下的。但是我这小徒却为救了令妹遭难了。"

冯孝廉问：

"怎么一回事？"

吕四娘就把虎儿镖打窦祖敦及失踪的事说了一遍。冯孝廉听了，深抱不安，问：

"为今之计，该当如何？我辈文人，不娴武略。"

吕四娘道：

"我想令妹遭难，小徒救了她。现在小徒遭难，也该请令妹救他一救。"

冯孝廉道：

"舍妹深闺弱质，素不懂武事，如何好救高徒呢？"

吕四娘道：

"原不要令妹去交手战斗，不会武也不要紧，现在我有一策在此，请令妹每日浓妆艳服到庵观寺院去烧香游玩，就可以救出小徒了。"

冯孝廉道：

"这是什么意思？"

吕四娘道：

"窦祖敦是个著名的采花淫贼，他此回卷取令妹，被小徒救下，定然不肯心死，劫取小徒，一是为报仇，二是为扫除障碍，预备放胆横行。我料他必然还要到府呢！现在叫令妹艳妆逛庙，是催他早一点子来。"

冯孝廉惊道：

315

"催他来做什么？"

吕四娘道：

"不必慌，有我在，却暗叫令妹房间让给我睡，令妹却另在别室歇了。此贼不来便罢，倘然来时，我定把他生擒住。"

冯孝廉听了，顿时踌躇起来，半晌才道：

"吕娘子侠肠热心，我很感激。但是这件事还须商议商议，再行奉复。娘子贵寓在哪里？我商议定当，亲来拜望娘子。"

吕四娘道：

"也好，这么我去了。"

站起身就走。冯孝廉见四娘有恼的样子，倒又着慌起来，忙留道：

"略备水酒一杯，稍尽地主之谊。"

吕四娘道：

"不劳费钞，我可不是蒙吃的，只要府上早早给我回信就是。"

遂说"我去了"。冯孝廉答应三日里送回信过来。原来，冯孝廉是个文人，只晓得几股时文，几韵诗帖，除此之外，连三《通》、四《史》何等文章，汉祖唐宗何朝皇帝，全都不晓。所以，吕四娘虽然名震天下，冯孝廉只把她当作寻常江湖，见说要借卧妹子闺房，防她要乘间作贼。当下送客回来，写了一封信，派干练家人昼夜兼程送往常熟，请他母舅的示下。

原来，冯孝廉有位母舅姓吴，别字槐江，做过两湖总督，告病在家，住在常熟。这吴槐江是极有智谋、极有识见的。清朝入关之始，沿着明制，朝廷票拟承宣一切事情，都由内阁办理。到

316

雍正皇帝登基之后，变更旧制，许内外职掌官具折奏事，凡事情有关系出入的，都先奏定，然后循例具题，设立起军机处来。选三品以上亲信大臣为军机大臣，小四品京堂以下至阁部属的干员为军机章京，每日寅刻，奏事处纳折匣，皇帝秉烛批览，览完即发军机处，录入档案，一边面谕军机大臣寄信各原奏官，知照他准驳，叫作廷寄。军机大臣不逢大朝贺不必列班，遇着会议大政，都是主议的，是个实权的宰相。那殿阁大学士倒成了个有名无实的伴食宰相。吴槐江就为干练，得当为军机章京。此时军机大臣和珅手掌政权，威势赫奕，天下称伯相，从风尽靡。独吴槐江倔强其间，不肯倚附。

一日，乾隆皇帝为了一桩什么事，半夜宣召军机大臣。大臣一个也不在，命召章京。只吴槐江一个儿在值夜，跟了内督入见。乾隆问几句话，奏对得非常称旨。次日，和珅入见，乾隆向他道：

"军机的事情日繁，吴槐江人很练事，可在军机大臣上行走，叫他帮助你。"

和珅道：

"吴槐江人很不错，皇上施恩很好，可惜他是个刑部郎中，官才五品，不符体制。军机大臣照例须得三品以上大员呢！"

乾隆道：

"亏得你提醒了我，不然弄个五品官做军机大臣，不是大笑话吗？吴槐江着加三品卿衔。"

和珅道：

"皇上施恩很好，不过吴槐江家里很穷，大臣例乘肩舆，怕

317

他的力不能办。"

乾隆道：

"究竟你心思周到，不然朕倒害了他也。传旨户部，着实给吴槐江饭银一千两。"

和珅道：

"查得章京戴衢亨出身状元，官至学士，在军机日子也很久，依奴才下见，用吴不如用戴。"

乾隆道：

"现在岂是殿试吗，状元不状元？"

和珅语塞，吴槐江遂竟做了军机大臣。他所以不肯倚附和珅，就为料到和珅必要失败。后来，和珅抄家赐死，没一个人不服他的远见。冯孝廉遇到了难事，总去请槐江的示。槐江倒也知无不言，言无不尽。冯孝廉因此很为得益。当下专差兼程，来去很是迅速。不过两日半工夫，回信已到。拆开见是寥寥数语，写着：

　　　　吕四娘天壤人豪，人间女杰，吾甥万勿交臂失之。

冯孝廉急忙整衣，亲到客店拜四娘，并取出槐江的信，据实说明，再三道歉。吕四娘并不介怀，笑道：

"常熟吴宫保，也晓得天壤间有一个吕四娘吗？"

冯孝廉当下恭维鞠养，把四娘请到家中，叫妻子、妹子都出来相见，办酒接风，待如上宾。这夜，就请四娘歇在冯小姐妆阁里，又派丫头两名，进房伺候。一宿无话。

次日，吕四娘登台发令，就叫冯小姐穿扮整齐，出去逛庙，逛了一整日，回营缴令。这夜，倒很安静，并没什么偷营劫寨。话休絮烦。

冯小姐天天更换衣服，天天出去逛庙。逛到第三天，甘凤池、陈美娘、甘小蝶三人到了，客店主人陪送来冯宅。吕四娘见了面，就谈虎儿失踪的事，美娘万分着急。吕四娘道：

"不必着急，拿到了此贼，我有夫，你有子，世界上女子也除了一大害。"

遂把所设之计告知美娘，美娘方始放心。

这夜，四娘留美娘、小蝶一房里宿。临睡，吕四娘取出几块紫金膏，叫她们含在口中，塞在鼻窍，可以解除闷香之毒。到二更之后，听得窗外渐渐微响，一会子，果然一缕闷香从窗格里腾进来了。美娘轻踢小蝶，小蝶乖觉，轻轻起身。她原是睡在她妈脚旁的，美娘也坐起身，母女两人轻轻地下地，也不穿鞋，鹤步蛇行，到四娘床前，钻到床下去了，屏息静气地伏在那里。此时，氤氤氲氲已腾了一屋子的烟气，哧，窗格启处，一个汉子探身而入。来的果然是窦祖敦。

原来，窦祖敦今日方到，行装甫卸，就去逛庙，恰巧又遇着冯小姐。也是此贼命合当休，瞧得个冯小姐真有沉鱼落雁之容，闭月羞花之貌，再也舍她不去。挨到晚上，带好闷香，飞行到冯宅。冯小姐的绣阁他是来过的，熟门熟路，取闷香点着了火，如法炮制地熏了一会儿，开了窗，探身入室，径奔床前，揭开罗帐，才待动手，不防床下伸出两只手，把自己的双足捏住了，用力一扳，站身不住，咕咚，跌倒地下。床上吕四娘跳起身道：

"拿下了吗？"

床下陈美娘道：

"拿住了！"

四娘下床，一足把窦祖敦踏住，美娘、小蝶腾身出来，忙取一条索子，把淫贼反剪两手，缚了个结实。吕四娘提淫贼向烛光下瞧时，贼眼虽瞎一只，麻脸依然如旧，不是窦贼是谁？忙喝：

"窦祖敦，你把我丈夫吕寿、徒弟虎儿都藏了哪里去？"

窦祖敦知道此番被擒，绝非生理，索性紧闭牙关，一言不发。此时，冯孝廉得着消息，也起来了。吕四娘把淫贼提到外面，索性将花厅改作法庭。甘凤池原没有睡，一同到庭陪审。当下吕四娘中坐，甘凤池、陈美娘左右旁坐，甘小蝶站在她妈身旁，权充作法警，冯孝廉坐在右侧旁厅。窦祖敦真是厉害，恁这三位法官温言软语、侧击旁敲地询问，立定宗旨，装作哑巴，一个字也不答。甘凤池道：

"看来白手问他，是没用的，给他点子小刑罚好吗？"

吕四娘道：

"在此间冯孝廉府上，怕有所未便呢！"

甘凤池道：

"不妨事，我给他先点上一个穴，瞧瞧他的本领。"

吕四娘道：

"这玩意儿倒好。"

当下凤池走到窦祖敦身后，照准了淫贼的肝俞穴，两指轻轻只一点。淫贼经这一点，顷刻遍体酸麻，周身抽筋缩脉，说不出

320

的苦楚，描不尽的难过。只见他的面色一会儿青，一会儿黄，青黄不定。熬有一个时辰，额汗如淋，两目直视。凤池知道不妙，忙给他解了。冯孝廉道：

"我倒有一个法子。"

吕四娘听了大喜。欲知冯孝廉说出什么来，且听下回分解。

第四十回

侠女锄奸生理淫贼
良医遭厄双种荷花

话说冯孝廉道：

"此贼犯案重重，我看还是把他送官究办，庶不致幸逃
显戮。"

吕四娘道：

"现下的官，几个能替民间办事的？我可不信他们呢！"

甘凤池道：

"交给官府，还不如我们自办爽快得多呢！"

一时天色大明，吕四娘因在冯宅诸多未便，向凤池等说了，
带了淫贼外面去办，于是齐向冯孝廉告辞。冯孝廉苦留不住，送
到大门而别。

吕四娘、甘凤池、陈美娘、甘小蝶押窦祖敦到客店，又问一
番，终是不语。奈何他不得，甘凤池恨极，主张把淫贼办一个活
葬。四娘应允，即命凤池出去办理。当下甘凤池先到城外僻静之
处，择定了一块地，雇了五六个小工，叫他们掘一个很深的坎

穴，限一日工夫掘成，又到石灰行买了十五担石灰，叫他们用船送到那里。诸事都办妥当，报知四娘。四娘叫提早预备晚饭，大家吃毕。吕四娘道：

"晚了怕城门关闭，咱们动身吧！"

于是吕四娘师徒、甘凤池夫妻押了窦祖敦出城。一出了城，陈美娘道：

"姓窦的，你究竟把我们孩子和吕先生藏在何地？说了出来，我就做主放掉你。你要不说，可就没有活命了！"

窦祖敦仍旧不语。这时光，日光接火光，恰是时候，忽见一个少年迎面而来，见了吕四娘等，让避道旁，站住不走了。四娘等倒并不在意，押着淫贼，尽管向前。不意那少年竟转身暗暗跟上来，四娘等何尝知道？霎时，已抵坎穴所在，大家住步。吕四娘见六尺来开阔一个窟穴，用绳子缚了块砖，荡下去一量，收起来见有二丈多深，很为合用。遂问：

"挑水的担桶可曾预备？"

甘凤池道：

"已借到三副，寄存在石灰船上。"

吕四娘道：

"窦祖敦，你肯说实话，还有一线生机。"

窦祖敦死不开口。甘凤池夫妻两个立刻动手，把窦祖敦两足、两手都捆了个结实，喝一声下去，向窟中只一丢，咕咚，直摔到底。窦祖敦到了窟中，倒开起口来了，却是破口大骂：

"俺老子断送在你们手里，明日必来找你，你们仔细着！"

上面吕四娘、陈美娘、甘小蝶一齐动手，把石灰扛来倒下，甘凤池挑水浇灌，水一浇下，石灰立即爆裂，四个人忙着加灰加水，窟中灰水沸滚，热气蒸腾，那万恶滔天的窦祖敦早已形消肉毁，化作了石灰浆了。石灰化尽，遂把泥土填下，办理完毕，已经黄昏时候了。那石灰船与担桶都是借来的，仍由甘凤池去还掉。吕四娘、陈美娘、甘小蝶先走一步，取道回城。凤池还东西就在近村，还毕回来，行经窟地，忽见一个人站在那里，不住地嗟声叹息，凤池也不去理他，只顾走路，一时追着吕四娘等，一同进城。当夜无话。

次日，冯孝廉派人来请，吕四娘等应招而往。冯孝廉问起淫贼，吕四娘道：

"已经葬好了。"

遂把活葬的事说了一遍，冯孝廉道：

"论到此贼的罪恶，死有余辜，如此办理，也不为过，但是终未免流于残酷。"

吕四娘问：

"今日相招，有何事故？"

冯孝廉道：

"没什么，不过略备水酒一杯，大家叙谈叙谈是了。"这日，冯孝廉特设盛筵两席，一席男，一席女，女的冯奶奶、冯小姐相陪，男的冯孝廉邀了几个本地绅士相陪。午时坐席，直喝到申末酉初，方才散席回客店。又过一宵，吕四娘道：

"窦贼已经办掉不必论，但是我们丢的人究竟在哪里，是存是亡，是生是死，总要查一个水落石出。"

甘凤池道：

"叵耐窦贼死不开口，无从探问，现在该如何入手?"

吕四娘道:

"大海捞针，只得暗中探索去，各人碰各人的运气。"

陈美娘道:

"我们自南而北，到此才遇淫贼，那么贼党总在北方各城镇。现在别的地方不必去，大家分道北上，常州、镇江一带城镇留心探访，总不致没有着落。"

吕四娘道:

"此言颇有见地。"

于是算给了房饭钱，即命客店主人代雇一船。也是禅悦恶贯满盈，数命当尽，雇来的这只船就是上回窦祖敦载虎儿到横林镇的，现在四娘跟他讲定是送到常州。开船之后，甘凤池最喜欢闲谈，跟船上舟子夹七夹八地谈天。那舟子问:

"客人上常州是投亲吗?"

甘凤池道:

"我们是闲逛，也不一定到常州，随便什么地方有兴，就玩上一两天。"

舟子道:

"舱中这位小姑娘，十几岁了?"

凤池告诉了他年龄，遂问:

"你问她做什么?"

舟子道:

"我看她面貌，很像一个人，年龄也差不多，所以问这么一声。"

凤池心中一动，立问：

"像谁？是男是女？"

舟子道：

"是男。上回有一个姓窦的客人也雇我的船，说他的儿子病了，要送回去。那个官官，竟和你们这位小姑娘一般的面貌。客人，你说奇怪不奇怪？"

甘凤池道：

"这姓窦的客人，是不是三十来岁年纪，麻皮脸，一只眼，上边口音？"

舟子道：

"是的，客人你也认得他的吗？"

甘凤池道：

"认得的，他那官官和我们女孩子差不多面貌。我问你，那孩子患的是什么病？"

舟子道：

"怕是懒病吗？一味地睡，茶也不喝，饭也不吃，话也不讲，下船到起岸尽睡。"

甘凤池道：

"下船是抱下船的，还是他自己走下船的？"

舟子道：

"是抱下船的。"

凤池道：

"是你抱下船的？"

舟子道：

“窦客人自己抱下来的。”

舱中陈美娘已经听得，插问道：

“你送他到哪里？”

舟子道：

“送到横林镇。”

吕四娘道：

“那么下船时光，总在黑夜了？”

舟子道：

“不错，是在黑夜里。”

甘凤池道：

“今天摇得到横林吗？”

舟子道：

“风色不顺，赶不到呢！”

甘凤池道：

“我们常州不去了，你与我出点子力，尽今日赶到横林，我给你加倍的船金。”

舟子大喜，竭力赶路，但听得船头底下，水声呼呼作响，赶到一更时分，横林镇果然赶到。吕四娘问他：

“姓窦的住的所在，你总认得？”

舟子道：

“是胡元昌酒坊。”

舟子停了船，甘凤池道：

“我们上岸，明去找他，还是暗去找他？”

吕四娘道：

"更深人静，敲门打户，很可以不必。咱们又不是不会夜行的人，我看此刻还早，路上总不无行人来往，还等他一个更次。大家飞行侦探，免得打草惊蛇。"

众人都说有理。眨眨眼，就是二更。吕四娘等都换上了夜行衣靠，轻身纵上了岸，船身略不摇震。舟子业已睡去，无人觉着。胡元昌的地址，早已问明舟子，弹丸大的乡镇，也不用找寻得。男女大小四人，蹿房越脊，径奔胡元昌来，霎时已到。吕四娘第一个腾身而上，扑上屋面。甘凤池、陈美娘、甘小蝶接着都扑上了屋，宛如四只猿猴，分东、西、中三路，飞探入去。甘凤池、甘小蝶父女两个探的是中路，鹤步蛇行，飞过好几个屋脊，探到后埭，见楼窗上映着灯光。凤池腾一步，飞到檐际，一个鹞子翻身，脚尖钩住瓦牙，倒挂下去，头顶住窗棂，反张进去。见楼上是卧房，一男一女，正在那里讲话。小蝶也飞到，轻轻贴伏在廊柱上面。父女两个静心地听，只听那女子道：

"真有这件事吗？别冤死了那两个。"

那男子道：

"如何不真？是我亲眼瞧见的。我从荡口回来，路过无锡，想瞧瞧窦大哥到了没有，不意才待进城，就见男女四人押窦大哥出来。我避在一旁，让他们走过，随步跟去。到五里之外，银杏树旁，见地上掘一个很深的窟穴，也不知他们几时掘就的，眼见他们动手，把窦大哥摔入穴去，下石灰下水，活活结果了性命。窦大哥在穴中还破口大骂呢，我听得很清楚，如何会不真？"

那女子道：

"那么说来，吕寿、甘虎儿这两条命，禅悦师去结果他，也不为过，总算与窦大哥报仇雪恨呢！"

看官，房内说话的，正是贾五夫妇。原来，活葬窦祖敦时光，甘凤池遇见的那人，正是贾五。贾五目睹窦祖敦惨死之后，连夜赶回，告知禅悦。禅悦愤无可泄，立把吕寿、甘虎儿两个捆绑成一双，声言送他们回去，却暗地预备了两个中坛，雇上一只船，载了吕寿、甘虎儿，径向江阴口子驶去。预备一到江阴口，江水深处，立把两人种一对荷花。船是今天一早开的，所以现在贾五夫妻两口子还在谈论。夫妻两个在房中谈论，却把窗外父女两人吓坏了，甘凤池一扳，小蝶人小身子溜，一腾身，早飞入了房。贾五两口子蓦见跳出一个人，唬一大跳，才待问话，甘凤池也探身而入。父女两人各把刀一掠，喝一声：

"要死的，还不说实话？"

贾五唬得三十二个牙齿作对儿厮打，他老婆早唬得倒了床上去。凤池道：

"旁的话不必说，吕寿、甘虎儿现在哪里？快说！快说！"

贾五怕死，只得把载往江阴的话照实说出。甘凤池道：

"几时开的船？"

贾五道：

"是今日清晨。"

甘凤池回头道：

"蝶儿，快请师父来。"

小蝶应声而出，跳上屋面，啪啪啪，连拍三下手掌，四娘、美娘听得，也就拍掌回号，一会子都到眼前。小蝶道：

"爹已经查出了，险得很！快进楼去！"

四娘见她说得没头没脑，不很懂，于是一同跳进了房。甘凤池道：

"我们虎儿与吕先生性命都在呼吸之间，怎么办？"

遂把贾五的话说了一遍，陈美娘也发急起来。吕四娘道：

"追上去断然不及，现在这么着吧，你们三个且在这里，把这一起贼党看守住了。我挟着剑术飞去，江阴口离此不远，或者还够得着。"

甘凤池道：

"很好！事不宜迟，就请动身吧！"

吕四娘才说得一声："我去也。"一道白光穿棂而出，早没了踪迹。暂时按下。

却说恶僧禅悦，一叶扁舟，载了吕寿、甘虎儿，径向江阴进发。驶抵那里，星斗中涌出半轮明月，已有三鼓时分。禅悦推窗外望，见满江星月，炮台隐隐，心下万分欢喜，忙叫舟子下碇停船。舟子停好船，恶僧取出一条很长的麻绳，绳的一端缚着一个铁秤锤，跨到船头，执住绳头，把秤锤向江中只一抛，绳入水中，又慢慢收起来，量了一量，见此处江面已有三丈多深，自语道：

"三丈多深，很相宜了。"

回进舱中，向吕、甘两人道：

"你们的家已到，我送你们回去。"

吕寿只当他是好意，忙道：

"师父承你好意，我很感激，请你先把我们的缚松了，活活筋骨，上岸去好走路。"

330

禅悦道：

"这个恕我暂时不能从命。"

甘虎儿道：

"吕先生，你休信他，他要是好意，怎会缚我们呢？"

禅悦大笑道：

"还是娃娃聪明。实告诉你们，这里是江阴口，江面很深，我看你们两人在世上也没甚趣味，我和尚大发慈悲，送你们到此，种了一对荷花，让你们安安稳稳，永远安居江底，岂不是好？"

吕寿听得要死，大惊失色，忙着哀求。禅悦道：

"哀求不必，你要明白，须知杀你的并不是我，是你的老婆吕四娘。吕四娘弄死了我们窦祖敦，我才弄死你，替姓窦的报仇。你做了鬼，须得找你老婆去。"

甘虎儿破口大骂。禅悦道：

"娃娃，你是吕四娘徒弟，这是你师父害你的。"

一边说，一边早从后艄提出两个坛来，先取一个，替吕寿套上。吕寿见哀求没用，索性把死生置之度外，喊道：

"我的《伤寒论》呢？取来我瞧。"

禅悦笑道：

"你这医痴，死在目前，还瞧药书做什么？"

吕寿道：

"朝闻道，夕死可矣。尔辈何知？"

禅悦不去理他，取过那一个坛，对准了甘虎儿两足，用力只一掀，也套入了。遂把吕寿提到船头，回身再把虎儿提出。向江中一瞧，但见滚滚江流，滔滔浊浪，映得满江星月，翻腾上下，宛如万道金蛇。这吕、甘两人究竟有命与否，须俟《小剑侠》开场，再行宣布。本书到此，就此终结，陆士谔告别。

或问：

"吕寿、甘虎儿当此千钧一发之际，性命呼吸，而本书恰已告终，此二人究竟死与否？"

余曰：

"不死，绝不会死。"

不观作者云，须俟《小剑侠》开场，再行宣布，则虎儿兄妹，方为《小剑侠》主人翁，虎儿死，《小剑侠》不能开场矣！以此测之，必不会死。若吕寿不过一医师之良者，死活似无足轻重，然而书中人是医师，作书人亦是医师，惺惺惜惺惺，好汉惜好汉，吾知作者必不愿使之死，必不忍使之死。质诸士谔，士谔当亦许余为善读者也。

壬戌秋七月既望，李德珍识

图书在版编目(CIP)数据

七剑三奇／陆士谔著. — 北京：中国文史出版社，

2019.3

（民国武侠小说典藏文库·陆士谔卷）

ISBN 978 – 7 – 5205 – 0957 – 2

Ⅰ．①七… Ⅱ．①陆… Ⅲ．①侠义小说 – 中国 – 现代

Ⅳ．①I246.5

中国版本图书馆 CIP 数据核字（2018）第 276210 号

点　　校：清寒树　旷　野

责任编辑：薛媛媛

出版发行　**中国文史出版社**

社　　址：北京市海淀区西八里庄 69 号院　邮编：100142

电　　话：010 – 81136606　81136602　81136603　81136605（发行部）

传　　真：010 – 81136655

印　　装：廊坊市海涛印刷有限公司

经　　销：全国新华书店

开　　本：720 × 1020　1/16

印　　张：22　　　　　字数：217 千字

版　　次：2019 年 3 月第 1 版

印　　次：2019 年 3 月第 1 次印刷

定　　价：71.80 元